SUPERNATURAL

GUERRA DOS FILHOS

Rebecca Dessertine e David Reed

SUPERNATURAL
GUERRA DOS FILHOS

Baseado na série SUPERNATURAL,
sucesso da CW, criada por Eric Kripke

Tradução de
Gilson B. Soares

GRYPHUS

Este é um livro de ficção. Os personagens, eventos e diálogos foram tirados da imaginação do autor e não são reais. Qualquer semelhança com eventos ou pessoas reais, vivas ou mortas, é mera coincidência.

Título original
Supernatural: War of the Sons

Design de capa
Axel Sande – axel@gabinetedeartes.com.br

Foto de capa
Cortesia da Warner Bros.

Editoração Eletrônica
Rejane Megale Figueiredo

Revisão
Vera Villar

Adequado ao novo acordo ortográfico da língua portuguesa
CIP-BRASIL. CATALOGAÇÃO-NA-FONTE
SINDICATO NACIONAL DOS EDITORES DE LIVROS, RJ

D49s

Dessertine, Rebecca
Supernatural: guerra dos filhos / Rebecca Dessertine e David Reed; tradução Gilson B. Soares. - [2. ed.] - Rio de Janeiro: Gryphus, 2014.

245 p. : il. ; 21 cm.
Tradução de: Supernatural : war of the sons
ISBN 978-85-8311-014-9

1. Ficção americana. I. Reed, David. II. Soares, Gilson B. III. Título.

14-11003 CDD: 813
CDU: 821.111(73)-3

GRYPHUS EDITORA
Rua Major Rubens Vaz, 456 – Gávea – 22470-070
Rio de Janeiro – RJ – Tel: (0XX21) 2533-2508
www.gryphus.com.br– e-mail: gryphus@gryphus.com.br

Nota Histórica

Este romance desenrola-se pouco depois do episódio *My Bloody Valentine*, da quinta temporada.

PRÓLOGO

Esse cara não é da área.

O pensamento ocorreu a Caleb tão logo viu o carro do homem. Era quase silencioso, subindo a longa alameda para o acampamento sem nenhum barulho de motor, o único som sendo o do cascalho esmagado sob os pneus. A forma cinza-metálica parou no capinzal adjacente ao acampamento, que era exageradamente rotulado de "estacionamento".

Caleb olhou, enquanto a porta do motorista se abria e um homem alto saltava. A aparência do estranho era imaculada – cada fio de cabelo perfeitamente no lugar – mas alguma coisa destoava. Provavelmente a camisa havaiana, imaginou Caleb.

– Onde está Justin Black? – entoou o homem, sem preâmbulo.

Apesar do considerável poder de Caleb como supervisor de acampamento, realmente ficar rastreando garotos era algo de baixíssima prioridade para ele. *Nós estamos no meio do mato*, disse para si mesmo. *Para onde eles iriam*? Por essa razão o homem de camisa havaiana pegara-o desprevenido.

– Hã... no acampamento? – disse Caleb e arrependeu-se tão logo as palavras foram cuspidas de sua boca. *Justin Black é aquele gordo com sinal de nascença de Harry Potter*, ponderou, *ou é aquele baixinho moleirão que está sempre tentando distribuir abraços a torto e a direito*?

– Meu filho. É aqui que ele fica. – O homem fez uma pausa de efeito. – Exijo informação mais específica.

Caleb olhou para a janela aberta do prédio de recreação, na esperança de ver por acaso o garoto lá.

Nada.

– Eu o encontrarei. Deve estar lá no lago, acho – disse Caleb na sua voz mais tranquilizadora. *É melhor que esteja,* pensou, *ou isto vai ficar embaraçoso.*

– Não – disse o homem. – Eu mesmo o encontrarei.

O homem caminhou resoluto na direção da trilha da floresta e Caleb seguiu-o rapidamente. Havia algo de desconcertante em relação ao sujeito, e Caleb não o reconheceu da noite dos pais. *Poderia ter sido a erva,* pensou. Na verdade, não foi o pai de Justin Black quem tinha trazido a erva?

Caleb apressou-se para acompanhar as largas passadas do homem.

– Há algum problema? – perguntou. – Em geral é a mãe de Justin quem vem buscá-lo...

– Nenhum problema – cortou o homem. – Preciso apenas falar com o rapaz.

Epa, é um pervertido. Quem mais chama seu filho de "o rapaz"?

Caleb acelerou sua perseguição.

– Como é mesmo o seu nome? – perguntou, esperando que isto avivasse alguma lembrança do homem. – Não entendi muito bem quando falou antes.

O homem virou-se, lenta e deliberadamente.

– Don. Pode me chamar de Don.

O supervisor de acampamento era certamente maçante, mas de jeito nenhum a pior coisa que Don tivera que aturar em sua longa e agitada existência. Sua antiga profissão pusera-o em contato com o absoluto pior do pior, as pestes mais negras do tecido da humanidade que já caminharam sobre a face da Terra. *Eu sou como Jerry Springer sem a fama,* pensou Don, divertido por sua própria analogia. Depois de sua ocupação anterior, não havia muita coisa que divertisse Don. *Bem, a parte da fama está a ponto de mudar.*

Perder-se do supervisor na floresta era uma questão simples. Num momento, ele estava à distância de um braço. Em seguida, Don estava um estirão à frente dele. A trilha serpenteava morro abaixo, a densa folhagem obscurecendo a vista. Estaria tudo acabado antes que o supervisor percebesse.

O lago em si era lindo e imaculado, sua superfície vítrea ondulando com a leve brisa, Um impressionante dia de verão, um como Don não tinha visto em... tempo demais para lembrar.

– Ei! Não toque nisso com as mãos nuas!

A cabeça de Don virou-se em um grau inusitado para descobrir a fonte do grito. Tinha vindo de uma garota de uns dez anos de idade, correndo de um garoto da mesma idade.

Justin Black.

– Você vai pegar verrugas! – gritou a garota, esquivando-se desesperadamente do sapo nas mãos estendidas de Justin.

– Não, não vou – disse Justin. – Meu irmão disse que os sapos nos passam herpes.

– O que é isso? – perguntou a garota inocentemente.

– Não sei. Por que não pergunta ao sapo? – Justin estendeu o batráquio para ela, só para vê-lo pular de suas mãos para o charco à beira do lago.

– Boa, agora você me fez perdê-lo – queixou-se Justin.

Ele se agachou no charco para encontrar a criatura perdida, mas outro par de mãos chegou primeiro. Don ergueu o sapo da água lodosa, segurando-o delicadamente, como se a mais leve pressão fosse despedaçá-lo.

– Não está perdido, meu rapaz – disse Don, um ar caloroso em sua face.

Justin deu um passo atrás, confuso.

– Papai?

– Não, Justin, não exatamente.

O sapo coaxou sonoramente, sobressaltando as duas crianças. Justin franziu o cenho.

– Mamãe disse que você não deveria vir me ver. Ela disse que a polícia o proibiu.

– Meu rapaz, esse era o antigo eu. Há um novo conjunto de regras agora. – Don entregou o sapo para Justin, tentando trazer o garoto para mais perto. – Você gosta de sapos, não gosta?

A mente de Caleb estava em disparada. Para onde tinha ido o homem? Deveria chamar a polícia? Como diabo ele se distanciara tanto? Começou a correr trilha abaixo, enquanto começava a entrar em pânico, tropeçando no solo irregular. Então ele sentiu o pé bater numa pedra, fazendo-o rolar encosta abaixo até se chocar contra uma árvore.

– Maldição! – grunhiu, enquanto a dor disparava através dele, trazendo lágrimas a seus olhos. Estremecendo, ele mudou para uma posição sentada e examinou a perna. Sua calça estava rasgada e uma trilha de sangue descia pela coxa.

Merda.

Levantou-se, deu um passo à frente e caiu. *Oh, Deus. Não consigo ficar de pé. Talvez esteja quebrada.*

O medo apossou-se de sua mente. Medo do que poderia acontecer com o garoto no lago, medo do que aconteceria quando seu patrão descobrisse a sua desatenção, e medo de morrer lentamente de hemorragia nos bosques, onde ninguém poderia encontrá-lo.

Calma, diabo, pensou. *A coisa não é tão grave assim. Mal está sangrando.* Esta percepção ajudou-o a pôr-se de pé outra vez. Conseguiu dar uns poucos passos à frente quando ouviu.

O grito de gelar o sangue de Justin Black.

UM

Eu posso sentir, pensou Dean. *O céu está caindo.* Não era uma sensação nova. De fato, o céu estivera caindo sobre Dean Winchester desde que tinha quatro anos de idade. A diferença, claro, era que essa poderia muito bem ser a *última* vez. *E isto é onde tudo termina? O Apocalipse vai baixar bem aqui no cu do mundo?*

Dean soltou um suspiro cansado, enquanto disparava o Impala pela County Road 6. Não havia nada em ambos os lados do asfalto senão milharais, gado, fazendas e fazendeiros – a própria Americana que Dean e seu irmão Sam lutaram para proteger. Por um momento a imaginação de Dean tomou conta e as nuvens no horizonte tornaram-se pilares de fumaça, derramando-se de línguas de fogo invisíveis. Os caibros de madeira apodrecidos de um celeiro decrépito tornaram-se os últimos resquícios de humanidade. Dean sacudiu a visão para fora de sua cabeça e as nuvens voltaram a ser nuvens. O celeiro era, mais uma vez, apenas um celeiro.

Durante meses, Dean e Sam tinham estado na missão suicida de acabar com todas as missões suicidas – caçar e matar o Demônio. Embora o peso da tarefa parecesse insuportável, os irmãos sabiam serem os únicos capazes de carregá-la nos ombros. Afinal de contas, era culpa deles que exatamente agora Lúcifer caminhasse pela Terra.

Não. Era *culpa* de Sam.

Dean varreu o pensamento para os recessos escuros de sua mente. Não lhe faria nenhum bem abrigá-lo. Seu irmão mais novo – o garoto que Dean praticamente tinha criado desde a morte da mãe deles – havia rompido o Selo Final. Num momento de fraqueza, Sam tinha matado o demônio Lilith, involuntariamente estourando a fechadura da jaula de Satã. Agora, após quase um ano caçando-o, não estavam nem perto de devolver o patife a seu cativeiro.

Mas isso não era o pior. Os anjos, ostensivamente protetores da humanidade, estiveram de fato por trás da evasão de Satã.

– Eles *queriam* que você rompesse o Selo – explicara Dean a seu irmão momentos depois da ascensão de Lúcifer. – Estavam fartos de ficar esperando no Céu. Com Satã solto, eles ganhariam a taça. O vencedor leva a *Terra*.

Os anjos já tinham um plano em ação – segundo os sacanas alados, o único meio para derrotar Lúcifer era Dean ser o hospedeiro do arcanjo Miguel, a arma mais poderosa do arsenal celestial. Eles tinham até arranjado um apelido extravagante para Dean: a Espada de Miguel. Cada fibra do corpo de Dean rebelava-se contra a ideia. A batalha entre Miguel e Lúcifer teria o menor efeito colateral na destruição de metade da Terra. Um "enema planetário", como Zacarias havia chamado. A ducha.

O receptáculo final de Lúcifer seria Sam. *A simetria deve soar engraçada para alguém lá em cima*, pensou Dean. Miguel e Lúcifer eram irmãos, um deles seguindo estreitamente as pegadas do pai, o outro... Bem, tal como Sam, Lúcifer sempre havia desejado seguir seu próprio caminho.

Contudo, a única coisa que nem Céu nem Inferno podiam controlar era a vontade humana. Enquanto na Terra, os anjos – tanto os justos quanto os caídos – tinham que assumir um hospedeiro humano voluntário. Se Sam e Dean não tivessem dito "sim" a Lúcifer e Miguel, a batalha poderia não ter ocorrido. Os arcanjos teriam que perder tempo em seus alternativos e não ordenados disfarces de carne e osso, dilacerando seus receptáculos inferiores enquanto esperavam que Sam e Dean surgissem para a linha partidária.

Os irmãos Winchester não iam lutar um contra o outro. Tinha de *haver* outra maneira.

Mas a cada vez que pensavam que tinham Lúcifer sob suas vistas, o destino esbofeteava-lhes as faces de novo. Haviam tentado seu velho recurso infalível: violência desenfreada, tentando matar Lúcifer de uma vez por todas. Primeiro com o Colt, uma arma tão poderosa que se dizia ser capaz de matar qualquer coisa, mas que mal provocara uma dor de cabeça no seu Adversário. Eles tinham a faca de matar demônios de Ruby, mas que era igualmente impotente contra um arcanjo. A única chance que lhes restava era pegar Lúcifer de surpresa. O que não era tarefa pequena.

– Siga à direita na Camp Dakota Road – instruiu Sam.

– É mesmo? Não poderia ter imaginado coisa melhor, Sam – replicou Dean. – Já que estamos indo para um *acampamento*.

Recentemente Sam tinha começado a se preocupar com ele. Na verdade, *tudo* era alvo de sua preocupação. As horas intermináveis na estrada tinham se provado inúteis até então, e Dean estava começando a duvidar de que seriam capazes de vencer esta guerra.

Não se pode lutar contra uma coisa que você não consegue encontrar, ele pensou. Mas também tinha dúvidas acerca de seu papel na batalha iminente. *Mesmo se eu estiver fazendo tudo ao meu alcance para encontrar outra maneira... pode alguém mudar o papel que o destino o incumbiu de representar*? Evitar o destino era o que Sam e Dean estiveram fazendo até então. *Mas por quanto tempo podemos continuar assim*? Eles estavam voando sob o radar dos anjos, e por enquanto isso bastava.

Tinha que bastar.

Uma semana atrás Sam começara a rastrear as notícias locais a partir de uma cidadezinha de Dakota do Sul. Estavam enviando sinais apocalípticos como uma árvore de Natal no fim do mundo.

Talvez estejamos finalmente preenchendo uma lacuna excêntrica, pensou Dean, esperançoso.

Sua primeira parada foi num acampamento para garotos. O atendente de um posto de gasolina, duas cidades antes, lhes falara sobre ele. O sujeito desleixado disse não saber exatamente o que havia acontecido, mas a mãe da namorada de seu primo contara-lhe que era como algo saído da Bíblia e que crianças tinham sido afetadas. Só isso já era o suficiente para merecer uma visita. Dean pisou até o fundo no acelerador do Impala, seus olhos enevoados dardejando de raiva. Cada segundo que se atrasavam, Lúcifer dava outro passo à frente deles.

Sam lançou um olhar de esguelha para Dean. Graças a todos os anos que tinham passado na estrada, Sam podia ler o ânimo de seu irmão mais velho simplesmente pelo modo como ele intensificava seu aperto no volante ou expelia o ar pelo nariz em curtas rajadas em *staccato*.

Dean está de novo puto com alguma coisa, pensou Sam. *E talvez sem uma boa razão*. Sam sentia o fardo constante da raiva e expectativas de seu irmão. A principal delas era a expectativa de que tinham de fazer as coisas à maneira de Dean – ou, mais acuradamente, à maneira de John Winchester. A pressão para adequar-se às características do pai sempre tinha sido imensa – em dobro desde a sua morte – e Dean era o modelo para os garotos do papai. Vestia-se como John Winchester, dirigia o carro dele, ouvia sua música. Ele até mesmo andava como John. Sam, por outro lado, tinha tentado vezes sem conta libertar-se do pai e de tudo que ele representava. Agora, Sam percebia que Dean sentia que seu irmão se havia extraviado *demais* da trilha, às vezes até irrecuperavelmente. Ele tinha lidado com demônios, usando o poder que o sangue deles lhe dava... todas as coisas que John jamais havia permitido. Apesar de tudo isso, Sam estava ótimo. *Ele* sabia disso, apenas desejava que Dean também o percebesse. Pois, na maioria das vezes, Dean parecia confiar nele, mas isso não significava que seria sempre assim.

A batalha final está iminente, e nós estamos enfiados até o pescoço no meio dela. Sam franziu os lábios – sentia como se eles tivessem chegado ao fim de alguma coisa. Só que não sabia *o quê*.

Preocupado, Sam olhou pela janela do passageiro exatamente quando o Impala adernava junto ao letreiro rachado de madeira que indicava o ACAMPAMENTO WITKI NIKI.

– Lá! – gritou um pouco alto demais, apontando o letreiro.

– Babaquice de criança! – berrou Dean, enquanto girava o volante rapidamente para a esquerda, fazendo cantar os pneus do Impala, e um borrifo de cascalho atingiu as árvores de ambos os lados da pista para carros bem esburacada. – Voz interior! – cuspiu Dean. Ele abriu a boca para dizer mais, depois claramente decidiu deixar para lá.

O Impala seguiu aos solavancos sobre o cascalho.

– Muito bem – disse Dean. – No que é que estamos entrando?

Aliviado pela explosão do seu irmão ter passado, Sam pegou o *laptop*.

– Pelo que pude saber, um bando de pais saindo furtivamente, mas nenhum garoto morto. Acho que o cara do posto de gasolina exagerou nesta parte. – Sam entrou na página da web do *Grenville, South Dakota Tribune* e escaneou o artigo.

– Foi postado um comentário escrito por uma mãe totalmente histérica chamada Nancy Johnson. Alguma coisa de vulto aconteceu ontem, mas ela não sabe dizer o quê, apenas que um homem estranho entrou no acampamento. Isto alvoroçou todos os pais, mas não há nada no relatório da polícia, assim, tecnicamente, nenhum crime foi cometido. Esta mulher escreve: "Considerando a natureza altamente sensível das crianças no Witki Niki, é de suma importância que cada criança fique sob a responsabilidade de um adulto o tempo todo."

Dean estacionou o Impala num capinzal. Puxou o freio de mão e virou-se para Sam.

– Estamos aqui porque uma mamãe histérica espalhou no seu *blog* que um "cara estranho" entrou no acampamento que seu filhinho frequenta? Está a fim de me sacanear, Sam? – Dean fez uma pausa para acalmar sua frustração. – Então, se alguém peidar no Yankee Stadium, nós corremos para lá como um demônio?

Sam suspirou. Às vezes achava que nunca podia fazer nada certo para Dean.

– Há presságios apocalípticos aqui. O atendente diz que é algo saído do Livro do Apocalipse... Não acha que vale a pena darmos uma olhada?

Sam abriu a porta do carro. Depois ouviu:

– Que diabo *é* isso? – grunhiu Dean, emergindo do outro lado do Impala.

Uma cacofonia do que soava como mil buzinas de carro agonizantes emanava por detrás de um bosque. Sam e Dean entreolharam-se, a rispidez dos últimos vinte minutos agora desaparecida.

Sam entrou em ação. Os ouvidos ferroados pelo barulho perfurante, ele correu até a traseira do carro, abriu o porta-malas e levantou o fundo falso para revelar o seu estoque secreto de armas e materiais. Dean alcançou e entregou a Sam um revólver, pegando uma espingarda de canos serrados para si. Enfiou a espingarda no cós de sua surrada calça Levi's com toda facilidade.

Sam pegou um pacote de sal e enfiou-o no bolso da lapela. *Nunca se pode ser pego desprevenido*, pensou, ouvindo as palavras de seu pai como se John estivesse a dois passos de distância.

Caminharam decididos pelo capinzal, o estranho ruído ficando cada vez mais alto. Enquanto alcançavam uma trilha rochosa que descia uma encosta, ouviram uma voz aguda gritar:

– Ei! Parem! Eu disse *parem*!

Os Winchesters voltaram-se e foram abordados por um jovem ruivo e sardento, vários centímetros mais baixo do que Dean e vários anos mais novo do que Sam. Veio mancando em direção a eles, um aparelho de gesso de aspecto elaborado na sua perna esquerda.

Ele conseguiu chegar a poucos passos deles antes que tivesse de começar a pular no seu pé bom. Dean examinou o jovem de cima a baixo, olhando seu gesso verde-limão.

– Uau, tem uma fratura braba aqui. Você andou jogando Mundo da Aviação, ou testando alguma posição num *site* pornô da internet?

Sam viu o rosto do rapaz azedar imediatamente. *Pega leve, Dean.*

– Arranjei isto trabalhando – guinchou o rapaz.

– É mesmo? Trabalhando? – disse Dean com um sorriso afetado. – O que você faz, exatamente?

– Sou o superintendente júnior. E quem diabo são vocês?

Mas Dean já havia perdido o interesse e estava descendo a colina.

– Não se preocupe com isso, garoto.

Sam olhou o irmão que se afastava e depois sorriu para o rapaz.

– Estamos apenas checando algumas coisas. Você esteve aqui ontem? Desculpe, como se chama?

O rapaz parecia embaraçado e Sam pôde ver uma gota de suor em seu lábio superior, apesar da brisa.

– Caleb – disse ele. – Não foi culpa minha – gaguejou ele. – A Agência de Proteção Ambiental disse que foi apenas uma explosão inusitada...

– Explosão? – interrompeu Sam.

– É. Uma explosão populacional inusitada.

– População de quê?

A resposta não veio de Caleb, mas da orla do bosque.

– De SAPOS!

Sam virou-se para ver Dean segurando um enorme sapo. Dean pegou uma das patas dianteiras do batráquio entre seu polegar e indicador e fez sinal para que o irmão se aproximasse. Sam agradeceu ao rapaz e desceu a encosta ao encontro de Dean.

– Pode acreditar nisso? – disse Dean, gesticulando em direção ao mar de sapos que saltavam pelo chão da floresta. – Aposto que o Sapo Caco e Miss Piggy estiveram muito ocupados.

Sam passou por ele em direção ao lago.

– OK, você fez sua piada sobre a vida sexual dos sapos, mas agora vai me dizer que eu estava certo. Quero dizer, isto é ou não é uma coisa apocalíptica?

– Acho que sim. – Dean pôs o sapo no chão gentilmente e alcançou Sam. – Lembre-me: qual é mesmo a relação entre sapos e o Apocalipse?

Sam olhou na direção da margem do lago, onde cada garoto no acampamento estava correndo com baldes, sacos, caixotes de leite – tudo que pudesse carregar mais de um sapo. Ele notou vários locais improvisados para corrida de sapos, bem como garotos tentando fazer os sapos jogarem *badminton*, garotos tomando chá no meio dos sapos, dois outros tentando fazer os sapos jogarem basquete – havia até um garoto solitário que havia arrumado os sapos numa simulação de julgamento. Bem no seu íntimo, Sam desejou de novo que sua infância tivesse sido mais normal. Os garotos aqui estavam tendo uma festa, apesar das implicações bíblicas da situação.

Sam virou-se para o irmão.

– No Êxodo, Deus fez chover sapos sobre os egípcios como punição por não libertarem os israelitas. "E se não permitirdes que eles partam, eis que encherei todas as vossas fronteiras de sapos."

– Muito bem, então os sapos são maus. Mas esses garotos estão ficando entusiasmados com eles. Não me parece tão terrível.

Sam deu de ombros. Ele não tinha todas as respostas.

Caleb cambaleou colina abaixo e alcançou-os.

– Desculpem, mas ainda não sei os seus nomes.

Dean olhou carrancudo para ele.

– Por que não nos conta como todos esses sapos chegaram aqui?

Caleb lançou as mãos para o ar, exasperado.

– Como já disse ao Sr. Butler! Quantas vezes tenho que explicar tudo de novo?

– Quem é o Sr. Butler? – perguntou Sam.

– Meu patrão – disse Caleb, com um sincero rolar de olhos. – O pai de Justin apareceu de repente ontem. Eu não me dei conta exatamente de que ele não podia visitar o filho. O cara agia de um modo meio estranho, e a próxima coisa que sei é que ele desceu até o lago com os garotos. E então tudo saiu de controle.

Dean inspecionou as crianças correndo ao redor num frenesi quase histérico induzido pelos sapos. Alguns supervisores com aspecto cansado estavam tentando – e na maioria das vezes fracassando – manter algum tipo de controle.

– Onde está Justin Black?

Dean e Sam seguiram até uma enorme cabana de troncos retangular que servia de refeitório. Lá dentro, o pequeno Justin Black sentava-se a uma mesa comprida. Era gorducho e usava uma camisa listrada de tamanho pequeno demais e bermuda uns dez centímetros mais comprida. Dean podia dizer que Justin não era o garoto mais popular do acampamento. O próprio Dean teria se divertido à custa desse garoto.

O rosto de Justin estava vermelho e inchado de tanto chorar. Tinha um sapo enorme no colo, e seus dedos acariciavam-lhe a cabeça chata como se fosse um cãozinho de estimação.

– Justin? – disse Sam gentilmente.

O garoto olhou-o desconfiado.

– Ei, Justin, eu sou Sam. E este é meu irmão Dean.

Dean trincou os dentes. *Nomes falsos, Sam, nomes falsos. Você é cheio de dedos com crianças.*

– Justin, nós sabemos que seu pai veio visitá-lo ontem. Foi a primeira vez que você o viu depois de algum tempo?

Sam sentou-se no banco ao lado de Justin e o garoto assentiu com a cabeça.

– Eu não deveria vê-lo até que ele pague a minha mãe tudo que deve – murmurou Justin, depois fungou e limpou o nariz com as costas da mão.

– Você se refere à pensão alimentícia? – perguntou Sam.

– É – disse Justin, mantendo seu olhar sobre a mesa.

Sam aproximou-se mais do garoto.

– Você sabe que tipo de sapo é este? – perguntou.

– É um *Rana catesbeiana*, rã-touro-americana – disse Justin com um resfolego.

– Oh, é claro – disse Sam, tocando gentilmente a cabeça do sapo.
– Justin, seu pai parecia... normal, ontem?

– Hum. O que está querendo dizer? – Justin afastou o sapo do alcance de Sam.

– Você o reconheceu imediatamente? – tentou Dean, pressionando as mãos na mesa e inclinando-se na direção do garoto. Sam deu-lhe um olhar de aviso, indicando que deveria pegar mais leve.

– Ele é meu *pai* – respondeu Justin.

– Não, eu sei disso, mas você não notou algo diferente nele? – insistiu Dean.

– Bem talvez... – A voz de Justin extinguiu-se enquanto ele examinava seu sapo.

– Talvez o quê?

– Talvez ele não estivesse como sempre... como... costuma ser. – Os olhos aquosos de Justin encontraram os de Dean.

– Você acha que *era* seu pai, Justin? – perguntou Dean, agachando-se para que sua cabeça se nivelasse à do garoto.

– Claro. Ele trouxe para mim a minha coisa preferida. – Justin endireitou-se no banco.

– O que é?

Justin olhou para Dean, como se ele fosse um completo idiota.

– Sapos. O que mais poderia ser?

Sam e Dean voltaram para o Impala.

– Muito bem, então o pai do garoto dá as caras depois de não vê-lo por algum tempo. Ele costumava ser um escroto, e agora traz para Justin um lote completo de seu presságio apocalíptico preferido? Ora, conta outra! – Dean pressionou os dedos na testa, suavizando uma incipiente dor de cabeça. – Quem é este cara?

DOIS

Mais tarde nesse dia, o Impala abriu caminho com um estrondo através da pequena cidade de Waubay, Dakota do Sul. Como tantas cidades industriais, parecia quase deserta.

– Mantenha os olhos abertos, podemos estar entrando num dos campos de pesca preferidos do Inferno – falou Dean, enquanto estacionavam. Ele enfiou a espingarda debaixo de sua surrada jaqueta de couro.

Os irmãos seguiram lado a lado pelas ruas vazias. As fachadas das pequenas lojas familiares estavam na maioria desmanteladas. A pintura descascava das pareces, dando a tudo um ar decadente.

Um estrondo irritantemente alto quebrou o silêncio, fazendo Dean e Sam girarem nos calcanhares, só para verem uma picape desconjuntada dobrar uma esquina e desaparecer. Não havia ninguém mais em torno.

Estão alguém gritou. Os irmãos entreolharam-se.

– De onde veio isso? – exclamou Dean, vasculhando a rua, olhos arregalados. Eles ainda pareciam estar sozinhos.

Ouviram outro grito. Sam sacou a arma, apontando-a para um cruzamento próximo.

– Por aqui – disse.

Os irmãos correram, suas botas pesadas martelando o calçamento enquanto dobravam a esquina e ouviam de novo o grito. O suor escorria de suas faces enquanto paravam diante da...

Piscina Comunitária de Waubay. A piscina estava vazia e várias senhoras idosas passeavam em volta em roupões de banho e largos maiôs parecendo tendas. Dean olhou para Sam, que se limitou a dar de ombros.

– O que acabou de acontecer aqui? – gritou Dean, uma das mãos protegendo seus olhos da exibição de carne geriátrica de gelar os ossos.

Apesar de seus melhores esforços, Sam também estava encontrando dificuldades em lidar com as velhas seminuas. Ele viu um cara de aparência jovem em calças de corrida, segurando um apito, e seguiu na direção dele.

– Pode nos dizer o que está havendo? – perguntou.

O sujeito, que ele presumiu ser um instrutor de natação, semicerrou os olhos para Sam, confuso.

– Não faço a menor ideia – disse, desamparado. – Eu estava dando a aula regular de natação quando a piscina começou a borbulhar.

– Borbulhar como... fervendo? – perguntou Sam.

Juntando-se a eles, Dean sorriu afetadamente.

– Tem certeza de que nenhuma dessas graciosas damas ficou lá? – disse.

O instrutor virou a cabeça lateralmente para Dean, com um ar de irritação que Sam tinha visto ser dirigido ao seu irmão com alguma frequência. Sem qualquer outra palavra, Dean afastou-se, sabiamente deixando o interrogatório para Sam.

– Alguém se feriu? – perguntou Sam, tentando contornar a irritação do instrutor.

– Não – replicou o homem. – Ninguém fica ferido no meu plantão. É simplesmente como eu disse: a piscina começou a borbulhar e provocou gritos assustadores de todos. Seja como for, quem são vocês?

Sam sorriu.

– Os inspetores Antilles e Solo, do Sistema Nacional de Segurança em Piscinas. O filtro de vocês está atualizado pelos mais recentes padrões de segurança?

– Claro que sim – respondeu o instrutor. – Que tipo de piscina comunitária você pensam que estou dirigindo?

Sam deu um passo atrás.

– Fantástico. Nós sempre ficamos felizes em ver um cara dedicado como você assumir a responsabilidade. A segurança de piscina é... – Sam vacilou – ...importante. Assim acho. Obrigado pelo seu tempo.

Sam juntou-se ao irmão, que interrogava uma mulher corpulenta de voz estridente. Dean assentiu à aproximação de Sam.

– Myra, poderia repetir para o meu parceiro o que acabou de me contar? – perguntou Dean.

Myra estreitou mais o robe em torno de si.

– Estávamos fazendo nosso exercício matinal de rotina quando a água começou a borbulhar – retumbou ela. – Lentamente a princípio, depois cada vez mais rápido até que ficou quente. Quente mesmo, mas não o bastante para cozinhar. O engraçado foi que Eunice e eu tínhamos acabado de comentar que a água estava fria demais para ficarmos lá dentro.

Sam empinou a cabeça.

– Espere aí. Você disse que estava fria, e então a água começou a esquentar por si mesma?

– Hã-hã – disse Myra, balançando a cabeça com touca de banho.

Agradecendo a Myra, Sam e Dean saíram e dirigiram-se através da cidade até onde estava o Impala.

– Existe um monte de referências acerca de transformação da água – disse Sam. – Transformando-se em sangue, inundações... e fervura.

– Portanto, voltamos ao Apocalipse. A cidade está iluminada com símbolos apocalípticos, mas eles são... piadas?

– Você acha que é o Trapaceiro? – Sam engoliu em seco. – Gabriel, quero dizer.

– Nenhuma chance – respondeu Dean. – Não é o seu *modus operandi*. Ele não é o tipo de deixar sobreviventes, sabe?

– Então o que é?

– Não sei. É Roy Rogers um dos Quatro Cavaleiros do Apocalipse?

Dean estacionou diante de um decrépito motel. O letreiro em néon dizia "Two Pines Motel" e exibia dois pinheiros fluorescentes piscando alternadamente, de modo que pareciam estar balançando a um vento forte.

– Oh, que bom, há um posto de limpeza de peixe no local – disse Dean com sarcasmo.

– Estamos em plena temporada de pesca – notou Sam. Dean saltou do carro e seguiu até a portaria do motel.

Dois minutos depois, Sam ficou sobressaltado com a pancada de Dean sobre o capô. Uma chave balançava de um chaveiro em forma de peixe na sua mão estendida.

– Vamos.

Sam tirou a mochila do porta-malas e seguiu Dean até o quarto de motel simplesmente decorado com um apainelado de madeira.

Dean desabou numa das camas.

– Então para onde seguimos daqui? – perguntou.

Sam puxou uma cadeira e sentou-se, tirando as botas e jogando--as debaixo da mesa de madeira.

– Acho que devemos ver se podemos descobrir alguma coisa sobre o pai de Justin. É a única pista real que temos.

Uma hora depois, os rapazes estavam afundados na pesquisa. Dean estava esparramado na cama, *laptop* sobre o peito.

– O prontuário de trânsito de Don Black está limpo, bem como o de seus cartões de crédito... O que significa que ele não tem nenhum. O cara é apenas um pobre fodido tentando ganhar a vida.

Com um simples clique duplo entrou nos registros locais do condado.

– Ouça isto. Pelos registros da vara de família, Don Black devia 15 mil dólares à ex-mulher em pensões alimentícias atrasadas. Ontem ele pagou tudo, em dinheiro. Como você explica isso? E dei uma olhada nas vendas de carro num raio de 15 quilômetros. Parece que ontem ele foi a uma concessionária e comprou um Prius, também em dinheiro.

Dean pôs as pernas no chão.

– Hum. Não sei se posso imaginar um demônio dirigindo um híbrido – disse. – Ok, ele é o Pai Amoroso Número Um do Mundo. Ele não é Lúcifer. Vamos tirar o inferno da parada.

– Podemos ao menos falar com a mãe de Justin antes de partirmos? – Sam levantou-se, calçou as botas, pegou a jaqueta e abriu a porta.

Dean permaneceu onde estava.

– Ele simplesmente pagou os quinze mil dela em dinheiro. Realmente acha que ela vai entregar sua mina de ouro?

– É a melhor pista que temos – respondeu Sam.

Dean olhou hesitante para o irmão.

– Onde ela está?

– Ela trabalha num restaurante estrada abaixo.

Sam acenou com a cabeça para o Impala, visível através da porta aberta.

Dean arrastou-se para fora da cama. Lançou um olhar desdenhoso ao quarto, enquanto saía.

– Desde que isso nos mantenha fora deste motel. O lugar fede como uma lixeira.

Um sino estridente anunciou sua chegada ao restaurante. A pequena freguesia de moradores locais virou-se para ver a entrada de Sam e Dean, depois todos voltaram rapidamente aos seus pratos. Uma bonita ruiva junto ao vão da cozinha berrava ordens para um cozinheiro gordo:

– Tommy, quantas vezes tenho que lhe dizer que *ao ponto* não é um bife jorrando sangue?

Dean aproximou-se.

– Você é Kathy Black? Ex-mulher de Don Black?

– Quem está perguntando? – replicou a ruiva, a expressão enrijecendo à menção de Don. Sua reação foi o suficiente para confirmar-lhe a identidade.

– Ouça, eu não sei onde ele está – continuou ela, sem esperar pela resposta –, mas se ele lhe deve dinheiro não sou eu que vou pagar. E tenho um revólver debaixo de meu travesseiro, no caso de você estar com quaisquer ideias.

– Não somos agiotas, madame – interveio Sam. – Apenas queremos lhe fazer umas perguntas sobre seu marido.

– Como seu amigo disse, é *ex*-marido – replicou Kathy, decidida.

– Certo, ex – disse Dean, adiantando-se. – Peço desculpas pelo meu parceiro. Ele não sabe como conversar com mulheres. Você sabe onde Don poderia estar?

Kathy franziu o cenho, as rugas ficando mais pronunciadas no seu rosto afora isso atraente. Os anos gastos tentando extrair informação das pessoas haviam ensinado duas coisas a Dean. *Nunca* faça perguntas que vão desperdiçar o tempo de pessoas ocupadas, e *nunca* emputeça uma ex-esposa.

– Vocês são da polícia?

Sam sacudiu a cabeça.

– Não. Não somos.

– Porque eu detesto tiras.

– Nós também – disse Dean, com um sorriso enigmático.

– Você sabe se existe algum lugar que ele goste de frequentar?

O olhar de Kathy desviou-se para uma de suas mesas no outro lado do restaurante.

– Ouça, tenho que servir mais café para aquele freguês...

– Por favor – interrompeu Sam. – Nós trabalhamos na concessionária. Meu parceiro esqueceu de pedir a assinatura de Don para o registro de seu novo carro, e o patrão vai me ferrar se...

Kathy acenou para Sam parar de falar.

– Ótimo. Seja lá o que for. Se ele estiver na área, podem encontrá-lo no Polly's Bar, dobrando a esquina, o prédio bege à direita.

Sam e Dean agradeceram e saíram.

Poucos minutos depois estavam diante do Polly's Bar, um velho estabelecimento feio espremido entre dois prédios ainda mais feios. Dean empurrou a porta e abaixou a cabeça ao passar através da entrada de pouca altura.

Enquanto seus olhos acostumavam-se à luz opaca do salão, ele divisou um interior estreito de aparência encardida com um pequeno número de fregueses amontoados num canto. Uma voz estridente de fala rápida chamou sua atenção imediatamente. Dean e Sam foram até o bar, onde um homem de camisa havaiana paparicava um grupo de universitários.

– Então o padre disse: "Não pode ser meu cartão de crédito, porque eu respondo a um poder mais alto". – Os universitários caíram na gargalhada. – OK, a próxima rodada é minha. – O homem gesticulou energicamente para o *barman*. – Sirva todo mundo!

Dean permaneceu observando, Sam a seu lado, enquanto o cara recebia a pequena coleção de palmas e vivas indiferentes que se seguiu.

– Preciso ir ao banheiro – disse o homem, desgarrando-se rumo aos fundos do salão escuro. Ele entrou no corredor e sua cabeça foi prensada contra a parede com um baque surdo. Dean rodopiou-o vigorosamente, fazendo o homem mais velho perder o fôlego e forçando seu antebraço contra o pescoço dele.

Longe de querer se gabar, Dean esperava firmemente que o cara se mijasse de terror – em especial porque estava a caminho do banheiro –, mas ele se limitou a rir.

– Ei, não é que são os rapazes Winchester?! – ele gritou. – Calma aí. Que demora para aparecerem!

TRÊS

– Cale a boca, cara. Sabemos o que você é, e sabemos simplesmente como matar você.

Foi uma avaliação menos do que acurada, mas Dean certificou-se de que suas palavras extravasassem com confiança. Não fazia sentido deixar que esta particular espécie de excêntrico os confundisse. *Tem de ser um excêntrico*, pensou Dean. *Só os excêntricos nos reconhecem*. A pretensão foi traída pela tosse abafada de Sam. Dean disparou-lhe um olhar – *Cale a porra da boca*. Havia uma razão para Dean fazer o papel de blefador de pôquer na família.

– Bem, nós *meio* que sabemos o que você é. Você é um escroto, você está causando problemas aqui, e para nós a violência costuma ser a melhor solução.

– Escutem aqui, rapazes – disse Don com um pouco de rispidez. – Estive esperando por um tempão... num *bar*... que vocês dessem as caras. Não sei se uma bexiga humana pode aguentar tanta pressão. Isto não pode esperar enquanto dou uma mijada? – Ele oscilava desajeitadamente para a frente e para trás entre suas pernas.

Dean empurrou o homem rudemente para uma cabine esfarrapada, aninhada no canto mais sombrio do fundo do bar, longe dos olhos curiosos dos fregueses. *Não precisamos de nenhum deles tomando as dores deste cara, se as coisas começarem a azedar*.

– Provavelmente não, Havaí Cinco Zero. Temos algumas coisas a esclarecer primeiro. – Dean lançou um olhar de esguelha para o irmão. – Sam?

Com um aceno de cabeça, Sam procurou pelo pacote de sal grosso no bolso da jaqueta, mas a mão voltou vazia.

– *Droga*, esqueci no carro – murmurou. Deixando Dean na cabine com o refém Don, Sam seguiu de volta rumo ao aglomerado de fregueses confusos no bar, todos em dúvida, imaginando o que havia acontecido com seus tíquetes de bebida grátis. Retornou com um punhado de saleiros, que rapidamente começou a abrir.

Deveria ter trazido as espingardas de sal grosso, pensou Dean. *Assim não teríamos que recorrer a esses truques baratos.* Se Don Black estivesse possuído por um demônio, ele seria vulnerável ao sal, mas tomou mais do que uma pitada. As coisas iam se complicar.

– Se estivesse realmente esperando por nós, saberia que eliminamos muitos da sua espécie. – A bravata de Dean estava alcançando o nível de febre. – A verdade é que o maninho aqui nem mesmo precisa de sal. Ele usa o seu aperto de *kung fu* e o seu rabo vai bater no fundo do poço.

Era claro que os três sabiam que ele estava blefando. Qualquer um com uma leve familiaridade com o Apocalipse sabia sobre o vício de Sam no sangue do demônio e até onde essa estrada escura o tinha levado.

Don riu suavemente.

– Vocês pensam... Vocês pensam que sou um *demônio*? – Com ar confuso, ele pegou um dos saleiros na mesa e abriu-o, vertendo seu conteúdo na boca. Após um momento, na maior indiferença, cuspiu o sal sobre a mesa. – Pronto.

Bom, já que ele não engasgou até a morte nas suas próprias entranhas ferventes, acho que ele não é um demônio. Melhor seria perguntar ao sacana.

– Tudo bem, desisto. Quem diabo é você?

– Diabo? Este é o seu problema, Dean. Sempre olhando na direção errada. – Don esticou o braço, agarrou o queixo de Dean e, antes que este pudesse objetar, inclinou-o para cima.

– Ei, cara – disparou Dean. – Pisou na bola!

Num instante Sam estava segurando a faca de matar demônio de Ruby na garganta de Don.

– Vocês dois, caras, não são grandes ouvintes. O que é que uma faca amaldiçoada vai fazer com um *anjo*?

Sam e Dean trocaram um olhar atônito. Se Don estava dizendo a verdade, ele marcara um ponto. Sem uma lâmina angelical, eles podiam igualmente estar jogando amendoins para ele.

– Um anjo? – perguntou Sam, afastando lentamente a faca da jugular de Don. – Que tipo de anjo anda por aí fervendo velhinhas e lançando presságios apocalípticos?

Um anjo burro, pensou Dean, *que não sabe exatamente se restringir*.

– Eu realmente pensei que vocês estariam aqui uma semana atrás – disse Don timidamente. – Deixei uma enorme quantidade de pistas inofensivas. Só lancei os sapos e a água fervente quando percebi que vocês não estavam entendendo. Não é um de vocês que supostamente seria o inteligente? Um doutor ou coisa parecida?

Sam desviou a vista, um pouco embaraçado.

– Um advogado, na verdade. Não é isso, Sammy? – disse Dean, dando um tapinha nas costas do irmão, com um sorriso afetado.

Don pareceu pelejar para segurar o riso.

– O receptáculo de Lúcifer na Terra é um *advogado*? O quanto *isso* é perfeito?

– Fui expulso da faculdade de Direito – interrompeu Sam, incisivo. – E não sou receptáculo de ninguém.

– Esse é o espírito, Sam. Para não mencionar exatamente que eu trouxe vocês aqui para falar a respeito – disse Don um tanto excitadamente demais.

– Da próxima vez que quiser conversar, tente ligar antes que machuque algum garoto – disse Sam.

– Ninguém ficou ferido. Era um bando de sapos. E é mais difícil entrar em contato com vocês do que com o amuleto entalhado nas suas costelas – disse Don, referindo-se ao Sinete Enoquiano, um antigo e complexo padrão que o anjo Castiel tinha queimado na caixa torácica de Sam e Dean como proteção contra ambos os lados no Apocalipse: os anjos e os demônios. Sem ele, Miguel e Lúcifer estariam neles mais rápido do que Dean num *cheeseburger* com *bacon*.

– Bastante justo – abrandou-se Dean. – O que vem agora? Você crava o resto dos anjos sobre nós, nós fugimos e começamos esta dança toda de novo amanhã? – Mesmo enquanto as palavras fluíam de sua boca, Dean sabia que a parte da "fuga" não iria funcionar. Se acabasse em porrada, as possibilidades estavam a favor do anjo. Eles não iam deixar o bar a menos que Don permitisse.

Don sentou-se empertigado.

– De modo algum. Isto não tem nada a ver com eles, e tudo a ver com ajudar vocês.

– A única ajuda de que precisamos é manter distância do radar anjo – resmungou Dean.

Os olhos de Sam dardejaram para encontrar os seus. Dean sabia que isso só significava uma coisa: ele estava a ponto de causar problema.

– Você disse que queria falar sobre mim... Sobre eu ser o receptáculo de Lúcifer – começou Sam e depois fez uma pausa, como se tentando encontrar as palavras.

– Todo mundo com quem já falamos, de *ambos* os lados, age como se fosse inevitável. Que a batalha é entre Dean e eu.

Don assentiu gravemente.

– Mas tem de haver outra maneira – disse Sam. – Sempre há.

– Você está certo. Tornar-se o receptáculo de Lúcifer não é o único meio de pôr fim à guerra; é só o mais rápido. Não posso garantir que você vai adorar as alternativas, mas elas *estão* lá.

– Sam, não deixe este cara penetrar na sua cabeça – disse Dean, preocupado. – Não sabemos com certeza quem ele é, e mesmo se ele *for* um anjo... Bem, o registro deles não é tão grande.

– Olhe só quem está falando – respondeu Don. – Pelo menos *eu* não trouxe o fim dos tempos. E, Dean, não vamos esquecer de sua parte nesta pequena dança.

Este cara simplesmente não passa de um babaca como o resto dos anjos, pensou Dean. Apesar da reputação comum deles como agentes da vontade de Deus, forças do bem, e o padrão ouro para a moralidade, todos os anjos que Dean havia encontrado ao longo do último ano não passavam de escrotos astutos e manipuladores. Exceto Cass, é claro. Castiel tinha-se rebelado contra o resto da Hoste Celestial quando os anjos conspiraram para ocasionar o Apocalipse.

– Por que vocês iriam nos ajudar? – perguntou Sam. – Por que discordar da linha do partido?

– Companheiros, eu tenho um interesse investido aqui – sussurrou Don, baixinho. – Estive confinado por milhares de anos, não tive sequer uma licença de fim de semana para visitar este seu adorável cantinho do mundo. Agora tudo mudou. Está tudo preparado para o Apocalipse, e aqui estou. No paraíso que Deus criou para vocês. – Ele gesticulou para o bar. – *Adoro* isso aqui.

Dean olhou para o anjo.

– Bem, e daí? Você quer nos manter fugindo? Manter a devastação do Apocalipse, enquanto fica enchendo a cara de *piña colada*?

– De jeito nenhum. Posso mostrar-lhes como derrotar Lúcifer *sem* se tornarem a Espada de Miguel. – Don dirigiu o olhar para Sam. – E sem Lúcifer ficar morando dentro de Sam. Acontece simplesmente que eu também quero ficar na Terra. Vencer, vencer, vencer.

Dean viu o pomo de Adão de Sam subir e descer enquanto ele engolia em seco. Podia ver as rodas girando na cabeça do irmão, tentando avaliar as possibilidades aqui. Dito tudo, Sam estava em situação muito pior do que Dean. Vencendo ou perdendo, Sam tinha girado o comutador para o Dia do Juízo Final, e se a batalha entre os irmãos Winchester viesse a acontecer... Bem, nesse caso ou o Demônio venceria ou Sam seria morto.

– Nós vamos precisar de mais do que isso – disse Dean. – Não temos motivo algum para acreditar em nada dessa merda.

– Então deixem-me dar a vocês o quadro completo – disse Don, a raiva transparecendo em sua voz. – Passei os últimos poucos milhares de anos como carcereiro de um prisioneiro de muito alto perfil... Até o dia em que vocês dois o deixaram escapulir.

Don chegou mais perto, seu hálito inundando o rosto de Dean, que recuou. *O cara devia parar de comer cebola.*

– Eu estava plantado no *Inferno* – continuou Don –, guardando os portões como um bom soldado, enquanto vocês estavam bebendo o sangue do demônio e traindo sua raça. Eu tinha que observar as almas *gritando,* sem qualquer suspensão da pena, enquanto Satã e seus sequazes as torturavam. – Dito isso, ele lançou a Dean um olhar conhecedor.

Dean sentiu o sangue ferver.

– Já chega – grunhiu, lutando para se controlar. Ele havia passado um bom tempo no Inferno, e após experimentar o equivalente a trinta anos de tortura, tinha aceitado uma barganha... Dean havia torturado outras almas em troca de sua libertação. Aquele momento de fraqueza tinha rompido o primeiro dos 66 Lacres para a libertação de Lúcifer.

Don olhou para Sam.

– E você simplesmente abriu a porta dos fundos para ele – cuspiu.

O punho de Sam fechou-se em torno da faca de matar demônios. A lâmina cravou-se na superfície de madeira da mesa, entalhando uma estria profunda.

– Eu *sofri* pelo meu trabalho. Pelo meu *criador*. Mas agora que Lúcifer está livre, não há nada para eu guardar. Fui chamado para cá, e o que descubro? Deus se foi. Desaparecido em ação.

– Não é verdade – disse Sam suavemente, seus olhos na faca de Ruby. Ele sempre tivera mais fé do que Dean, mas essa fé estava sendo intensamente testada nestes dias. O arcanjo Rafael havia alegado que Deus se fora, mas o quanto eles realmente sabem? O quanto qualquer um sabe, até mesmo os anjos? Se Deus não quisesse ser encontrado, não seria encontrado. Isso não impediu Cass de procurar por ele (*ou ela*, pensou Dean) através de todo o maldito planeta.

– Em todo esse tempo passado na cova, a gente ouve coisas – continuou Don, ignorando a silenciosa réplica de Sam. – Um monte de coisas realmente terríveis, mas para todo o sempre... um segredo. Alguma coisa que Lúcifer não quer que eu ouça. Uma ínfima dica de como ele pode ser derrotado, adquirida à custa de meu sofrimento durante anos.

– Não pode ser verdade – disse Dean, com uma rispidez pedregosa. – Você teria dito ao resto da gangue dos anjos e nós não estaríamos tendo esta conversa.

– Vocês não entendem – resmungou Don. – Vocês acham, quando tudo já está dito e feito, que Miguel simplesmente irá *matar* Lúcifer?

– Sim – disse Sam, carrancudo. Pois para Sam esse era o principal dilema.

– Então você não sabe como funciona a mente de Miguel. Ele vai derrotar Lúcifer e depois vai humilhá-lo. Ele inventará um novo nível de sofrimento, pior até do que o Inferno, e porá Lúcifer para chafurdar nele. *E quem vocês acham que Miguel convocará para guardá-lo?* – Don estava fervilhando agora, quase cuspindo enquanto falava. – Eu *não* vou voltar para o Inferno. Não depois de viver aqui.

– E você sabe como...

– Matar Lúcifer completamente? Remover até mesmo a necessidade da existência de um Inferno? Sim. – Don adquiriu de repente uma alma gélida, que era de alguma forma mais insinuante do que sua raiva. – Vou dar a vocês, rapazes, um minuto para fixar isto em seus cérebros – acrescentou com um amplo sorriso, enquanto se levantava. – Até mesmo os anjos precisam mijar.

***

Sam observou Don desaparecer pelo corredor nos fundos do bar, sem saber se deveria tentar impedi-lo. A esta altura, não parecia que ele fosse fugir.

– Que diabo foi isso? – perguntou Dean com as mãos nas têmporas. Ele não assimilava bem pedaços de informação.

– Se for verdade...

– Claro que não é verdade – interrompeu Dean. – Você pensa que alguma coisa como essa iria passar pela mente de Cass? Que Miguel sequer ia matar Lúcifer?

– Ele é nosso amigo, mas continua sendo um anjo. Antes, ele nem sempre foi honesto conosco. – Sam sabia que era duro para seu irmão ouvir. Dean tinha ficado cada vez mais próximo de Cass desde que o anjo havia se rebelado contra o Céu.

Dean semicerrou os olhos para Sam, estupefato.

– Você não está considerando isto, está? Que alguns loucos saem do Inferno com uma proposta boa demais para ser verdade? Isto soa familiar?

– Isto tem a ver com Ruby? – perguntou Sam, incisivamente. Depois de todo o trabalho que os irmãos tiveram para acertar as coisas entre eles, o relacionamento de Sam com Ruby ainda era um assunto delicado. Extrapolava completamente os limites, se é que havia algo fora dos limites para Dean.

– Isto é sobre nós querendo nos livrar deste peso, tirar a canga das nossas costas e deixar alguém mais puxar a carga.

Dean não estava inteiramente errado, mas isso não mudava o fato de que eles precisavam de opções. Antes de encontrarem Don, suas escolhas eram ou aceitar Miguel e Lúcifer, ou deixar o mundo desintegrar-se enquanto eles ficavam olhando.

– Não é somente o nosso Apocalipse – disse Sam. – Se Bobby vier a nós com outra maneira de acabar com a guerra, você deve ouvir.

– Bobby é diferente. Bobby é humano.

– Quem é Bobby? – perguntou uma voz atrás deles. Era Don, voltando do banheiro. Parecendo renovado, ele fez sinal para o *barman*. – Uma rodada para mim e para meus dois novos amigos.

O *barman* lançou um olhar duro e desconfiado para Sam e Dean, depois começou a servir-lhe as cervejas.

– Bobby não está no seu radar, e nem vai estar – replicou Dean.

Sam inclinou-se cautelosamente na direção de Dean, tentando estender um ramo de oliveira.

– Digamos que acreditemos em você. Digamos que estejamos dispostos até a ajudá-lo. O que acontece em seguida? Por que você precisa de uma dupla de humanos?

– Porque o livro foi escrito para humanos – respondeu Don, como se fosse óbvio.

– O livro? – perguntou Sam, confuso. – Eu pensava que você tinha ouvido isto diretamente de Lúcifer, não?

– Exatamente. Ouvi sobre o *livro* de Lúcifer.

– E? – perguntou Dean, entediado.

– E o quê?

– E o que é isso? – cuspiu Dean, as palavras quase caindo em cima uma da outra.

– Um manual. Um livro de estratégia, se preferir, um... um guia de guerra... um folheto barato para o Apocalipse.

– Escrito por? – perguntou Dean.

Don agarrou uma cerveja da mão estendida do *barman*.

– Deus – respondeu.

– E vocês foram embora?! Eu sabia que vocês eram idiotas, mas não a esse ponto. – Dean ficava sempre aliviado ao ouvir a voz de Bobby Singer, não importa quão maçante ele soasse. Podia não ter o mesmo sangue, mas era a única família que restava aos dois irmãos.

– Dissemos a ele que precisávamos de algum tempo para pensar – disse Dean, mudando o telefone celular de ouvido para proteger seu aparelho auditivo do ataque furioso. Dean estava sozinho no motel fedendo a peixe, enquanto Sam saíra para buscar comida. Dean achava difícil pensar de estômago vazio, e não havia jeito de partilhar uma refeição com Don, o anjo-mala.

– Aposto que sim. Disseram também a ele para vir e trazer-me algumas malditas pernas novas? – Bobby respondeu, com seu habitual rancor. Dean esquecera momentaneamente da incapacidade de Bobby. Ele havia sido golpeado pela faca de Ruby alguns meses atrás e ficara paralítico, deixado para viver o Apocalipse numa cadeira de rodas. Era o pior destino possível para um homem que se orgulhava de ser autossuficiente.

– Mantive você fora disso. Quanto menos os anjos souberem a seu respeito, melhor. Para todos nós – disse Dean.

– O quê?! – Só porque sou agora um alvo em câmera lenta? Posso cuidar da porra de mim mesmo, Dean. – A voz de Bobby falhou levemente, traindo o sofrimento que sua deficiência tinha causado.

– Sei que você pode, Bobby – disse Dean, e depois tentou redirecionar a conversa para um terreno produtivo. – Você sabe alguma coisa sobre esse livro? Chama-se *A guerra dos Filhos da Luz contra os Filhos das Trevas*.

– Todo mundo ouviu falar dele – replicou Bobby, soando mais natural. – É um segmento dos Pergaminhos do Mar Morto, e um dos textos apócrifos mais lidos da Cristandade. O problema é que ninguém leu o final.

– Por que isso?

– Porque ele não existe. Quando os pergaminhos foram postos à venda em 54 houve um grande agito. Alguém irrompeu no Waldorf Astoria, onde eles estavam sendo leiloados, e no dia seguinte não conseguiram encontrar a última página, que eles chamavam "Pergaminho da Guerra". Os eruditos dizem que foi destruída... Que o Demônio não gostou do que estava escrito.

Tanta coisa para uma resposta fácil, pensou Dean. *Mas pelo menos a história de Don confere.*

– E o pouco que ele disse sobre o livro ser um guia de campo para o Fim dos Tempos?

– É mais como um guia de campo para estripar Demônio – disse Bobby sinistramente. – O livro é bastante específico. Formações de batalha, uma linha do tempo, como vocês chamam. Mas essa última página... Como derrotar o próprio Satã? Isso poderia mudar tudo.

– Obrigado por manter baixas as expectativas, Bobby. Portanto, se foi destruída, como é que o anjo Don vai nos levar a ela?

– Deveria perguntar a ele em vez de esbravejar, seu idiota. – Houve uma pausa do outro lado da linha. – Pode ser que não tenha sido destruída, apenas escondida. Colocada a salvo em algum lugar onde Lúcifer soubesse que não poderia ser encontrada.

– Portanto, tudo que temos a fazer é encontrar alguma coisa escondida pelo próprio Demônio. Fácil paca.

Dean ouviu a porta abrir atrás dele, deixando entrar uma rajada de ar frio, agitando as cortinas e provocando um calafrio em sua espinha. Virou-se para ver Sam entrar no quarto, um ar culpado no rosto.

– Bobby, vou ter que...

E então Dean o viu. Don, o anjo, entrando lago atrás de Sam.

– Sam, que diabo está acontecendo? – Dean pôs o celular de lado, mas ainda pôde ouvir a voz fina de Bobby chamando do outro lado da linha.

– Dean, sinto muito. Realmente. Mas você não é o único que está enfrentando um pelotão de fuzilamento de anjos, não importa o que ele faça. – Sam tentou manter contato visual com Dean, mas o Winchester mais velho afastou o olhar. Em vez disso olhou para Don, que ainda estava usando aquela maldita camisa havaiana.

– O que você disse a ele? – Dean perguntou asperamente ao anjo.

– Eu lhe disse a verdade. Que você compreenderá tudo isso no devido tempo.

As palavras de Don foram a última coisa que Dean ouviu antes da súbita e precipitosa queda.

Sam acordou ao som de gritos terrivelmente próximos. O som foi acompanhado pelos lamentos desprezíveis de alguma espécie de criatura do outro mundo. O barulho chocalhou o ar em torno dele, e então deu passagem ao grito de um homem. E era isso... música? *Que diabo aconteceu?* Ele estava totalmente sozinho num corredor escuro e curvo, ambos os lados do qual sendo obscurecidos alternadamente. Vindo de uma direção era o som de gritos. Da outra, silêncio. *É assim que os instintos de um caçador podem botar você em apuros*, pensou Sam, enquanto lentamente se levantava. Suas pernas fraquejando, caminhava com cuidado em direção ao turbilhão. *A maioria das pessoas fugiria dos gritos. Obrigado pelo desejo de morte, papai.*

Enquanto contornava o corredor, ele se sobressaltou à visão diante dele. Seu irmão, claramente em estado de choque similar, estava parado à luz bruxuleante de um cinema antiquado. Na tela prateada, uma lula gigantesca atacava um submarino enquanto os marujos arremessavam arpões em seu olho colossal. Sam recuou às suas lembranças de infância. Era o *Nautilus*, do filme *20.000 léguas submarinas*? Sam estava estupefato. *O que foi que Don fez conosco*?

Ele viu um letreiro de saída e empurrou seu irmão atônito na direção dele. Foram aos tropeções para fora e apertaram os olhos quando o sol da tarde cegou-os temporariamente. Piscando, Sam olhou para cima, para o céu impossivelmente brilhante, e viu a silhueta de um edifício gigantesco. *O Empire State*, pensou. Um carro clássico cor de cereja, em condição imaculada, passou por eles. Famílias felizes passeavam pela calçada, usando apetrechos que pareciam saídos de *De volta para o futuro*. Sam olhou para elas. *Alguma coisa está realmente errada.*

Ele olhou para Dean, que o olhou de volta com um eu-não-lhe-disse? estampado na face.

– Maninho, acho que aquele escroto nos mandou de volta a 1954.

QUATRO

Os viajantes do tempo estavam parados na calçada, completamente espantados. Uma multidão de mulheres em saias longas, chapéus e luvas, e homens em ternos elegantes e chapéu-coco fluía em torno deles. Em suas calças Levi's e jaquetas de couro, Dean percebeu que os irmãos Winchester pareciam deslocados naquela paisagem corporativa, para dizer o mínimo.

Aquele patife alado realmente nos mandou de volta para o que era Nova York em 1954, pensou ele, seu cérebro pelejando para processar. Parecia que Don os tinha jogado direto no meio da Times Square, mas não havia em parte alguma um turista empunhando uma câmera. O local estava também suspeitosamente limpo e tranquilo, sem montes de papel ou lixo, e não havia música *rap* soando de nenhuma das lojas próximas.

– Primeiro vamos nos orientar, depois eu chuto a sua bunda – anunciou Dean.

– Eu não fiz... – começou Sam.

– Não, Sam. Nada do que possivelmente possa dizer o compensará por nos ter jogado numa fria, *de novo*.

– Você não é o único com uma aposta nisso, Dean. O que significa que, às vezes, você segue *meu* plano.

Dean olhou para a multidão afobada, não querendo continuar a discussão em público.

– Muito bem, sabichão. Você queria ver o tempo se perverter de novo. E agora, qual é o próximo movimento?

– Sairmos da rua.

A essa altura, Dean teve de concordar com seu irmão. Tentando o melhor possível se misturarem na multidão, eles rapidamente seguiram rumo norte na direção do Central Park.

Dean habilmente afanou um *New York Herald Tribune* da banca verde da esquina da rua 47 com a Broadway. Algumas coisas não mudam, não importa em que época você esteja; truque rápido continua sendo truque rápido. Dean espiou a data: 23 de junho de 1954. Ele sacudiu a cabeça. Aquele sacana havia-os jogado quase meio século atrás sem sequer uma explicação sobre onde ou como encontrar o Pergaminho da Guerra.

Apesar do apuro, Sam estava sorrindo.

– Isto é impressionante – disse.

– O que é você? Um esquimó recém-chegado do Polo Norte? – zombou Dean. – Já estivemos em Nova York uma dúzia de vezes.

– Sim, mas quantas vezes estivemos nos *anos cinquenta*? – replicou Sam.

– A diversão de verdade começa nos sessenta.

Enquanto atravessavam uma esquina movimentada, um homem de capa impermeável esbarrou no ombro de Dean.

– Ei, olhe por onde anda, cara – disse Dean com rispidez automática, mas, quando olhou para o sujeito, por um segundo pensou ter visto o rosto de Castiel. O homem pareceu alarmado e Dean deu-se conta do seu engano. Não era Cass, e eles não conheciam ninguém em 1954. Aliás, não havia um rosto conhecido por milhas, ou décadas.

Os rapazes não eram novatos em saltos angelicais no tempo – já haviam passado por isso antes, quando Anna tentou matar John e Mary Winchester em 1978, e quando Cass tomou Dean nos idos de 1973. O passado não era algo que Dean gostasse de visitar ou mesmo recordar, e agora lá estava ele de volta. E mais, ele estava superfaminto, outro inconveniente da viagem no tempo.

Sam olhou por sobre o ombro para o homem de capa impermeável e depois de volta para Dean.

– Cara, esta não é a Nova York com que estamos acostumados. Procure não dar muito na vista.

Enquanto deixavam a Times Square, Sam deu uma última olhada. Em vez das telas de vídeo gigantes da altura de três andares, como nos dias atuais, as ruas estavam cheias de teatros e cafeterias. Os icônicos letreiros que fizeram a praça famosa eram labirintos de néon. Um letreiro com a chapinha de Pepsi Cola de dois andares de altura brilhava sobre a praça, que estava repleta não de turistas do Meio-Oeste em bandos extravagantes, mas de uma força de trabalho vital do pós-guerra, ansiosa para criar o sonho americano. Os anos cinquenta viam o começo da sociedade de consumo que se perpetuou após a II Guerra Mundial; comprar coisas criava uma América rica, e as indicações estavam todas em torno deles. Um letreiro da Chevrolet estava em cima de um edifício; sob ele havia um anúncio do uísque Canadian Club e abaixo deste estava o rosto de sorriso largo de Ed Sullivan, pendendo do lado do edifício em frente a eles.

Sam agarrou o braço de Dean.

– Podíamos ir ver o *Ed Sullivan Show!*

Dean olhou com desdém para o irmão.

– Sam, eu não estou aqui representando *Mad Men* com você. Nós vamos recuperar a página que falta daqueles pergaminhos e de alguma maneira Don nos leva de volta para 2010. Nada mais.

– Eu apenas achei que podíamos aproveitar esta oportunidade que aparece uma vez na vida para ver lendas... vivas.

Dean continuou subindo a Broadway, com Sam seguindo-o alguns passos atrás. Dean dobrou à direita na rua 55, e parecia saber exatamente para onde estava seguindo enquanto atravessavam a rua, ziguezagueando entre os carros. *Uma boa coisa não haver multa para quem atravessa a rua assim nos anos cinquenta*, refletiu Sam.

Dean empurrou a porta da Carnegie Deli e Sam seguiu-o obedientemente para dentro, sabendo que não havia como resistir ao apetite do irmão.

Ocuparam uma mesa com vista para a Sétima Avenida. Dean não precisava nem consultar o cardápio; este era o único lugar em todo o mundo onde a preferência de Dean divergia do seu habitual *cheeseburger* com *bacon*. Uma garçonete apresentou-se na mesa deles numa saia rosa comprida debruada com bricabraque de cor branca.

– O que posso servir a vocês, cavalheiros? – perguntou ela, com forte sotaque novaiorquino.

Dean sorriu pela primeira vez naquele dia.

– Vou querer um *pastrami* no pão de centeio, mostarda extra, salada de batata e uma cerveja sem álcool, por favor.

Sam sacudiu a cabeça. *Nada faz Dean mais feliz do que comida.* Ele consultou o cardápio.

– Vou querer peru defumado no molho russo e um chucrute – disse ele. A garçonete assentiu e anotou no seu bloco.

– Vou trazer rapidinho – disse ela, sorrindo, e afastou-se com o pedido.

Como ela não podia ouvir, Dean olhou ansioso para seu irmão.

– Muito bem, capitão. Qual é o plano?

Sam estivera avaliando o próximo movimento deles, mas ainda não chegara a qualquer ideia brilhante. Eles sabiam muito pouco sobre a localização do Pergaminho da Guerra, só o que estava publicamente disponível na internet em 2010. O que eles sabiam era que uma venda particular aconteceu no Waldorf Astoria Hotel em 1º de julho – em apenas cinco dias. Mas como eles conseguiriam chegar perto para se infiltrar nessa transação?

– Bem, poderíamos tentar arranjar emprego no hotel – disse ele. – Não chamaríamos qualquer atenção sobre nós, se realmente trabalhássemos lá.

Dean deu de ombros. Conseguir um emprego de verdade não era o seu método habitual, geralmente eles se faziam passar por agentes do FBI, ou padres, ou inspetores da Defesa Civil. Trabalhar de verdade não era parte do *modus operandi* de Dean. Mas, considerando as circunstâncias, eles não tinham escolha. Nem chegavam perto de saber o suficiente sobre esta época para se fazerem passar com sucesso por funcionários do governo.

Seus sanduíches chegaram com cinco polegadas de bela carne empilhada sobre pão recém-assado. Dean não cabia em si de alegria.

Minutos mais tarde, Dean estava terminando seu picles e a última mordida no sanduíche. Ao se levantarem para sair, Dean olhou para a conta e puxou do bolso uma nota de dez. Passaram pela garçonete a caminho da saída.

– Obrigado – disse Dean, dando-lhe um grande sorriso.

Ela cantarolou de volta, recatadamente:

– Não, eu é que agradeço.

Dean abriu a porta da deli e olhou para trás para dar um sorriso presunçoso a Sam.

– Parece que a Betty Draper tá na minha.

– Você vai ter é que correr, Dean – disse Sam, com ar igualmente presunçoso.

Dean olhou-o interrogativamente. Então ouviram uma voz de mulher berrar atrás deles:

– Parem aqueles homens!

Olharam para trás e viram a garçonete segurando a muito moderna nota de dez dólares que Dean pusera sobre a mesa.

Sem pensar duas vezes, Sam disparou pela rua com Dean nos seus calcanhares. Eles ziguezaguearam através do trânsito congestionado na interseção, quase causando uma batida quando o sinal ficou verde.

Momentos mais tarde, estavam passeando casualmente rumo leste na rua 54.

– Para o Waldorf? – perguntou Dean.

– Acho que sim – replicou Sam. Ele pegou seu BlackBerry e buscou no Google a localização do hotel. Em vez disso, olhou espantado para a confusão de pixels desordenados no *LCD* do telefone. Como se não bastasse não ter nenhum sinal nos anos cinquenta, o *hardware* do telefone tinha sido danificado. *Ou a viagem no tempo prejudica os aparelhos eletrônicos, ou ele quebrou na queda*, resumiu Sam. Ele rapidamente o pôs de volta no bolso, não querendo chamar mais atenção para eles com um aparelho anacrônico.

– Ei, que horas são? – perguntou Dean.

– Não sei, meu telefone está inutilizado – respondeu.

– É, o meu também. Não quer ligar.

Sam protegeu seus olhos e olhou para o sul.

– Talvez uma hora até o sol se pôr – disse. – Sobre o segundo pensamento, vamos primeiro encontrar um lugar para descansar. Não sei se foi o tempo de viagem ou o comer e correr, mas...

– Mas o pequeno Sammy poderia tirar um cochilo? – gracejou Dean.

– Dê uma olhada no espelho – replicou Sam. – As bolsas sob seus olhos têm bolsas sob os olhos delas.

– E de quem é a culpa? Você acha talvez que todas as suas bobagens estão finalmente me deixando exausto?

Os irmãos continuaram a se implicar até que passaram por um bloco de apartamentos anterior à guerra chamado Villard Houses. Um letreiro na frente anunciava "aluga-se". Sam imaginou que ficasse próximo o suficiente e entraram no edifício e subiram ao apartamento 3E.

Uma velha recebeu-os à porta e levou-os para dar uma olhada no apartamento do outro lado do corredor. Tinha claramente sido parte de um apartamento mais amplo, mas reduzido a uma moradia menor com quitinete, quarto e sala conjugados. Depois de anos morando em motéis dilapidados e no banco traseiro do Impala, os rapazes não foram exigentes. Literalmente sem dinheiro – pelo menos algum que pudessem realmente usar –, Dean perguntou à senhoria se podiam pagar o aluguel no final de semana. Ela concordou, só precisava do nome deles, que lhe deram dois nomes falsos. Sam estava tão cansado que não pôde sequer anotar de onde eles disseram ter vindo.

Infelizmente para os irmãos Winchester, a única coisa que o apartamento não tinha era uma cama.

– Não podíamos simplesmente ter ficado no Waldorf? – disse Dean, mal-humorado.

– Você acha que eles nos deixariam pagar só no final da semana, gênio? – replicou Sam. Antes que Dean pudesse responder, Sam foi para o banheiro. Ele entrou na banheira grande e enrolou o casaco debaixo da cabeça. Quase nem era grande o suficiente para ele, mas Sam não se importou.

Dentro de um minuto estava adormecido.

CINCO

As costas de Barney Doyle o estavam matando. A maioria dos garotos de sua idade estava aprendendo a dirigir, namorar garotas e divertir-se, mas não havia essa possibilidade para Barney. Sua mãe adoecera, forçando o garoto de quinze anos a arranjar um emprego e assumir a responsabilidade de cuidar dela.

Não restara nenhum homem adulto na casa de Doyle em Breezy Point, no Queens – apenas Barney e sua mãe. Seu pai morrera três anos antes, portanto, quando seu tio James dissera que havia uma vaga para outro guarda de segurança no Waldorf Astoria, a mãe de Barney acreditou que era um sinal do céu. Ela era católica, claro, e considerou a notícia do seu irmão como uma resposta às suas preces.

Embora normalmente detestasse seu emprego, Barney estava ansioso pelo dia de hoje. Ele e seu tio tinham pego um dos furgões do hotel e estavam indo para Red Hook para buscar uma caixa que havia sido embarcada de Israel, ou de um lugar igualmente exótico.

Barney não tinha sido muito aplicado enquanto ainda estava na escola, de modo que não sabia com certeza onde ficava Israel. Sabia apenas que era um novo país, e de certa forma polêmico, especialmente com sua mãe. Barney desejava ter-se empenhado mais nos estudos, não que isso importasse agora. Estava firme em seu emprego e, até onde podia ver, não era preciso ter muito estudo para ser um guarda de segurança.

Quando James e Barney chegaram às docas de Red Hook, um funcionário fez sinal para eles estacionarem na doca 36. O furgão seguiu aos solavancos sobre o píer. Eles esperaram. O motor a diesel estava expelindo fumaça quase diretamente na cabine, mas Barney não se importou. Era uma bela mudança em relação ao tédio do hotel.

Um sujeito corpulento em camiseta branca bateu com seu punho na frente do furgão.

– Vocês são os caras do Waldorf?

James puxou seu peso para fora do furgão para responder ao homem cara a cara.

– Claro que somos.

– Assine aqui – disse o grandalhão passando uma prancheta a James. Ele assinou sem ler.

Devolvendo a prancheta, perguntou:

– Onde está?

O homem parou atrás dele.

– Caixote cinco. Diz que é extremamente frágil – replicou ele, depois se afastou.

Barney pulou fora do furgão para ajudar seu tio com o caixote. Tinha cerca de 1,20 m de altura por 60 cm de largura e era feito de pinho novo. O cheiro pungente de alcatrão fez coçar o nariz de Barney quando ele se inclinou para inspecionar o caixote toscamente entalhado.

– Pare de embromar e me ajude a colocá-lo no furgão – grunhiu James enquanto tentava firmar seus braços curtos em torno da base. Barney obedeceu, apressadamente agarrando do seu lado. – Levante mais o seu lado – disse seu tio.

– *Estou* levantando – replicou Barney, observando como o tio pelejava para apoiar o caixote sobre a barriga. O seu lado já estava muito mais alto do que o de James por causa de sua altura, acrescentando-se que ele não era nem um pouco atarracado.

Segurando o caixote desajeitadamente entre eles, conseguiram chegar a passo de caranguejo à traseira do furgão para encontrar as portas fechadas.

– Porra, Barney, por que não abriu as portas com antecedência? – reclamou James, bufando.

– Porque você não mandou – replicou Barney, olhando fixo para o tio.

– Bem, abaixe o seu lado primeiro e abra as portas.

Barney agachou-se, segurando seu lado do caixote. Quando chegou à altura do joelho, o aperto de seu tio afrouxou. A mudança na distribuição do peso fez Barney perder a firmeza e o canto do caixote de madeira atingiu o solo com um pesado baque.

Barney olhou para cima em choque, enquanto seu tio praguejava no máximo que seus pulmões permitiam. Enquanto fazia o sinal da cruz sobre o peito, ao mesmo tempo James amaldiçoava o sobrinho.

Barney enrubesceu profundamente.

– Está tudo bem, tio James. Vamos examiná-lo. Tenho certeza de que está tudo bem.

Abriram com pé de cabra um canto do caixote e Barney viu que o conteúdo estava embrulhado densamente com palha. James empurrou Barney da frente e com uma só mão puxou a tampa do caixote. Enfiando sua mão gorda na palha, ele revelou um jarro de barro. Era alto, da cor de laranja queimada, com um bocado de poeira em cima. James afastou um pouco mais da palha e mais três jarros se revelaram.

Enquanto James inspecionava o primeiro jarro, sua tampa deslizou do topo e caiu no chão com um pesado baque. Um cheiro estranho e pútrido emanou do jarro, que lembrou a Barney o fedor quando o piloto de seu forno a gás apagava.

Quando seu tio abriu a boca, Barney preparou-se certo de que James ia repreendê-lo, apesar de o acidente ter sido culpa dele. No entanto, antes que James começasse a gritar, a coisa mais estranha aconteceu – ele engasgou. Foi como se estivesse vomitando ao contrário, com bafos oleosos de fumaça preta voando para sua boca e descendo garganta abaixo.

Barney ficou boquiaberto enquanto seu tio avançava em sua direção, e depois tudo escureceu.

Sam e Dean sentavam-se num duro sofá de couro falso na sala de espera do gerente-geral do Waldorf. A mesinha lateral raquítica ao lado de Dean estava repleta de revistas. Ele tirou uma da pilha e mostrou-a a Sam.

– Hum, Eva Marie Saint. – Dean olhou de soslaio para a foto da jovem estrela com seu cabelo louro puxado para trás, enchendo muito graciosamente um suéter azul. – Do estrelato da TV para o filme *Sindicato de ladrões* – disse Dean, lendo o título da capa.

– Ela é uma velha – disse Sam, revirando os olhos para a incrível capacidade de tesão do seu irmão.

– Não, agora ela não é. – Dean quase pulava de excitação. – Marilyn, eu quero *conhecer* Marilyn. Você acha que ela se hospeda aqui?

– Não viajamos cinco décadas atrás no tempo só para que você possa dormir com uma dupla de *starlets* – replicou Sam.

Dean franziu o cenho.

– Não foi ideia minha viajar até aqui, ponto. Além disso, essas mulheres são ícones, Sam. Completamente diferente. Se tivermos algum tempo livre depois que afanarmos o Pergaminho da Guerra, vou partir à caça de Marilyn.

– Tudo bem, Dean. – Sam sacudiu a cabeça.

– Sam e Dean Winchester?

Dean retraiu-se ao som de seu próprio nome antes de lembrar-se rapidamente de que Sam o tinha dado à recepcionista quando eles se apresentaram. Aparentemente, estando eles tão afastados de sua própria época, isto significava que a cautela podia ser jogada pela janela.

O homem que havia falado usava um terno de três peças e mantinha aberta uma porta que conduzia a um escritório interno.

– Sou Ernest Harold, gerente-geral de apoio do Waldorf. Por favor, entrem. – O homem agitou graciosamente a mão em direção ao seu escritório.

Sam e Dean se acomodaram em duas cadeiras de couro a um lado da mesa abarrotada de papéis do homem.

– Lamento terrivelmente pela bagunça – disse o Sr. Harold, afastando alguns papéis em volta. – Tenho duzentos empregados para supervisionar e parece que não posso administrar toda a papelada. Como vocês sabem, este é um estabelecimento de prestígio, com uma rica história de fornecer acomodações impecáveis aos mais distintos viajantes, estadistas e membros da monarquia do mundo inteiro.

– E Marilyn Monroe – acrescentou Dean.

O Sr. Harold franziu o cenho.

– A privacidade de nossos hóspedes é de primordial importância nesta posição. Vocês irão trabalhar diretamente com pessoas que aparecem todo dia na tela grande. Não permitimos qualquer... confraternização com os hóspedes do hotel.

– Claro que não – Sam inclinou-se à frente. – Entendemos inteiramente. Meu irmão é um fã, mas um fã muito *discreto*, não é mesmo, Dean?

Dean sorriu forçadamente.

– Sim. Eu mesmo não confraternizo há meses.

– Claro. Então me falem um pouco sobre vocês – disse o Sr. Harold, recostando-se em sua cadeira. – Qualquer coisa que queiram partilhar.

Isto provocou em Dean uma espécie de diversão – *O que poderiam possivelmente partilhar com este babaca cheio de pompa*? Ele decidiu ir direto ao ponto.

– Sr. Harold... Ernest. Meu irmão e eu somos novos na cidade. E, francamente, não temos qualquer dinheiro. Mas sabemos trabalhar duro, somos fortes e encantadores. Podemos fazer qualquer coisa que precise de nós.

O almofadinha pareceu impressionado.

– Você me lembra alguém – disse ele, olhando para Dean. – Vocês têm ido ao cinema? Já viram por acaso *Sindicato de ladrões*?

Dean reclinou-se, sorrindo.

– O clássico Brando.

– Clássico? Ele é muito bom ator novato. Pelo menos acredito que seja. – Ernest parecia confuso.

Dean gaguejou apressadamente.

– Estou querendo dizer que é um ator novo-clássico e *boa-pinta*.

– Ah, você está certo. Adoro um bom filme. – Ernest afastou o cabelo dos olhos, depois voltou sua atenção para Sam. – E você?

– Farei qualquer coisa que precise que eu faça, senhor – disse Sam.

– Bem, vocês dois são bons camaradas. – Ernest levantou-se e passeou em volta de sua mesa. – Mas só tenho um cargo disponível. Parabéns, Sr. Winchester. – Estendeu a mão para Dean.

– Obrigado, senhor – disse Dean com um sorriso enquanto trocavam um aperto de mão. – Não vai se arrepender.

– Tenho certeza que não. Procure Mable na seção de uniformes. Ela irá vesti-lo. Tenho uma papelada para você preencher, mas podemos deixar para depois. Espero que você ganhe cerca de vinte dólares em gorjetas...

Dean assentiu.

– Nada mau.

– ... por semana – acrescentou Ernest.

Ele os conduziu à porta.

– Subam essas escadas e sigam todo o caminho até o fim do corredor. E... Sam? Poderia sugerir que você corte seu cabelo? Isto aqui não é Amsterdam.

Para Dean, foi o final perfeito para uma entrevista perfeita.

– Lamento, Sammy, acho que você está europeu demais para trabalhar nesta cidade. Tente talvez nos anos setenta.

Sam deu de ombros.

– Vou até a biblioteca pública para ver o que posso descobrir. Além disso, acho que é melhor ter você excluído desta parte do plano. Sabe como é, o trabalho bruto.

Dean acenou orgulhosamente e desapareceu numa porta onde se lia "Uniformes".

A preocupação imediata era encontrar na cidade alguém que pudesse traduzir os pergaminhos. Sem Bobby como fonte e com todos aqueles livros eruditos trancados no porta-malas do Impala em 2010, seria quase impossível para Sam fazer ele próprio a tradução. *Não que eu esteja inteiramente certo da língua em que foram escritos.* Recapitulando, ele se deu conta de que iam precisar de alguma artilharia pesada – era improvável que o dono dos pergaminhos fosse entregá-los sem luta. De qualquer modo, Sam sentia-se nu sem uma arma de fogo.

Enquanto Sam vivia esse dilema, Dean apareceu na porta usando um paletó de mensageiro de lã cor de vinho com borlas de corda douradas pendendo dos lados e reluzentes botões de latão na frente. Um barrete turco empoleirava-se na sua cabeça com um barbicacho trançado dourado apertando-lhe o rosto carrancudo.

Sam deu um sorriso afetado.

Dean passou por ele.

– *Não* comente nada.

Naquela tarde, Dean viu-se arrastando uma quantidade de malas de couro aparentemente interminável para vários aposentos de hóspedes diferentes. Ele rapidamente tornou-se íntimo de Rick, o ascensorista negro, e logo estavam discutindo beisebol, enquanto Dean circulava entre os andares.

Após um conjunto de malas particularmente pesadas, estava recostado indolentemente contra o móvel central do saguão – um grande e estatuesco relógio folheado a ouro – quando uma garota de seus vinte e poucos anos aproximou-se da recepção. Usava um casaco azul-real com saia plissada e um chapéu em forma de caixa que combinava com seus sapatos amarelo-canário. Um taxista trouxe uma mala e atirou-a a seus pés. Ela o gratificou elegantemente e ele inclinou a cabeça numa mesura, antes de se retirar.

– Sra. Julia Wilder se registrando, por favor – disse ela ao recepcionista. Seu cabelo castanho estava preso num coque, e Dean notou com surpresa uma comprida cicatriz do lado do pescoço.

A jovem mulher virou a cabeça na direção de Dean, olhando-o de cima a baixo. Seu olhar foi tão intenso que Dean se sentiu como se ela o tivesse submetido a um interrogatório mesmo sem proferir uma palavra. Ela girou a cabeça de volta à recepção e recatadamente puxou o cabelo por cima da cicatriz. Dean continuou olhando-a, paralisado por suas flexíveis mas fortes pernas e seu ar sério. *Ela é uma gata*, pensou. *Talvez eu não tenha que ir atrás de Marilyn, afinal.*

Dean aproximou-se dela, esquecendo-se por completo de que, supostamente, ele estava ali para trabalhar.

– Oi – disse ele, dando-lhe o pleno sorriso Dean Winchester de cem watts.

A garota ignorou-o. Soubesse ela mais alguma coisa acerca de Dean, não se teria decepcionado.

– Está aqui a negócios ou diversão? – perguntou ele. – Ou só veio ver o grande relógio?

Ela olhou para ele.

– Posso lhe ser útil?

– Não. Mas eu poderia ajudá-la – sussurrou Dean. – Eu poderia lhe oferecer um drinque?

– Receio que não.

– Está aqui com seu marido? – arriscou Dean.

– Não estou aqui para vida social. Vim para um leilão.

– Os Pergaminhos do Mar Morto? – perguntou Dean, sem pensar.

Ela apertou os olhos para ele.

– Não – disse.

– Com licença, rapaz – interrompeu o chefe da recepção. – Você vai ou não levar a bagagem da senhora? – Ele olhou Dean com rancor.

– Claro – Dean abaixou-se mas, antes que pudesse pegar a mala, Stevie, um malcheiroso garoto de Nova Jersey, que usava suas calças de mensageiro um pouco apertadas demais na opinião de Dean, arrebatou-a e pôs num carrinho. Afastou-se empurrando o carrinho, com a Sra. Wilder seguindo atrás dele.

Dean ficou parado junto à recepção meio chocado, embora ainda alerta para cumprimentar quando a Sra. Wilder virou-se para dar uma última olhada nele antes de entrar no elevador. Era raro uma mulher verdadeiramente arrebatar sua atenção como ela fizera. Claro, ele havia simulado interesse incontáveis vezes. Costumava ser um *hobby* seu nos intervalos das missões em companhia de Sam. Dean apostava consigo mesmo quanto tempo despenderia para levar para sua cama uma recepcionista, garçonete ou hóspede solitária do hotel. A sua lista de conquistas era imensa. Mas esta garota... esta garota parecia especial.

Não muito distante, Sam sentava-se na seção principal da Biblioteca Pública de Nova York. Corredores de prateleiras preenchiam cada polegada do salão. Milhares e milhares de livros, e nenhuma conexão com a internet à vista. Sam não se importava em fazer a pesquisa, mas o Google tinha-se tornado sua muleta, e sentia-se desamparado sem ela.

Primeiro consultou uma série de livros sobre escavações arqueológicas, mas encontrou muito pouca informação. Após procurar no fichário, decidiu dar uma olhada nos jornais novaiorquinos arquivados. Os pergaminhos, lembrou Sam, tinham sido descobertos em 1947, portanto devia haver pelo menos um artigo em algum lugar que pudesse levá-lo a um contato. Após debruçar-se infrutiferamente sobre papel impresso correspondente a vários meses, Sam estava folheando um *Wall Street Journal* de 1º de junho quando viu um pequeno anúncio na seção de classificados.

> Quatro Pergaminhos do Mar Morto, manuscritos bíblicos. Seria uma doação ideal para uma instituição educativa ou religiosa.

O anúncio dava um número telefônico e um endereço locais, que Sam anotou num pedaço de papel e pôs no bolso. Isso era um indício tão sólido quanto o que ele iria descobrir nos próprios pergaminhos – agora só precisavam de um tradutor. Ele desejou que Don os tivesse instruído mais profundamente antes de lançá-los, na maior sem-cerimônia, numa viagem no tempo. Sam lamentava ter ficado por trás de Dean para falar com o anjo, mas na época parecia não haver outra escolha. O medo secreto que Dean estivera carregando desde que foram mandados para 1954 era de que nunca encontrassem o seu caminho de volta. E se eles fossem incapazes de procurar o Pergaminho da Guerra? Don simplesmente os abandonaria à própria sorte?

Sem livros ocultos para consultar, Sam estava limitado aos textos bíblicos comumente disponíveis. *Eu nem sequer sei o nome verdadeiro de Don*, percebeu Sam. *Tudo que sei é a descrição de sua tarefa: guardião das portas do Inferno.*

Felizmente, isso era tudo de que precisava.

Folheando um livro especialmente velho, Sam descobriu uma lista de nomes de anjos e um em especial sobressaía: Abaddon, Guardião dos Portões. *Don, Abaddon – tem que ser o mesmo cara*, pensou Sam. Mais abaixo na página, o livro rastreava a heterogênea história de Abaddon. Os eruditos pareciam não chegar a uma conclusão acerca da verdadeira natureza do anjo. Alguns acreditavam que ele era um dos mais poderosos da Hoste Celestial, outros alegavam que estava decaído e em aliança com Satã. De fato, em alguns lugares, Abaddon era usado como um nome alternativo para Inferno, e até mesmo para o próprio Demônio. *Grande*, pensou Sam.

Por enquanto, Sam decidiu que não iria partilhar esses detalhes suculentos com Dean. *Já ando muito queimado com ele*, imaginou. Mas, para ficar seguro, ele discretamente rasgou a página relevante do livro e pôs no seu bolso, junto com o pedaço de papel com a informação do anúncio. Se acontecesse de Don ter intenções nada angelicais, ele queria estar pronto.

Dean puxou com força o barbicacho do seu chapéu. Ele precisava de uma pausa. Felizmente o saguão estava tranquilo e os babacas da recepção empenhados em seu trabalho. Ele desceu as escadas e caminhou pelos corredores do subsolo, chegando finalmente a um conjunto de portas de aço. Mandando a cautela às favas, ele abriu as portas.

Um guarda de segurança do hotel estava de pé do outro lado, de costas para Dean, e um furgão manobrava na área de carga e descarga. O homem era atarracado e de meia-idade. Ele se voltou lentamente, como se tivesse sido apanhado cometendo um crime.

Dean acenou polidamente em cumprimento.

– Acho que estou perdido – disse. – Onde fica o toalete dos mensageiros?

Em vez de responder em voz alta, o homem simplesmente apontou para o caminho por onde Dean viera.

– Valeu – disse Dean. Ele estava a ponto de cancelar sua missão de reconhecimento quando viu o que o guarda estivera examinando – era um simples caixote de madeira, danificado em uma extremidade, coberto com caracteres estranhos. *Provavelmente merece uma olhada melhor*, decidiu Dean. – Na verdade... Acho que posso me segurar – disse. – Estou precisando de um pouco de ar fresco.

Sob o olhar vigilante do guarda, Dean passou pelo caixote e foi até a beira da plataforma de carga e descarga, mas não conseguiu dar uma boa olhada no seu conteúdo. *Maldito lacaio da segurança e suas coxas*, pensou Dean. Ele pulou para fora da plataforma e caminhou pelo beco, contornou a esquina para Park Avenue e parou.

Hebraico? Aquelas coisas escritas podem ser em hebraico? Por puro acaso, ele talvez estivesse impossivelmente perto dos pergaminhos, e não podia deixar escapar uma oportunidade dessas – mesmo se isto significasse ter que chutar o rabo de um civil. Virou-se e começou a voltar para a área de carga e descarga.

James espiou dentro do furgão. O corpo enroscado de Barney estava empurrado para um lado do piso, seu pescoço torcido em um ângulo esquisito. A visão do cadáver de seu sobrinho não provocou nenhuma reação em James. Se alguma houve, foi o cheiro. *Carne*, pensou James. *Ainda fresca.*

James virou-se e agarrou uma mangueira preta de borracha presa a uma torneira. Ele abriu a água e espalhou-a pelo interior do furgão. A água ficou cor de rosa enquanto fluía para fora e escorria sobre o para-choque. Ele fechou a torneira e puxou o corpo de Barney para a plataforma. Depois levantou o corpo facilmente com uma das mãos, abriu o topo do caixote e empurrou-o lá dentro.

Fechando a marteladas o caixote, James empurrou-o para os fundos do Waldorf Astoria.

Ainda está a salvo, pensou com orgulho. *Ela ficará satisfeita comigo.*

***

Segurando seu ridículo chapéu de mensageiro, Dean apressou-se de volta pelo beco. Contornou a esquina justamente quando James desaparecia no hotel. Habilmente, ele pulou na plataforma e irrompeu através das portas de aço.

O guarda de segurança e o caixote tinham sumido.

Após mais duas horas improdutivas na biblioteca, Sam decidiu dar uma parada no apartamento novo, pois queria ligar para Dean. Enquanto remexia a chave na fechadura, notou com o canto do olho um de seus vizinhos caminhando em sua direção pelo corredor. Sam meio que acenou uma saudação quando a jovem mulher roçou nele ao passar no estreito corredor. Ele ergueu a vista brevemente para admirar a pequena figura de cabelos pretos que se afastava, antes de acabar de pelejar com a teimosa fechadura.

Finalmente houve um estalido quando a chave se conectou com o mecanismo e Sam pôde enfim abrir a porta. A esta altura sua mente vagueava, fantasiando acerca de levar uma vida normal – uma em que havia lugar para garotas, namoro no cinema e jantares românticos. Tudo isso se estilhaçou quando deparou com a cena a sua frente. O apartamento havia sido completamente revirado.

Sam imaginou como, após passarem menos de 24 horas em 1954, ele e Dean já tinham feito um inimigo.

SEIS

Nada de enxofre, notou Sam, farejando o ar. *Não é um demônio.*

Ele chutou os cacos de vidro espalhados pelo encardido piso de ladrilhos do minúsculo banheiro. O intruso vasculhara tudo, derrubando ou despedaçando quase todos os objetos que não estivessem chumbados no chão no pequeno espaço. *Quebraram até o vaso*, constatou Sam. O espelho do banheiro também fora quebrado, o que explicava todo aquele vidro no chão. *Era só do que precisávamos*, pensou, *mais sete anos de azar*. Sam fechou a válvula de água.

Não era como se houvesse muita coisa para roubar. Eles tinham sido transportados através do tempo somente com a roupa do corpo e o conteúdo dos bolsos. *Quem tinha feito isso? Os anjos estavam aqui também?*, especulou Sam, um calafrio nervoso percorrendo seu corpo.

Sentia-se desamparado. Perdido em tempo e lugar não familiares, com todas as suas ferramentas habituais indisponíveis para ele, e com o fim do mundo à vista. *Por minha culpa*, ele recordou. *Eu causei isto. Meu medo e minha fraqueza trouxeram o fim para todo mundo.* Nesses momentos, quando a culpa era esmagadora, e imagens dos bilhões que iam morrer enchiam sua mente, Sam necessitava de sangue. Isto não fazia nenhum sentido. O sangue do demônio dera-lhe força, mas havia também nublado seu discernimento. Fizera-o dar as costas para Dean, a única pessoa que um dia pôde verdadeiramente compreender a situação de Sam.

Isso o fizera começar o Apocalipse.

Apesar de tudo isso, Sam ansiava por ele por uma simples razão: fazia-o sentir-se poderoso. O sangue do demônio revelou algo no fundo do seu ser, alguma coisa que tinha sido deixada ali por Azazel, o demônio de olhos amarelos que havia matado sua mãe, Mary Winchester, e marcado Sam como parte de seu crescente exército de crianças especiais, em parte demoníacas. Sam foi o único que restou vivo. *Foi por isso que fui escolhido para ser o receptáculo de Lúcifer Por que Azazel me fez dessa maneira? Por que eu era o mais especial dos especiais? Ou simplesmente por que sobrevivi?*

Sam moveu-se cautelosamente de volta ao cômodo principal, expulsando de sua mente aqueles pensamentos desconfortáveis. A fechadura da porta da frente não mostrava quaisquer sinais de ter sido forçada, embora tivesse sido difícil de abrir. Sam era definitivamente paranoico o bastante para ter verificado as fechaduras, tanto na maçaneta quanto na trava, quando saiu algumas horas antes. Ele examinou o cômodo principal do apartamento à procura de outros pontos de entrada. Havia uma janela pequena, com barras de metal, dando para a rua.

Olhando para baixo, Sam viu a azáfama de uma rua de Nova York ao meio-dia. A janela era tão alta que exigiria uma escada e alguma paciência para alcançá-la, sendo improvável que alguém pudesse arrombá-la sem atrair atenção. Não que Sam estivesse certo de que o bom povo de Nova York fosse se importar com um assalto à luz do dia, mas as barras de metal da janela ainda estavam firmes no lugar.

Ligada ao cômodo principal havia uma pequena quitinete, parecendo aquelas de motel com que os Winchester se tornaram intimamente familiarizados nos últimos poucos anos. *Risque isso,* pensou Sam, *de eu me tornar familiarizado*. Dean nunca, jamais cozinhava... A menos que você considere cozinhar juntar uma fatia de pão com carne furtada de uma deli. Mesmo quando eles eram crianças e Dean ostensivamente o responsável, Sam tivera que cuidar de si mesmo.

Dentro da quitinete havia uma janela, mais alta do que aquela na sala e coberta por uma cortina vermelha berrante. Abrindo a cortina para o lado, Sam viu o metal enferrujado de uma escada de incêndio. Mistério solucionado.

Colocar barras numa janela inacessível, mas nem sequer uma tranca na escada de incêndio? Tempos diferentes, pensou Sam. A questão agora era a motivação para o arrombamento. Sam e Dean não pareciam ricos nem importantes. *Poderia alguém já saber sobre nós? Sobre nossa missão aqui?*

Sam considerou brevemente manter o roubo em segredo e impedir o inevitável chilique de Dean. Os rapazes tinham passado uma parte considerável de seu tempo juntos fugindo – da lei, de vampiros, lobisomens, demônios, cães do inferno... E agora das forças do Céu. Saber que eles estavam sendo seguidos após menos de um dia no ano de 1954 não ia acabar muito bem.

Sam pegou seu BlackBerry, percebendo mais uma vez enquanto o fazia que não iria funcionar. *Viver sem tecnologia é uma merda. Como é que Don Draper conseguia?* Mas ligar para Dean não teria sido de modo algum uma opção, uma vez que ele não levava seu BlackBerry no bolso.

Era a única coisa que Dean tinha deixado no apartamento alugado, sabendo que seria inútil em 1954. *Estúpido*, censurou a si mesmo. Era um erro de principiante, que seu pai jamais teria cometido. Sam vasculhou seus outros bolsos, achando sua carteira intacta junto com um pacote de chicletes. Procurando no bolso da jaqueta, o coração de Sam quase parou. Alguma coisa estava faltando, e era muito mais importante que um inútil telefone celular.

A faca de Ruby.

A única arma que os irmãos trouxeram havia desaparecido do bolso interno de sua jaqueta em algum lugar entre a biblioteca e o apartamento. Ela era, até onde Sam e Dean sabiam, a única de sua espécie.

E agora se fora.

Dean pode não ter sido o mais inteligente dos Winchester, e por certo não era a pessoa indicada para ajudar a traduzir um documento antigo, mas, depois de anos cavoucando através de livros amarelados pelo tempo, aprendera algumas coisas. Sabia, por exemplo, que quando deparava com inscrições malucas, era melhor chamar Sam do que tentar decifrá-las por conta própria. Dean imaginava que seu valor provinha mais da sua atitude "botando pra quebrar" do que da sua cultura geral.

Os símbolos inscritos no lado do caixote certamente caíam na categoria "botando pra quebrar". Era hebraico, ou alguma coisa mais antiga? *Um caixote com texto bíblico que fora entregue no Waldorf? Isto era quase fácil demais*, pensou Dean. Tudo que tinha a fazer era seguir sua destinação, pegar o pergaminho e cair fora, antes que qualquer outra garota quente o visse em seu embaraçoso traje circense.

O problema era que Dean já tinha perdido o caixote. O funcionário que o havia entregado devia ter entrado com ele no elevador de serviço enquanto Dean estava pondo tudo isso em ordem na sua cabeça.

Apressou-se ao longo da plataforma de carga e descarga rumo às portas enormes do elevador de serviço. Quando ia pressionar o botão de "desce", presumindo que o caixote devia estar ali, as portas abriram.

– Um monte de hóspedes precisa descer sua bagagem para a área de carga e descarga? – perguntou o homem de bigode que estava esperando no elevador. Dean reconheceu-o como um dos recepcionistas babacas do saguão.

– Hã, sim, a dama queria ver o... – Dean explicou, procurando em torno da plataforma mal iluminada por alguma coisa que talvez fosse de interesse de um hóspede – ... o lugar onde guardamos os carrinhos. – Ele gesticulou fracamente na direção de uma fileira de carrinhos de bagagem abandonados num canto.

O recepcionista olhou duro para Dean durante um momento desagradavelmente longo, depois deu um sorriso torto.

– Uma espécie de regra não escrita diz que devemos esperar até encerrarmos nosso plantão, meu chapa – disse o homem, batendo nas costas de Dean. – Se uma hóspede quiser ver a sua, hã, *bagagem*, ela terá de esperar até você encerrar seu expediente. – Ele empurrou Dean pelo ombro até o elevador, mas ele resistiu.

– Será que pode me dar um minuto aqui? – perguntou Dean.

– Você recebeu um telefonema. Do seu pai.

Dean afastou a mão do homem de seu ombro e forcejou para abrir as portas do elevador que se fechavam. John Winchester tinha estado morto por anos, ou, dependendo de como você via as coisas, talvez nem sequer tivesse nascido.

– Meu *o quê*? – indagou Dean, de repente mortalmente sério.

– Ou seria irmão? Ou seu primo? Não sei. Algum cara. Parecia um tanto chateado. E chato, por falar nisso. – O homem tirou a mão de Dean da porta do elevador, que continuou a se fechar. – E vou lhe dar uma dica profissional. Não tente realmente nada em cima daqueles carrinhos. Você acabará rolando por todo o hotel, a dama irá perder a cabeça e será tudo lágrimas e lamentos pelo resto da noite. Acredite em mim.

***

Não era uma posição digna para estar, mas Sam não tinha escolha. Ele estava ajoelhado, catando moedas caídas na base da cabine telefônica. Ele tinha somente umas poucas moedas, e Dean ocupava-se com coisas melhores para poder atender suas chamadas. *Provavelmente está distraído*, pensou Sam. *Se estiver com alguma mulher...*

– Sam, é você? – soou a voz ao telefone.

– Dean! Estive esperando por...

– Tudo bem. Por falar nisso, não poderia esperar um pouco mais para ficar me controlando, mamãe? Você me fez perder uma pista dos nossos pergaminhos.

– Não estou controlando – disse Sam, ofendido. – Pensei que você gostaria de saber que nós fomos roubados.

– Nós? Eu não fui roubado. Tudo que possuo aqui é este chapéu ridículo, e ainda estou com ele na cabeça.

– Nosso apartamento foi arrombado e...

– O quê?!

– Foi tudo virado pelo avesso. – Sam começou a andar com o telefone, até perceber que só havia 30 cm de espaço para ele se mover em qualquer direção da cabine. E de súbito entendeu por que inventaram os telefones sem fio.

– Calma aí, garotão. Você parece estar puto da vida – disse Dean, baixando a voz.

– Eles levaram... Meu BlackBerry.

– É uma coisa terrível, Sammy – disse Dean, obviamente fingindo simpatia. – Mas, falando sério, o que importa isso? Que utilidade ele pode ter em 1954?

– Você não entende – respondeu Sam. – Eles levaram meu telefone de 2010, cheio de tecnologia de 2010, o que significa que poderíamos ter uma séria situação tipo *De volta para o futuro II*.

– O quê? Então Biff vai roubar nosso Delorean?

– Não, nós poderíamos alterar seriamente a linha do tempo. Introduzir coisas agora que não deverão existir por décadas...

– E eu vou ter que beijar mamãe? – disse Dean, seu sarcasmo evidente mesmo ao telefone.

– Dean. – Sam sabia que precisava tirar Dean dessa veia humorística ou teria de aturar piadas de Marty McFly pelo resto do dia. – Por favor.

– Ótimo. Lembre-se, porém, do que Cass me disse: qualquer coisa que façamos, é algo que já aconteceu. Não podemos mudar a história, só podemos viver nela por um instante. Se rompermos alguma coisa, ela sempre esteve rompida, é assim que ela esteve... Sempre.

– Cass lhe disse isso porque estava tentando provar um ponto de vista. Por que Don nos enviou ao passado, se não podíamos alterar nada? – perguntou Sam. – Se o pergaminho foi realmente destruído em 1954, nós *viemos* para mudar isso.

– Bem, não conte com Don aparecendo aqui para esclarecer alguma coisa.

– Tem alguma coisa mais – admitiu Sam. – Quem quer que tenha arrombado o apartamento estava por dentro da coisa. Não foi só um roubo convencional.

– Portanto eles estavam motivados. Tinham em mente alguma coisa em especial – disse Dean.

– Poderia alguém ter nos ouvido? Alguém que também queira os pergaminhos?

Dean soltou o ar com força.

– Isso vai ser mais duro do que eu pensava.

– Em 2010, a última coisa que carreguei no telefone foi a página da Wikipedia para os pergaminhos. Provavelmente ninguém será um dia capaz de recuperá-la. Mas e se conseguirem? E se houver alguém lá...

– Que é um gênio da tecnologia cinquenta anos à frente do seu tempo, e que *também* queira os pergaminhos? Eu não penso assim – disse Dean.

Sam ficou em silêncio. Sabia que precisava contar a Dean o resto da história. Mas não se atrevia a baixar o astral de seu irmão. Finalmente, engoliu em seco e soltou a bomba.

– Tem mais uma coisa que está faltando. A faca de Ruby.

– Droga, Sam...

– Sei disso – replicou Sam, tentando impedir a inevitável invectiva de Dean.

– Você deixou a faca no apartamento? O que você estava *pensando*? Achava que eu é que devia ser o otário.

– Não a deixei lá. Alguém deve tê-la tomado de mim.

– Ora, quer dizer que temos até ninjas atrás de nós? – replicou Dean, exasperado.

– Houve aquela garota, no corredor... – balbuciou Sam, deixando a imaginação de Dean preencher o resto.

– Isso é simplesmente perfeito. Quero dizer, a gente já se deu mal antes, mas agora nos superamos. – Dean respirou fundo. – Sammy, você está aí?

– Sim, Dean. Estou aqui.

– Com ou sem a faca, temos de seguir em frente – disse Dean, depois acrescentou num subtom: – Eu vi o caixote. Tinha um monte de inscrições nele, acho que em hebraico.

– Parece correto.

– Minha opinião é: se o caixote está em hebraico, imagine em que língua estará o próprio pergaminho...

– Só agora você está pensando nisso? – replicou Sam. – De acordo com os livros que encontrei, textos similares daquela região e época foram escritos na antiga escrita convencional herodiana, porém trata-se mais de simbologia do que linguagem. A língua seria o aramaico.

– Obrigado, Dan Brown. Minha opinião é: como é que iremos ler esta coisa?

– Estou trabalhando nisso – disse Sam. – Vamos tratar primeiro de encontrar o pergaminho.

– Boas falas, Sam – respondeu seu irmão com voz cortante. – Tentarei rastrear o pergaminho antes que a Dona Fome me alcance. Tente não perder suas calças.

– Espere – disse Sam. – Quando nos encontramos?

– Encontre-me aqui quando terminar meu plantão. Às oito horas.

Sam ouviu Dean desligar.

Ele saiu da cabine e voltou para o turbilhão rodopiante de pessoas lá fora. *Acho que Dean pode cuidar de si mesmo por algumas horas*, pensou Sam, afastando-se do Waldorf e seguindo para o sul, rumo à biblioteca.

Duas horas depois, Sam ainda estava muito longe de entender aramaico. Estando numa das maiores bibliotecas do mundo, os textos encontravam-se certamente disponíveis, mas a língua era muito mais complexa do que Sam imaginara. Sem ajuda, levaria meses até chegar a uma tradução acurada.

Será que Bobby sabe aramaico? Não era uma noção tão absurda, já que grande quantidade dos textos eruditos bíblicos que Bobby estudava era em linguagem antiga. *Não que tenhamos Bobby aqui*, pensou Sam. Por um breve momento, ele considerou procurar os Singers no catálogo telefônico. Bobby havia nascido nos anos cinquenta; era possível que naquele exato momento um Bobby de calças curtas estivesse aprendendo a fazer caretas.

Sam novamente desejou que tivessem mais informação de Don antes de serem mandados de volta. O que deveriam fazer, uma vez que achassem o Pergaminho da Guerra? Traduzi-lo no passado, ou escondê-lo no estilo *Bill & Ted- Uma aventura fantástica* para que seus futuros seres o descobrissem?

Os rapazes não tinham frequentemente uma chance de planejar com antecedência, de modo que, quando a oportunidade se apresentou, Sam decidiu que ia assumi-la. Descobriu um catálogo telefônico no saguão e usou seus últimos centavos para ligar para a Sociedade Bíblica Americana – evidentemente era o lar da maior concentração de textos bíblicos fora do Vaticano. Era um lugar tão bom para começar quanto qualquer outro.

SETE

Os benefícios do trabalho de Dean eram múltiplos. As mulheres que ele ajudava a ir para seus quartos eram uniformemente estonteantes, do que Dean presumiu que, mesmo em 1954, com dinheiro suficiente se podia comprar beleza. Elas eram também generosas. Os vinte dólares por semana que o gerente havia citado revelaram-se uma avaliação muito baixa. Dean não fazia ideia quanto suas gorjetas poderiam realmente comprar, mas ele imaginava que era suficiente. Especulou se a maioria das pessoas sabia de tais fatos arcanos – que Dean estivera caçando demônios nos dias de escola, quando os garotos aprendiam sobre taxas de inflação?

O benefício mais óbvio do emprego era o acesso, mas isso era o mais complicado. Ele estava torturantemente perto dos pergaminhos, mas agora sob a rígida supervisão do mais escroto dos dois chefes da recepção. Após várias horas de trabalho, ele ainda não fora capaz de aventurar-se até o cofre-forte.

Sua oportunidade veio pouco depois do crepúsculo, quando o chefe da recepção finalmente deixou seu posto. Dean empurrou o carrinho de bagagem até o elevador e pediu a Rick para deixá-lo no último andar, esperando que ninguém viesse procurar por ele desta vez. Deslizando para o corredor só para empregados que saía do saguão ornamentado, Dean espantou-se com quão rapidamente o hotel ia de classe internacional para classe baixa. Manchas de água escorriam pelo papel de parede barato, trazendo-lhe à mente os lugares frequentados habitualmente pelos Winchester. Enquanto Dean se deleitava com a mudança de ambiente que o Waldorf representava, a familiaridade opaca do corredor ajudou-o a pôr-se em atitude de caça.

Sem arriscar que o elevador de serviço estivesse em uso, Dean tomou a escadaria dos fundos. Chamá-la de escura seria uma descrição atenuada. A iluminação das lâmpadas nuas mal era suficiente para enxergar, mas provavelmente ajudava a esconder o estado lamentável das próprias escadas.

Seguindo para a base da escadaria, ele ouviu um ruído baixo rangente e diminuiu o passo. Era como se alguma coisa estivesse sendo arrastada através do cimento sem fim.

– Meu Deus, eu... – entoou uma voz de homem, antes de reduzir-se a um murmúrio. Vidro tilintou contra vidro, seguindo-se o som de uma garrafa lentamente derramando seu conteúdo.

Dean desceu mais alguns degraus e espichou a cabeça na curva da escadaria. Pelo menos estava contente por não ter Sam ao lado, com suas passadas pesadas. Havia vantagem em ser o menos musculoso dos Winchester. Apesar disso, a escada em que estava empoleirava-se em piso menos que estável.

– Eu não poderia fazer isso – disse o homem, sua voz repleta de desespero sereno. – Você sabe que eu nunca...

Inclinando-se à frente, enquanto esperava por uma resposta, Dean quase escorregou no esfarelado degrau de concreto, e pedaços de laje caíram. A voz parou e, momentos depois, Dean ouviu pés martelando para longe dele. *Merda,* praguejou baixinho. O barulho tinha certamente assustado o homem o bastante para fazê-lo correr.

Dean enfiou o ombro na porta para o corredor do subsolo, causando uma dor irradiante pelo seu braço que provavelmente duraria uma semana. O homem não tinha ido longe, tendo deslizado para o chão a menos de três metros da escadaria.

– O que tá fazendo, tentando... ugh... – disse o homem, arquejante. – Tentando me enfartar?

– Calma aí, cara – respondeu Dean, enquanto se aproximava. O rosto do homem estava afogueado e coberto de suor. Dean reconheceu-o imediatamente como o guarda que tinha trazido o Pergaminho da Guerra mais cedo para o Waldorf. Reconheceu também a garrafa de *Wild Turkey* que havia entornado e pingava no piso de cimento. – Um dia de cão, aposto – disse Dean, aproximando-se para ler o nome no crachá do homem. – Sr. McMannon?

O homem engoliu um soluço e levou a garrafa aos lábios para beber com avidez o que não havia sido derramado.

Dean inclinou a cabeça para a visão digna de pena.

– Estive lá também.

Era possível que esse homem deplorável fosse o responsável pela guarda do cofre? Se era, tratava-se apenas de uma questão de mantê-lo envolvido com aquela garrafa. Dean não tinha escrúpulos em roubar um homem pra lá de bêbado.

– Esses últimos dias não foram bons para mim, também. Diabos, não tem sido uma grande década – disse ele.

Mal se aguentando em pé, McMannon lançou a Dean um olhar cauteloso.

– Uma década que apenas... – disse, depois deu um soluço – se iniciou.

Claro que o guarda não estava pronto para um papo franco com um mensageiro intruso.

Dean deu-lhe seu melhor sorriso de vendedor de carros.

– Que tal eu pegar uma outra garrafa para nós?

James McMannon recuperara o autocontrole provisoriamente. Não podia lembrar com exatidão como tinha vindo parar no subsolo, ou mesmo que dia era, mas pelo menos sentia-se sob controle.

Ele observou o mensageiro correr escadas acima para buscar outra garrafa. Alguma coisa acerca do homem – seria seu cheiro? – era perturbadora. James pensou brevemente em matá-lo quando ele retornasse, mas logo rejeitou a ideia. *Por que iria fazer isso? Por que sequer eu pensaria nisso?* Foi então que a imagem pipocou de volta na sua mente: seu sobrinho, Barney, a cabeça pendendo como a de uma boneca de pano, seus olhos totalmente sem vida.

Onde ele tinha visto isso? Era um sonho terrível? No fundo, uma parte de James sabia que ele fizera uma coisa inexplicável – mas essa parte de seu cérebro estava presentemente afogada em *bourbon*. De qualquer modo, não tinha sido James quem matara Barney, mas sim o estranho animal que vivia dentro dele, e esse animal parecia momentaneamente adormecido.

Sacudiu a cabeça para afastar esses estranhos pensamentos. Bem, onde estava agora aquele rapaz com a nova garrafa de uísque?

***

A paranoia estava profundamente entranhada no estilo de vida do caçador, e Sam Winchester estivera seguindo pistas desde os cinco anos de idade. Caminhar através do turbilhão do centro de Manhattan estava sendo uma dificuldade inimaginável para ele, especialmente sabendo que já tinha sido seguido uma vez naquele dia.

Dê uma parada, espere alguns minutos, depois continue andando, repetia Sam para si mesmo vezes sem conta. Era o mantra de seu pai, e claramente destinava-se à cidadezinha de America, não às ruas congestionadas de Nova York.

O alto edifício de tijolos que abrigava a Sociedade Bíblica Americana localizava-se na confluência da rua 57 com a Park Avenue, alguns quarteirões ao norte do Waldorf. Sam tinha resistido à tentação de contactar o irmão enquanto passava pelo hotel, mas ainda sentia a frustração de viver sem um telefone celular. Imaginava que Dean já fizera outra tentativa para chegar perto do pergaminho, mas ainda havia algumas horas antes de o plantão dele terminar e Sam podia descobrir com toda certeza.

O contato de Sam estava esperando por ele no saguão principal da Sociedade. Era um homem de boa compleição física enfiado num terno que parecia pequeno demais para ele. Sua gravata fina acentuava ainda mais o traje desconfortável. Seu braço estava numa tipoia de lona, levando Sam a especular em que tipo de encrenca o homem se havia metido.

– Sr. Sawyer? – perguntou Sam.

O homem assentiu e gesticulou para um conjunto de cadeiras.

– Por favor, me chame de Walter. Sente-se. Gostaria de um drinque?

Antes que Sam pudesse responder, Walter jogou cubos de gelo em dois copos e serviu o líquido âmbar em cada um.

– Lamento não ter podido ser mais útil ao telefone – disse Walter, enquanto entregava o drinque a Sam. – Não tenho certeza se entendi o que está procurando.

– Também não estou muito certo, ainda não. Estou no processo de comprar uma relíquia religiosa, algo de interesse familiar.

– Você é judeu? – interrompeu Walter, com um breve semicerrar de olhos.

– Não, não é ... não se trata disso exatamente.

Walter bebeu seu drinque com ar ausente, a atenção plenamente em Sam.

– Mas você mencionou algo acerca de relíquias hebraicas, manuscritos do Antigo Testamento. – Ele fez uma pausa momentânea, seus olhos fazendo a pergunta óbvia. – Se você não se importa que eu pergunte, qual é o seu "interesse familiar"?

– Sogros – disse Sam, dando de ombros.

O acadêmico pareceu aceitar isso momentaneamente.

– E uma vez que tenha adquirido os documentos, precisará de alguém para interpretá-los.

– Traduzi-los – corrigiu Sam. – Acho que interpretação bíblica deve ser feita pelo indivíduo.

Walter deu um meio-sorriso torto.

– Muito justo. – Ele espanou da testa uma mecha de seu cabelo castanho despenteado. – Isto tem alguma coisa a ver com os Pergaminhos do Mar Morto?

Sam cuidava para manter seu rosto neutro.

– O que sabe acerca dos pergaminhos? – perguntou.

– Eles são a mais importante descoberta histórica do século – respondeu Walter com uma dicção precisa, quase ensaiada, como se tivesse dito isto muitas vezes para muitas pessoas. – De qualquer século, na verdade. Embora se as pessoas aceitam isso seja uma questão inteiramente diversa.

– Este não é o primeiro texto apócrifo do Antigo Testamento – replicou Sam, estudando a reação de Walter.

– Apócrifo. O que torna esse texto menos relevante do que o Gênesis ou o Apocalipse? Ou Mateus, Marcos, Lucas e João, por falar nisso? – cuspiu Walter com mal disfarçado desprazer.

– Você os leu? Os pergaminhos?

Walter não respondeu de imediato. Em vez disso, olhou Sam nos olhos como se estivesse avaliando, determinando se Sam merecia inteirar-se do que ele sabia dos pergaminhos.

– Não.

Sam forçou um sorriso e tomou um gole de seu drinque muito forte. *Uísque puro*, percebeu. Pelo menos ainda era de tarde. Enquanto pousava o copo na mesinha de centro próxima, notou uma mancha vermelha filtrando-se através da tipoia de Walter.

– Seu braço está bem? – perguntou, apontando a mancha de sangue.

Walter olhou para ela sem dar importância.

– Ah, eu devia ser mais cuidadoso ao viajar de metrô – disse ele e levantou-se. – Vamos até meu escritório para falar sobre os pergaminhos.

O subsolo do Waldorf Astoria estava rodopiando em volta de Dean Winchester. Sua cabeça estava recostada contra a almofada de uma cadeira de espaldar alto, os pés apoiados na mesa de segurança do lado de fora do cofre-forte do hotel. Sua sobriedade havia muito se fora.

– Se você pensa que teve uma semana de merda, deixe-me contar a você uma coisa, James – disse Dean, gesticulando grotescamente com uma garrafa vazia de vodca, a única bebida que havia conseguido surripiar do bar lá em cima. – Eu venho do... do futuro.

Por sua vez, James não estava escutando uma palavra sequer da falação de Dean. Já estava pra lá de bêbado, suas faces rechonchudas e seus olhos estavam vermelhos, as pálpebras caindo de exaustão.

– Da porra do futuro, cara.

James estudava as mãos atentamente, como se elas fossem parte do corpo de outra pessoa.

– Nós temos essa coisa, a internet, é como uma cidade pornô. Tudo que você quiser. O que você está querendo, cara? Asiáticas? Eles têm tudo sobre asiáticas. – Dean falou isso com um olhar conhecedor. *Cara*, eles tinham asiáticas.

A cabeça de James pendeu na direção do chão. Dean, percebendo que era chegado seu momento, calou-se e observou por algum sinal de que James pudesse despertar do estupor. Em vez disso, ele desabou inteiramente no chão, sua pança atingindo o concreto em cheio.

– Vai sentir isso amanhã – disse Dean, enquanto seguia na direção da porta do cofre. Em seu estado inebriado, tropeçou nas pernas de James e quase caiu ele próprio de cara no chão.

O cofre era igual ao de um pequeno banco, com uma pesada porta trancada que sem dúvida levava a um recinto cheio de caixas de depósitos de segurança. Dean sabia que arrombar o cofre principal seria relativamente fácil – afinal, ele tinha um bocado de experiência nesse quesito –, mas encontrar o Pergaminho da Guerra lá dentro poderia provar-se mais complicado. Tinha visto James trazer o enorme caixote mais cedo, porém não fazia ideia do tamanho do próprio pergaminho, ou se tinha sido arquivado individualmente numa caixa de depósito de segurança trancada.

Enquanto ouvia os volteadores na porta principal encaixarem no lugar com um estalido, percebeu James contorcer-se no chão. *Pobre sacana*, pensou, *parece que ele já tem um monte de problemas. Isto não vai ajudar em nada*. Não que Dean soubesse qual era o problema de James, já que ele não tinha sido particularmente loquaz em sua maratona alcoólica.

Após alguns minutos, a pesada porta abriu. Todos os temores de Dean acerca de encontrar o pergaminho imediatamente aliviaram-se, pois o centro do cofre estava repleto de jarros enormes. Pareciam ter milhares de anos de idade, e cada qual estava coberto com uma tampa com símbolos inscritos. Dean moveu-se rapidamente na direção deles. Ergueu a tampa do jarro mais próximo para descobrir, para sua surpresa, que uma forma estava entalhada do lado interno da tampa – uma Armadilha do Demônio rudimentar. O símbolo sagrado que podia conter um demônio.

Antes que Dean pudesse reagir, um rosnado gutural soou atrás dele.

James McMannon estava de pé do outro lado do cofre, totalmente sóbrio, os olhos pretos retintos. Enquanto Dean levava uma pulsação para considerar quão totalmente fodido ele estava, James atacou.

OITO

Apesar do seu volume considerável, o corpo possesso de James movia-se com a velocidade e leveza de um homem com a metade do seu peso. Sua mão carnuda agarrou o pescoço de Dean enquanto o erguia e imprensava contra a parede do cofre. Os pés de Dean procuravam pelo chão sólido, balançando centímetros acima do cimento.

James fitava Dean com um olho perspicaz, como se acabasse de descobrir uma nova espécie de inseto. Rolou a cabeça de Dean de um lado para outro, enquanto ele ofegava em busca de ar.

– Escute, parceiro – Dean conseguiu engasgar –, sei que você está supercontente por entrar numa nova briga, mas, francamente, poderia ter escolhido alguém em melhor forma. Que tal deixar em paz este pobre fodido?

James trouxe o rosto de Dean para perto do seu e *cheirou-o*.

– Ei, cara, eu não sou do tipo pervertido – coaxou Dean, notando o aspecto selvagem nos olhos do homem. – Isso está parecendo demais com *Tempo de violência* para o meu gosto. Que tal me deixar ir?

Com um golpe de seu braço, James arremessou Dean para fora do cofre. Ele voou por sobre a mesa desengonçada e bateu a cabeça na parede de concreto. Ele desabou no chão, perdendo a consciência rapidamente. A última coisa que Dean ouviu antes de a escuridão se apossar dele foi um uivante e feroz *latido*.

Quando Dean acordou, o chefe da recepção escroto assomava sobre ele. Dean virou a cabeça com dificuldade. Ele notou que o cofre estava fechado e James McMannon não era visto em parte alguma.

Dean ergueu o braço para o chefe da recepção.

– Pode me dar uma pequena ajuda?

– Você está despedido. Devolva seu uniforme e caia fora.

Dean conseguiu erguer-se, apoiado num cotovelo.

– Quer dizer que não posso ficar nem com este chapeuzinho maneiro?

O chefe deu um sorriso escarninho, virou-se e foi embora.

Dean sentiu o galo na parte posterior do crânio. *Isso é que dá trabalhar em hotel.*

Ao se pôr de pé, Dean teve que se apoiar contra a parede. Cambaleou um pouco – não ficara inconsciente por tempo bastante para toda a vodca se metabolizar.

Após devolver o traje de mensageiro, Dean saiu aos tropeções para a calçada escura. O sol tinha se posto, mas quando? Quanto tempo passara desacordado? Seu relógio havia parado quando chegou ao ano de 1954 e ele não conseguira fazê-lo funcionar de novo. Olhou para os dois lados, tentando imaginar em que direção ficava o apartamento. Então ouviu o rápido clape-clape de sapatos sobre a calçada. Dois policiais aproximavam-se dele, e não era para dar boas notícias. Dean girou nos calcanhares e tentou atravessar a rua, mas os guardas rapidamente o pegaram pelos dois braços.

– A bebedeira hoje foi demais, não é, cara?

Dean olhou para eles, olhos turvos.

– Nem tanto, rapazes. Acabei de acordar, depois de uma noite maravilhosa com Marilyn Monroe. Ela é uma tremenda gata.

– A gente devia deixar DiMaggio rebater a bola na sua cara por essa piada – disse um dos guardas, enquanto o outro fazia sinal para um camburão.

Quando ele encostou, jogaram Dean rudemente na traseira do veículo e partiram.

Na hora em que Sam chegou à delegacia, Dean já estava sentado numa cela por duas horas. O guarda de plantão levou Sam ao bloco de celas no subsolo do velho edifício, onde ele descobriu seu irmão sentado contente num beliche limpo, bebendo café e jogando pôquer com seu companheiro de cela, um sujeito num terno tão enrugado que parecia que seu almoço de três martínis tinha sido um exagero. Dean pulou de pé quando viu Sam.

– Você tem dez paus aí?

– Dean, não posso usar qualquer dinheiro meu. Não tem valor aqui.

– Exatamente. Por isso me arranje dez – sussurrou Dean, indicando o cara atrás dele.

Sam enfiou a mão no bolso e puxou uma nota. Dean pegou-a e lançou no chão entre os catres.

– Pagarei para ver os seus cinco e aumentarei a parada cinco vezes – disse Dean, sentando-se apoiado na parede.

– É demais para mim – disse o sujeito.

– Acho que o bolo é meu, então. – Dean puxou uma pilha de moedas e notas em sua direção. – Obrigado pelo bom jogo.

O guarda destrancou a porta.

– Obrigado, Joe, mantenha o bom serviço. – Dean sorriu para Sam, enquanto embolsava seus ganhos em dinheiro de 1954.

Os rapazes foram saindo da delegacia.

– É bom continuar debaixo do radar, Dean.

– Eu não tive escolha. Estive *bem* perto de pegar o pergaminho. E as novidades cintilaram! O guarda irlandês não era nenhum guarda regular. Ele estava possuído por um demônio, e agora está à solta. E não nos ajuda em nada você ter perdido a faca de Ruby.

Saíram para a rua.

– Espere. O que quer dizer com "ele estava possuído"?

– Você sabe: olhos negros, força sobre-humana, todo esse negócio, bem aqui em 1954.

– O que ele queria?

– Comer meu fígado? Como eu iria saber?

– Bem, ele disse alguma coisa?

Dean fez uma pausa, tentando lembrar.

– Ele não era de muito falar... só latir.

– O quê? Como um cachorro? – perguntou Sam, divertido. Como a expressão de Dean permaneceu pétrea, ele percebeu que não era uma piada. – Espere aí, realmente? Como um cão de guarda demoníaco?

– Meio cão, meio homem? Espécie de homem-cão. Mais cão do que homem. Seja lá o que for. Isso não importa. A coisa mais importante exatamente agora é permanecer fora do seu caminho por tempo bastante para pegar o pergaminho. Voltarmos vivos a 2010 já seria um bom lucro.

Quando os irmãos Winchester voltaram ao seu pequeno apartamento, já eram quase três da manhã. Eles passaram meia hora comparando anotações e repassando os eventos das últimas 24 horas. Sam contou a Dean tudo que tinha aprendido na biblioteca e com Walter, menos a informação sobre Abaddon.

Com tudo que haviam descoberto, os rapazes agora deparavam com dois problemas. Embora eles soubessem quando a transação aconteceria, ignoravam quem poderia ser o verdadeiro comprador dos pergaminhos. Sabiam que um banqueiro estivera envolvido na venda, mas levaria um tempão para descobrir quem era. Mesmo se o descobrissem, seria mais fácil tomar os pergaminhos *antes* da real transação, em vez de tentar pegá-los no Waldorf Astoria, especialmente agora que Dean tinha perdido o emprego. Eles também não tinham armas, e nenhuma ideia de como contatar Don, uma vez que tivessem realmente o Pergaminho da Guerra.

A única caridade concedida a eles naquela noite veio de uma fonte inesperada. Seu vizinho do lado tinha dado uma festa de arromba a noite toda, ao ponto de as paredes sacudirem. No auge do agito, uma cama de parede Murphy soltou-se da parede onde ficara despercebida.

– A boa notícia – disse Sam – é que o ladrão também não a encontrou. – Ele reclamou a cama para si e estava dormindo em minutos.

Dean deitou no sofá gasto. *Parece que não durmo há anos.* Seus pensamentos vaguearam para a morena de belas pernas no saguão do Waldorf Astoria. Em 2010 não era incomum ver uma mulher viajando sozinha; em 1954 era outra história. Ele tentou imaginar quem seria ela e de onde teria vindo. Havia alguma coisa acerca de como ela se portava. Ele ficou atraído por suas passadas confiantes e o modo como ela olhava direto para ele – quase *dentro* dele. Dean pensou que, depois de ir à caça do guarda possuído pelo demônio, poderia circular por aí e topar novamente com ela. Ele caiu no sono tentando traçar uma linha de abertura que fosse adequada para a época.

***

Pela manhã, Sam e Dean sentaram-se nos degraus da Biblioteca Pública de Nova York para bebericar xícaras de café. Dean mal podia crer que o café custasse apenas cinco *cents*, e uma *pizza* grande 75 *cents*. Era como viver num paraíso gastronômico.

Discutiram qual seria seu próximo movimento. Decidiram que Sam mandaria um telegrama para a seção de classificados do *Wall Street Journal*, dizendo que estava interessado em comprar os pergaminhos.

Dean queria voltar para o Waldorf e encontrar James – não seria uma coincidência que o demônio estivesse circulando pelo local do leilão iminente. Mas, antes de retornar ao hotel, ele foi a uma loja de roupas de segunda mão determinado a comprar um terno, após o que planejava barbear-se. Se ia voltar ao Waldorf como um não funcionário, não queria parecer deslocado.

Sam encontrou uma agência da Western Union e enviou um telegrama para a parte que estava vendendo os pergaminhos.

INTERESSADO NOS PERGAMINHOS BÍBLICOS
ANUNCIADOS NOS CLASSIFICADOS DO WSJ
PT COMPRADOR SÉRIO PT, POR FAVOR, RESPONDER
RAPIDAMENTE PT TENHO DINHEIRO PT SINGER

De fato, eles não tinham nenhum dinheiro, mas Sam ia cruzar aquela ponte quando chegasse a ela. Ele achava que a menção a Bobby era apropriada, e desejou mais do que nunca que Bobby estivesse lá para ajudá-los. Sam disse ao funcionário onde podia ser encontrado, e que voltaria em uma hora para ver se havia uma resposta. E então seguiu para a loja Gimbel's.

Vasculhando a seção masculina, Sam encontrou um terno de lã por 28 dólares. Ele tinha o dinheiro – as gorjetas de Dean mais o ganho no pôquer na cela de detenção tinham rendido cerca de 100 dólares – e Sam decidiu que o terno valia a pena. Saiu da loja vestido com ele, suas roupas de 2010 enfiadas numa sacola da Gimbel's. Sam notou uma barbearia bem ao lado da loja de departamentos. Apenas "uma leve aparada" acabou sendo um corte de quase 10 cm. Sam olhou-se no espelho. *Agora está diferente*, pensou. O barbeiro alisou seu cabelo com um pouco de pomada Murray e ele estava pronto para ir.

Quando voltou à Western Union, um telegrama o aguardava.

SINGER PT IREI CONSIDERAR GENEROSA OFERTA PT ME ENCONTRE CLUB 21 ÀS 11 PT PERGUNTE POR FELDMAN

Sam olhou para cima e viu um relógio na parede externa de um banco próximo; eram 10:30 da manhã. Pediu orientação a um passante, e então começou a subir a Sexta Avenida; iria chegar lá em cima da hora.

No Club 21, Sam admirou as figuras de gramado montadas no telhado-pórtico do restaurante situado abaixo do nível da rua. Ele nunca estivera ali antes. Todas as vezes em que os irmãos estiveram em Nova York foram sempre em operação de caça. Eles nunca apreciaram realmente a cultura da cidade.

Sam entrou no restaurante na penumbra. Cabines com assentos de couro vermelho orlavam o salão e cada polegada dele tinha quinquilharias de algum tipo penduradas, enfileiradas ou pregadas. Um *maître* conduziu Sam a uma mesa onde já estava sentado um jovem de terno marrom. Sam teve certeza de que ele não teria nem um dia a mais de 25 anos. Imaginou como esse garoto poderia possivelmente estar no negócio de venda de antigos textos bíblicos.

– Sr. Feldman? – perguntou Sam.

– Não, sou o seu adido, Sr. Benjamin Shochat. – O homem levantou-se e trocou um firme aperto de mão com Sam. – Represento os interesses do Sr. Feldman. É o Sr. Singer, não? – O homem possuía um sotaque ritmado que parecia ser do Oriente Médio.

– Sou. Prazer em conhecê-lo – disse Sam. Ele sentou-se e fez sinal ao garçom para trazer-lhe um copo de água. – Estou interessado nos pergaminhos e gostaria de fazer um lance, mas queria vê-los primeiro. – Sam tinha notado que o homem estava de mãos vazias quando caminhava para a mesa. Se pudesse convencer Shochat a levá-lo ao Waldorf e mostrar-lhe os pergaminhos, ele estava no negócio.

O Sr. Shochat estudou o rosto de Sam.

– Você está trabalhando para alguém, não é?

– Por enquanto não tenho liberdade para dizer – improvisou Sam maciamente. – Mas, se eu estiver falando em benefício de alguém mais, seria de um comprador muito sério com um vastíssimo capital. Esta pessoa gostaria, porém, que eu examinasse a mercadoria primeiro.

– Não é possível – respondeu o jovem com um bufido. – Estão sendo mantidos num cofre, sob pesada segurança.

– No Waldorf Astoria – disse Sam com um sorriso, metaforicamente pondo suas cartas na mesa.

– Como sabe disso? – Shochat estava claramente irritado e tentando não demonstrá-lo.

– Eu sei das coisas. E gostaria de ver os pergaminhos.

– Como posso saber que vocês têm fundos suficientes?

Sam levantou-se.

– Acho que já provei quão sério eu sou, Sr. Shochat. Por gentileza, mande o Sr. Feldman fazer contato comigo, se ele quiser fechar negócio.

Shochat parecia cada vez mais nervoso. Era claro que estava além do seu entendimento, e temia que, se não agisse com cuidado, poderia deixar escapar um peixe graúdo.

– Tudo bem, espere – disse apressadamente. – Sente-se, por favor. – Ele bebeu um pouco de água. – O Sr. Feldman tem outro grupo interessado, e eles fizeram um lance inicial de cem mil dólares. Está disposto a ir além?

Sam percebeu que, uma vez que não tinha realmente qualquer dinheiro, poderia dizer o que bem entendesse. Voltou a sentar-se à mesa.

– Se os pergaminhos forem autênticos, o dobro dessa quantia seria uma barganha – disse jovialmente.

Shochat recostou-se em sua cadeira, claramente impressionado. Sam então lembrou-se de que numa época de ternos de 28 dólares e pizzas gigantes de 75 cents, 200 mil dólares era uma enorme quantidade de dinheiro. Ele esperou, enquanto Shochat pensava a respeito. *Só preciso de um convite para o leilão, isso é tudo*. Ele e Dean podiam fazer o resto sozinhos.

– Voltarei a procurá-lo – disse Shochat por fim e levantou-se. – Falarei com o Sr. Feldman. Não posso negociar por ele.

– Ótimo – disse Sam, também se levantando.

O jovem pôs um chapéu-coco na cabeça, tocou na aba à guisa de cumprimento a Sam e saiu.

***

Dean esticou-se confortavelmente na ampla cadeira de barbeiro de couro. Estava impressionado com a incrível barba que tinha feito. *Por que os homens precisam sempre se barbear?*, imaginou.

Ele havia comprado um terno escuro de segunda mão, uma camisa branca e um chapéu-coco preto. Dean nunca tinha sido um cara de usar chapéu, mas gostou da sensação do chapéu-coco. Especulou se podia esconder algum tipo de arma nele.

Já na rua, bem barbeado e de roupa nova, sentiu-se completamente incógnito. Agora podia circular pelo hotel sem ser notado, o que lhe dava outra chance com os pergaminhos.

Poucos minutos depois, entrou no opulento saguão do Waldorf Astoria. Nenhum alarme disparou. *O disfarce está funcionando, acho*, refletiu. Usando um molho de chaves que havia negligenciado de devolver no dia anterior, acessou a escadaria dos fundos. Deslizando silenciosamente até o subsolo, percebeu de imediato que seu plano não ia funcionar.

Aparentemente, alguém tinha levado muito a sério sua invasão da véspera – agora havia três guardas de vigia no cofre, todos armados. Antes que o notassem, Dean deslizou através de uma porta entreaberta a sua esquerda.

Viu-se no interior de um úmido *closet* de suprimentos, contendo uma única cadeira de metal com um homem afundado nela, de costas para ele. Cautelosamente, Dean moveu-se na direção dele.

É James, o guarda de segurança, percebeu. *Rapidamente adormecido – Espere aí, demônios dormem?* Uma vez que ele não estava portando nenhuma arma, decidiu deixar o cão adormecido em paz. Então viu o saco de sisal num canto e lembrou de um factoide conveniente: durante os rigorosos invernos de Nova York, os zeladores usavam sal para derreter o gelo nas calçadas de prédios importantes como o Waldorf Astoria. E parecia que o suprimento de sal do hotel estava estocado bem aqui.

Dean rasgou a ponta do saco e esvaziou metade dele. Precisava agir depressa, se quisesse que isto funcionasse. Ele ergueu o saco nos braços.

– Que raio de coisa você está fazendo? – perguntou James, subitamente desperto, expelindo saliva pelo canto da boca.

Dean hesitou, o saco de sal erguido acima da cabeça do guarda. Tomando uma rápida decisão, ele baixou o saco para o seu lado.

Nenhum dos homens falou por vários segundos, até que Dean pigarreou.

– Pegando sal – disse.

James esfregou os olhos, que estavam da cor normal azul-esverdeada.

Nenhum sinal de possessão demoníaca. Não obstante, Dean sabia que o demônio poderia ainda estar dentro de James, ganhando tempo.

– Você lembra de mim? – perguntou Dean.

James inclinou-se à frente na cadeira, passando a mão pelo cabelo curto.

– Não, cara. Por que deveria?

Parece que ele está na pior ressaca do mundo, pensou Dean. Estranhamente, sentia alguma simpatia pelo homem.

– Não é nada. Pensei que talvez você frequentasse a minha igreja – explicou.

James olhou para Dean, seu rosto inchado e vermelho.

– Pegue o seu sal e me deixe em paz – retrucou, sem qualquer sinal de reconhecimento em seu rosto.

Ele realmente não me reconhece, pensou Dean. *Será que o cão raivoso se foi?* Ele fez o que lhe foi dito, erguendo o saco de sal e seguindo em direção à porta. Pensou em deixar o saco cair "acidentalmente" no colo de James enquanto passava por ele, mas controlou o impulso. Havia três guardas do outro lado da porta, cada qual capaz de meter uma bala em Dean se percebessem que ele voltara ao Waldorf.

Deslizando de volta à escada, Dean pousou o saco e analisou a situação. Se James *estivesse* ainda possuído, era um dos mais estranhos demônios que Dean já havia encontrado. Os hospedeiros usualmente retêm as lembranças do demônio, e vice-versa. *Talvez não seja um demônio, afinal. Talvez seja alguma coisa mais – o que poderia explicar os latidos.*

De volta ao saguão, Dean atravessou-o até um dos bares. Ele pediu um *Seven and Seven* e afundou numa macia cadeira de veludo vermelha.

– Posso lhe fazer companhia?

Dean ergueu o olhar. A garota do dia anterior estava de pé diante dele. Estava vestida num elegante *tailleur* cor de vinho, com uma saia que parava logo abaixo dos joelhos. Sem esperar resposta, sentou-se em frente a ele.

– Bem, num dia você é um mensageiro, no dia seguinte é um hóspede. Isso é peculiar – disse ela, olhando para ele atentamente. Seus olhos pareciam registrar cada peça de roupa que Dean estava usando, bem como tomando nota de suas feições.

Ele inclinou-se à frente.

– É também peculiar que você tenha notado – disse ele.

A garota sorriu, mas não enrubesceu.

– Como eu poderia esquecer? Não é frequente um homem se oferecer para pagar-me um drinque trinta segundos após me conhecer.

– Dê um pouco de tempo. Nos anos sessenta, garotas como você serão... – Dean interrompeu-se. *Por que estragar os agitados anos sessenta por ela?* – Seja como for, peço desculpas por ser tão ousado. Não é do meu feitio.

– Já está mentindo para mim? Não é um bom sinal.

– OK, eu sou exatamente assim – disse Dean, recostando-se na cadeira.

– Tudo bem, é reconfortante. Significa que você não é complicado.

– Posso interpretar isso como um cumprimento?

A garota sorriu.

– Uma espécie de.

Dean mentiu de novo.

– Não consegui gravar seu nome ontem.

– Julia. Julia Wilder.

Ela estendeu a pequena mão enluvada e Dean apertou-a polidamente, sorrindo à estranha formalidade do gesto.

Por meio segundo, ele quase deu a ela seu verdadeiro nome.

– Sou Malcolm. Malcolm Young – disse em vez disso. – Prazer em conhecê-la.

– Não respondeu minha pergunta, Malcolm. Como é que você num dia é mensageiro e no dia seguinte um hóspede?

– Uma grande promoção – disse Dean, descuidadamente.

Ela fez sinal para o *barman*.

– *Scotch*, por favor. Com um cubo de gelo – instruiu ela.

Dean ergueu uma sobrancelha. Isto era um drinque pesado para uma mulher tão pequena. Como se pudesse ler seus pensamentos, Julia inclinou-se à frente.

– Meu pai e eu temos viajado pelo mundo inteiro. Aprecio muito uma bebida alcoólica. É incomum para uma mulher, sei disso.

Dean sorriu.

– Na verdade, eu já ia dizer impressionante.

– E então, Malcolm Young? Fale-me sobre você.

– Não há muito a falar, de fato. Estou em Nova York a negócios, junto com meu irmão.

– Que tipo de negócio você faz? Além de carregar malas, claro.

Dean ajustou o paletó de segunda mão.

– Negócio de família. Dedetização. Eu estava vestido de mensageiro para poder explorar o hotel sem alarmar os hóspedes.

– Você está dizendo que há percevejos no Waldorf Astoria?

– Você não ouviu isso de mim. – Dean ergueu o copo. – Ao fim dos percevejos.

Julia Wilder bateu no copo dele, depois, com um gole bem feminino, esvaziou o seu. Ela levantou-se e alisou a saia.

– Foi um prazer conhecê-lo, Sr. Young. Até mais.

– Está de partida?

– Tenho um encontro. Você vai ficar na cidade por muito mais tempo?

– Estamos esperando uma oferta, depois vamos embora – disse Dean. Não era totalmente mentira.

– Talvez nos vejamos de novo. – Ela sorriu e depois atravessou o saguão rumo aos elevadores dos hóspedes.

Dean observou-a e suspirou. *Por que todas as garotas maneiras tinham que viver no passado*?

NOVE

Sam parou na Western Union e encontrou outro telegrama do Sr. Feldman esperando por ele.

1º DE JULHO MEIO-DIA SUÍTE PRESIDENCIAL WALDORF ASTORIA.

Sam tinha conseguido, ganhara deles um convite para o leilão. O desafio agora era se apossar do próprio pergaminho. *Poderia ser perigoso, especialmente se é Dean a apresentar um plano.*

O óbvio passo seguinte – precisava de armas. Seus contatos usuais em Nova York na sua maior parte ainda nem eram nascidos, portanto Sam teve que optar por uma solução alternativa. Decidiu ir até a Little Italy. Graças a seu irmão mais velho, Sam tinha visto toda a série *O poderoso chefão* dezenas de vezes, e imaginou que nem tudo seria ficção. *Afinal, Mario Puzo sabe do que está falando.*

Deixando a estação Canal Street, Sam ansiava por uma daquelas pequenas ruas laterais da Little Italy. Dez minutos depois, parou diante de um restaurante com o letreiro FECHADO na vitrine. Lá dentro, podia ver vários homens de meia-idade sentados conversando em torno de uma enorme mesa. Um homem aparentemente da mesma idade sentado à porta recebeu Sam, cuspindo sementes de uva por entre os dentes.

– Oi – começou Sam, hesitante. – Eu estava na esperança de poder falar com alguém sobre... um acordo comercial. – Agora que estava parado diante do que poderia ser um autêntico mafioso, Sam não fazia nenhuma ideia do que dizer.

– Só para sócios – disse o homem, olhando para cima. Sam notou que um de seus olhos estava inchado.

– Está todo roxo – comentou.

– Escute aqui, garoto, é melhor dar o fora se sabe o que é bom para você.

Normalmente Sam não era chegado a fazer uma cena. No caso em questão, com o peso do mundo repousando em seus ombros, estava disposto a romper a tradição. Respirou fundo e disparou.

– Ouça, meu chapa, não tenho tempo para sutilezas. Estou precisando de armas. *Montes* de armas. – Sam puxou do bolso as notas de dólar que lhe restavam e acenou com o maço para o sujeito. – Estou disposto a pagar...

– Ei, guarde isso. – O homem olhou para os dois lados da rua. Levantou-se e o empurrou rudemente para o vestíbulo, colocando-o contra a parede, e o revistou. Sam ficou completamente imóvel. Sabia que era melhor do que se agitar quando um cara estava ficando puto.

– Lá em cima, segundo andar.

Sam agradeceu e encaminhou-se às escadas, passando pelo pequeno aglomerado que se revelou ser um jogo de pôquer no salão principal – tomou uma nota mental para contar a Dean, caso eles precisassem reforçar suas reservas de caixa.

Um homem pequeno, de cerca de quarenta anos e usando um suéter de tricô, sentava-se a uma mesa no patamar do segundo andar. Dois grandalhões estavam de pé junto à parede, as mãos unidas à frente do corpo. Estavam claramente portando algum tipo de arma.

Sam pigarreou e explicou o que precisava: duas espingardas, duas pistolas e nada de perguntas.

A transação ocorreu muito tranquilamente, todos os aspectos considerados. No fim Sam só poderia pagar pelas espingardas e munição, e segurando o grande saco entregou o resto do dinheiro.

Quando se preparava para partir, Sam hesitou.

– Hum, na verdade – começou – não sei como vou levar a mercadoria para o outro lado da cidade. Dei a você todo o meu dinheiro e ...

– Bambi levará você – disse o suéter de tricô. Ele apontou para o homem um pouco maior que os dois que estavam junto à parede. Bambi assentiu.

***

Um Cadillac preto 1953 estacionou no beco dos fundos. Bambi abriu o porta-malas. Sam adiantou-se para abrir a porta traseira do carro.

– Na frente – ordenou Bambi. – Num sou chofré.

Sam estava certo de que ele quis dizer "chofer", mas, mesmo assim, fez como lhe foi ordenado e puseram-se a caminho. Enquanto cruzavam a Quinta Avenida, Sam lançou olhares furtivos para o motorista. Sua boca parecia como se tivesse sido talhada com um cutelo de açougueiro, sua pele com marcas de varíola estendia rugas indefinidas pela face.

Sam tentou puxar conversa.

– Por que chamam você de Bambi?

– Por causa dos meus olhos de veado – grunhiu Bambi e olhou para Sam com seus olhos castanhos grandes e caídos. Teriam sido olhos adoráveis, se não estivessem repletos de morte.

– Ah. – Sam deu-se conta de que estava num carro com um completo sociopata. Dê a ele um demônio um dia.

Quando chegaram ao apartamento, Sam retirou o saco com as armas do porta-malas e disse adeus a Bambi. O carro partiu velozmente.

Sam escondeu cuidadosamente as espingardas no pequeno apartamento e sorriu para si mesmo, satisfeito com seu esconderijo. Ele então decidiu ver se Dean tinha feito algum progresso no Waldorf.

Quando chegou ao hotel, imediatamente avistou Dean. Estava sentado no bar conversando com o atendente, que claramente achava-o um lunático.

– Uau, ele é fantástico – falava Dean com voz enrolada. – Quando eles tocam "Stairway to Heaven", ele faz um *da dah daaaah*. – Dean imitou o som de uma guitarra. – Você vai se amarrar neles. Led Zeppelin... guarde bem esse nome.

Sam bateu no ombro do irmão. Dean virou-se para ele, os olhos turvos.

– Ei, mano. O que está fazendo?

– Dean, estamos no meio de um serviço. O que *você* está fazendo?

– Estamos no meio do século! Sente-se, peça uma bebida.

– Agora não, Dean. Vamos para casa.

Dean fez uma carranca e deslizou de seu assento.

– OK, tudo bem.

Dean cambaleou para fora do bar com Sam segurando seu braço. Então olhou para o irmão, de súbito inteiramente sóbrio.

– O que lhe tomou tanto tempo? Estive me fingindo de bêbado por horas. Aquela garota lá, à esquerda... Fiquei bebendo com ela. Disse que tinha um compromisso e esteve à espreita no saguão deste então.

Sam olhou em volta, mas não viu nenhuma garota. Não ficou inteiramente certo de que Dean estivesse apenas se *fingindo* de bêbado.

– Sam, acho que ela está aqui por causa do leilão. Na primeira hora pensei que fosse meu magnetismo animal, mas começo a pensar que ela está atrás de nós.

– Não diga – replicou Sam, puxando Dean pelo braço. – Aliás – disse ele –, não fiquei sentado e perdendo tempo num bar. Consegui para nós um convite para o leilão dos pergaminhos, e o arsenal de que precisamos para levar a cabo o serviço. Três dias a partir de agora. Meio-dia. Aqui.

Enquanto os irmãos seguiam para a porta, a garota que dizia chamar-se Julia Wilder seguia-os de perto. Ela estava agora usando uma peruca loura e um *tailleur* verde claro. Foi o melhor disfarce que obteve de sua bagagem lá em cima. Agora que tinha confirmado que os dois rapazes estavam trabalhando juntos, permitiu que escapassem de sua vista e seguiu até os telefones do saguão.

– Columbia 367 – comandou. Após vários segundos, uma voz atendeu. – Oi, sou eu. Você estava certo. Eles estão juntos. Definitivamente vigiando o local.

Julia mudou de expressão quando a outra voz falou no seu ouvido.

– Não, eu sei. Não vão. Eu não vou deixá-los – disse ela. Com isso, ela desligou e voltou para seu quarto.

DEZ

Em toda a longa experiência de vida de Dean, não havia muita coisa que se comparasse realmente a um bom *cheeseburger* com *bacon*. Apesar disso, devorou o *hot dog* – com tudo – enquanto ele e Sam marchavam de volta ao apartamento.

Sam não estava nem um pouco entusiasmado com o jantar deles.

– Nada como a refeição misteriosa que você comprou de um cara usando saia – disse ele com repugnância, engolindo o resto do pão e removendo o *ketchup* de seus dedos em plena calçada.

O sol pusera-se por detrás dos edifícios de altura vertiginosa, lançando longas sombras negras no caminho dos rapazes. Mas a cidade parecia ganhar vida, ao mesmo tempo em que caía na escuridão.

– Você pode imaginar a espécie de criaturas sobrenaturais que devem estar percorrendo esses becos? – perguntou Dean, enquanto passavam por um conjunto de apartamentos com aparência particularmente decrépita.

– O diário de papai tinha um bocado de coisas sobre Nova York – replicou Sam. – Não seria de surpreender que houvesse outros caçadores atuando na cidade... nós sabemos que há um futuro – disse ele, pensando no general Cox. Sam lançou ao irmão um olhar cauteloso, como se preocupado com o fato de Dean não gostar do que ia dizer em seguida. – Deveríamos considerar se vamos precisar de apoio.

– Qual é? – respondeu Dean. – Para que precisamos de outros caçadores? Nós temos armas. Além disso, você acha que convenceríamos alguém a nos ajudar tão logo comecemos a falar do Apocalipse... e que viemos do *futuro*?

– Acho que você está certo.

– Pra lá de certo. Se contarmos a alguém o que estamos fazendo aqui, corremos o risco de interferência – disse Dean definitivamente, sabendo que *interferência* poderia muito bem ser a menor de suas dificuldades. Sem mencionar que certas pessoas – e/ou forças do Inferno – matariam ou fariam coisa pior a fim de parar Dean e Sam. Ambos sabiam disso, de modo que era tedioso repetir.

Eles subiram os degraus rachados de Villard House. O som de um antigo aparelho de TV ecoava da porta aberta da senhoria, quando passaram por ela.

– Ela está assistindo ao Canal DuMont – disse Dean com um sorriso.

– Assistindo a quê? – perguntou Sam, o cenho franzido.

Dean olhou para ele, incrédulo. Ele às vezes esquecia o quão Sam era jovem. Não que Dean tivesse tido a experiência de assistir ao Canal DuMont que, em 1954, deveria ser fechado dentro de dois anos, mas ele assistia bastante a TV para estar por dentro de sua história.

– *Cavalcade of Stars*? *The Honeymooners*? Não lembra desses programas? Sério?

– Você assiste àqueles programas antes ou depois de *Dr. Sexy*? – perguntou Sam, zombeteiro.

– *Dr. Sexy* estou fora – disse Dean.

– Conte-me de novo sobre a garota – pediu Sam, com voz séria.

– Julia.

– Ela estava seguindo você?

Dean inseriu a chave na porta do apartamento.

– Ela estava definitivamente interessada.

– Becky Rosen interessada, ou demônio Meg interessada? – tentou Sam.

– Ouça, parceiro, aquelas duas *chiquitas* estavam atrás de você – disse Dean, tentando manter em sua mente a visão de Becky esfregando o peito de Sam. – Portanto, onde estão elas? – Dean olhou em torno da sala. – Você perdeu as armas tal como perdeu a faca?

– Dean, a faca foi roubada – replicou Sam. Então, caiu a ficha. – Por uma *garota*. Morena, esperta, cerca de 1,65 m de altura?

Dean assentiu.

– Poderia ser a mesma garota que esbarrou em mim no corredor – continuou Sam. – Pouco antes de eu perceber que a faca desaparecera. – Ele caminhou até a cama Murphy, baixou-a e extraiu o saco contendo as armas na cavidade do leito. – Quanto a estas, elas estão a salvo e ilesas.

Dean observou Sam pensativamente. *O garoto realmente se tornou um bom caçador, apesar de tudo*, pensou. Ele agarrou o saco carregado de armas, abriu-o.

– Mulheres dos anos cinquenta, meu caro – disse, enquanto examinava seu conteúdo. – São como um grande enigma, e Betty Draper é ... o que vai ganhar por solucionar um enigma.

– Espere, ainda *está* com a garota que você sabe que está na sua *cola*? Nós fomos roubados, Dean. Não temos tempo para você ficar se divertindo.

– Não comece. Eu sei. Não estou interessado em nada que nasceu antes do micro-ondas. – Dean ergueu uma das espingardas e com perícia testou o peso dela de um lado para o outro a fim de sentir-lhe o equilíbrio.

– Eu estava pensando... – começou Sam, depois sua voz extinguiu-se.

– Desembuche, garotão – disse Dean. – Pensando em tomar um porre? Pensando em conseguir para nós uma pasta de dentes? Porque seu hálito está *péssimo*.

– Se agora não fosse 1954, estaríamos municiando essas armas com sal, certo? – perguntou Sam, pegando alguns dos cartuchos da espingarda. – Mas, aqui, não estamos. Porque não estamos apenas combatendo demônios e fantasmas e coisas que vão morrer; estamos roubando humanos. Humanos que não fizeram nada a nós, ou a ninguém, não fizeram *nada* de errado, e nós vamos apontar armas para suas cabeças? Não o perturba nem um pouco fazermos o papel de bandidos?

– Nós congelamos Lúcifer, ninguém está chorando por causa de um pequeno assalto à mão armada – replicou Dean.

– Então os fins justificam os meios? – disse Sam. – Porque com certeza não justifica, quando significa que vou me energizar em sangue de demônio.

As palavras de Sam penetraram em Dean.

– Isso era diferente – ele grunhiu.

Sam balançou a cabeça e começou a andar pela sala, as tábuas rangentes do assoalho cedendo levemente sob seu peso.

Dean olhou impaciente para o irmão. *Por que ele sempre torna as coisas tão complicadas*?

– *Era* diferente – persistiu Dean. – Olhe, estou disposto a ir às últimas consequências para obter a porra desse pergaminho. Se isso incluir matar ou aleijar algum pobre sacana que se puser em nosso caminho, ainda não tenho certeza. Só vou saber quando tiver meu dedo no gatilho. Mas, Sammy, com certeza não estou disposto a perder meu irmãozinho. – Dean soltou um suspiro. – Salvar você é a razão de estarmos aqui.

Mas a expressão de Sam era resoluta.

– Ninguém mais fica ferido – disse. E não foi uma declaração, foi uma ordem. – Já tenho sangue demais em mim.

Dean procurou no bolso, sentiu o maço de notas e seguiu em direção à porta.

– Aonde você está indo? – perguntou o irmão.

– Vou comprar sal – respondeu Dean e fechou a porta atrás de si.

James McMannon estava de pé à soleira da casa de arenito pardo de sua irmã, banhada pela luz bruxuleante azul e vermelha de uma viatura policial. Espiando através das cortinas abertas, ele viu a irmã. O rosto de Maria estava borrado de lágrimas, sua face esquerda pressionada no ombro compacto de um homem mais velho. *Talvez um vizinho*, pensou James, não reconhecendo o homem. *Pelo menos ela tem alguém*. Se ele entrasse, iam pedir-lhe que explicasse alguma coisa que não poderia racionalmente ser explicada, contar uma história em que nenhuma pessoa sã iria acreditar.

Dois policiais de uniforme também estavam à vista, ambos ostentando a careta desamparada de homens partilhando más notícias. *Seu filho está morto*, estão dizendo. *Encontramos seu corpo*. James não precisava ler seus lábios, tudo que tinha de ver estava no rosto angustiado de sua irmã.

A visão afastou James do alpendre, de volta à calçada estreita. Ele começou a caminhar lenta e tropegamente para o norte.

No decorrer da tarde havia conseguido reunir lembranças estilhaçadas do que havia acontecido com Barney – o que ele tinha *feito* com Barney. Ele nunca se sentira particularmente no controle do rumo que sua vida estava tomando, mas era algo inteiramente diferente. Por um bom pedaço dos últimos poucos dias, James não estivera no controle de suas mãos, seus pés, ou de qualquer coisa entre eles. Agora se sentia como um estranho no próprio corpo, só parando até que o próximo ocupante fosse embora. A cada hora ele iria simplesmente acordar em um novo lugar, sem saber como tinha chegado lá. As lembranças poderiam eventualmente retornar, ou não poderiam. Só uma tinha se fixado ...

Eu matei Barney. E as pessoas vão estar procurando por mim. Nova York era uma cidade com um milhão de cantos pequenos e sombrios para se esconder, e sua única opção era encontrar um deles e nele desaparecer. *O filho de minha irmã*, pensou. *A única pessoa que lhe restava*. Olhar para ela não era uma opção. Ele tinha que desaparecer.

Contudo, enquanto a rodopiante luz da radiopatrulha sumia na distância, James viu-se fazendo alguma coisa peculiar. Ele estava caminhando de volta a Manhattan, rumo ao primeiro lugar em que as pessoas iriam procurar por ele – o Waldorf Astoria. Uma voz importuna no fundo de sua mente insistia em que tudo poderia ser resolvido, se apenas ele voltasse ao hotel.

Se apenas ficasse perto do cofre.

ONZE

Sam deixou o apartamento antes que o sol se arrastasse acima da silhueta dos prédios, sabendo que levaria horas até que Dean acordasse. Eles não estavam acostumados a permanecer num só lugar por tanto tempo e, ainda faltando dois dias para o leilão, não havia nenhuma necessidade real de pular fora da cama tão cedo. Para Dean, isso era um convite atrasado para desfrutar de mais quatro horas de sono. Para Sam, era uma desculpa para tirar mais algum tempo para si mesmo.

Dean de fato tinha comprado sal para as espingardas, mas havia passado quase toda a noite fora para consegui-lo. Sam não queria saber como Dean gastara o resto de seu tempo, considerando sua tendência para confraternizar com indivíduos nada virtuosos. *Suponho que eu seja um deles*, percebeu Sam. *Não há nada menos virtuoso do que deflagrar o Armageddon*.

Após vinte minutos de caminhada, Sam chegou ao escritório do distrito administrativo de Manhattan. Era pouco antes das oito da manhã, mas já havia uma fila formada no balcão de informações. Uma jovem de seus vinte anos de idade, e usando um suéter um tanto colante demais, posicionava-se atrás do balcão.

Quando chegou a vez de Sam, ela começava a soar esgotada.

– Posso ajudá-lo, senhor? – perguntou ela, o tom de voz indicando que esperava que não pudesse.

– Já é uma longa e cansativa manhã? – respondeu Sam com um sorriso, pensando que jogar um charme seria a melhor maneira de resolver seu caso.

– Não, senhor. Já tem um pedido agendado, ou é uma visita social? – disse ela concisamente.

Sam ficou momentaneamente sem ação.

– Hã, sim, tenho – gaguejou e puxou sua carteira. Folheou através da seleção de identidades e distintivos falsos, nenhum dos quais adequados à época. Optando pelo mais promissor, Sam mostrou-o a ela rapidamente e o devolveu à carteira, antes que ela pudesse dar uma boa olhada.

– Serviço Secreto – entoou ele, mudando a abordagem para soar mais sério.

A garota olhou por sobre o ombro para um homem de aspecto moroso sentado atrás de uma máquina de escrever, ao fundo do desordenado escritório. *Seu chefe*, concluiu Sam. Ele não parecia nem um pouco mais feliz do que ela.

– Só um momento – disse ela, levantando-se para falar com o chefe. Após breves idas e vindas, o homem veio falar diretamente com Sam. Sua gravata estreita estava enlaçada tão fortemente em volta do pescoço que fazia sua cabeça parecer um balão vermelho a ponto de estourar. *Deve ser parte do código de vestimenta*, pensou Sam.

– Posso ajudá-lo? – perguntou o homem asperamente.

– Oi... – replicou Sam, olhando para o crachá do homem – ... Sr. Walker. O Serviço Secreto solicita uma seleção das plantas baixas do Waldorf Astoria. – Sam procurou de novo sua identidade falsa, pretendendo exibi-la por um breve momento, mas Walker puxou a carteira de sua mão.

– Falsificação – vociferou.

– Hã, como disse? – respondeu Sam, a mão buscando protetoramente a carteira.

– O que isto tem a ver com falsificação? – perguntou Walker, devolvendo a carteira a Sam.

– Oh, certo. Eu não lido com dinheiro falso – disse Sam, depois baixou a voz. – Minha função é proteger o presidente ... – Sua mente disparava: *Quem era mesmo o presidente dos Estados Unidos em 1954? Depois de Truman, antes de Kennedy.* – ... Eisenhower. Desculpe, costumamos nos referir a ele pelo seu codinome. – Ele chegou perto, sussurrando. – Papai Urso.

A garota, que estava agora junto do seu chefe, lançou a Sam um olhar curioso, mas Walker não parecia ter notado o lapso de Sam.

– Isto é certo? – disse ele.

– Ele passará uns poucos dias no Waldorf Astoria. Na Suíte Presidencial – explicou Sam.

– Raios me partam! Ike vai ficar bem aqui na rua, pertinho de nós! – disse Walker, empolgado.

– Sim – confirmou Sam. – É muito excitante para o povo de Nova York. Nós... meus colegas e eu... precisamos revisar as plantas em busca de deficiências de segurança no hotel. – Era meia verdade. Com as plantas, Sam esperava encontrar uma entrada alternativa na suíte que não levantasse suspeita da segurança do Waldorf, que reconheceria Dean.

– Eles não conseguem isso no hotel? Provavelmente eles têm uma melhor noção acerca de suas plantas e coisa e tal do que nós teríamos. – Walker tinha razão, claro, mas os funcionários do Waldorf também sabiam que Eisenhower não planejava visitar o hotel em futuro próximo. Este era o único meio.

– Estou apenas cumprindo minha devida obrigação – replicou Sam.

– Marcia, veja se temos isso nos registros – ordenou Walker, enviando a garota em disparada para a sala dos fundos. – Diga, como é o velho Ike, de qualquer modo?

– Oh, ele é ... grande. Simplesmente um boa-praça. Realmente... alto.

– É mesmo? Sabe algumas histórias?

– Claro, mas, você sabe, isso é altamente confidencial – disse Sam, ostentando sua cara de jogador de pôquer.

– Ah, claro – disse Walker, desapontado. Parecia que fosse insistir quando, para alívio de Sam, Marcia retornou ao balcão com as plantas.

Encontrando uma mesa de canto na sala de leitura do Escritório de Registros, Sam debruçou-se sobre as plantas, buscando por uma porta de fundos, por um elevador de serviço próximo – qualquer coisa que facilitasse o entra e sai deles da Suíte Presidencial. Não pôde evitar o pensamento de como isto seria muito mais simples em 2010. Registros eletrônicos tinham-nos salvo mais vezes do que Sam podia contar, e símbolos que levaram séculos para serem decifrados podiam ser explicados com uma busca de dez segundos no Google. Ele definitivamente apreciaria essa conveniência ainda mais quando – e se – estivessem de volta ao presente.

Justamente quando Sam estava a ponto de desistir, Walker irrompeu na sala de leitura com outro rolo de plantas debaixo do braço.

– Não posso acreditar que tenha esquecido estas – disse, espalhando as cópias heliográficas na mesa diante de Sam.

Sam olhou para os desenhos, mas sem entender bulhufas.

– Sendo como é o presidente, parece apropriado que use o Desvio Presidencial – explicou Walker.

– O que é isso? – indagou Sam.

– Está brincando comigo? – O rosto de Walker enrugou-se. Apontou para um nó de linhas brancas cruzadas contra o campo de papel azul. – Você não sabe o que há debaixo do Waldorf?

E, com isso, o plano de Sam começou a ganhar forma.

Dean acordou com o começo do barulho de um caminhão de lixo manobrando na rua lá fora. O sol resplandecia através da pequena janela gradeada, iluminando brilhantemente o fato de que Sam não estava em sua cama.

– Sam? – chamou Dean. – Está de pé?

Quando ninguém respondeu, ele deslizou do sofá e encaminhou-se para o chuveiro. *Oito horas de sono mais o tempo para um chuveiro quente*. Fazia meses que Dean não tivera essas duas coisas, provavelmente não desde que Lúcifer escapara de sua jaula.

Após o banho de chuveiro, foi direto retirar os cartuchos da espingarda trazida por Sam e remuniciá-la com sal. Estava quase terminando, quando ouviu o som de chaves na trava morta da porta.

– Sam, é você?

– Sou eu. Não atire – veio a resposta abafada. Enquanto a porta se abria, os olhos de Dean capturaram a sacola de papel pardo na mão estendida de Sam. Trazia as inconfundíveis manchas de gordura que acompanhavam um *cheeseburger*, o que dispersou instantaneamente quaisquer maus sentimentos que Dean guardara da conversa da noite anterior.

– O meio mais rápido para o coração de um homem, certo? – disse ele, pegando a sacola e abrindo-a. O cheiro era estonteante, simplesmente a coisa que lembrava a Dean por que a vida valia a pena ser vivida. – Onde você esteve, de qualquer modo?

Sam sentou-se junto a Dean no sofá e pegou seu *cheeseburger* da sacola.

– No escritório de registros, procurando as plantas – disse ele.

– E?

– A boa notícia é que posso ter encontrado uma saída para nós. A má notícia é que só tem um elevador servindo a Suíte Presidencial, e uma mesa de segurança está bem do lado de fora dela. – Sam depositou o *cheeseburger* sem dar uma mordida sequer.

– Não vai comer? – perguntou Dean, a boca cheia, e então notou a contrariedade de Sam. – Que foi?

– Isto poderia ser um bocado mais fácil, se você não tivesse sido despedido do hotel – disse Sam.

Dean acenou para a pilha de cartuchos de sal em que estivera trabalhando.

– Ei, estive fazendo a minha parte. Além disso, foi você quem nos pôs para fora do Ônibus Escolar Mágico para esta viagem de campo.

Sam não protestou, mas também não se apressou em pedir desculpas. Dean deu de ombros. A teimosia de Sam era genética – o pai deles tinha sido assim também, e foi a causa de se terem separado. Ironicamente, Dean, o garoto que idolatrava o solo em que seu pai caminhava, era menos parecido com John Winchester do que o filho que não queria ter nada a ver com ele.

– Olhe, se você quer fazer sua parte, descubra outro meio de penetrar naquele evento – disse Sam.

– Talvez precisemos considerar que você faça um voo solo – sugeriu Dean.

– Está falando sério? – perguntou Sam. – Poucas semanas atrás você nem estava certo se eu estava apto para caçar qualquer coisa, agora quer que eu cometa um assalto à mão armada sozinho?

– Acha que não pode fazer isso?

– Claro que posso fazê-lo – respondeu Sam, agitado. – Mas é esse o nosso melhor plano? Eu apareço, alegando ter duzentos mil dólares numa pasta, pego o pergaminho e fujo?

– Me parece um bom plano Winchester – disse Dean, lambendo os dedos engordurados de *cheeseburger*.

– Parece um plano idiota.

– Costuma ser as duas coisas.

– Então vamos bolar um melhor – ofereceu Sam. – Pelo que Walter Sawyer me disse, talvez existam umas dez pessoas e instituições interessadas nos pergaminhos, portanto a segurança vai ser rígida. Talvez possamos usar isto a nosso favor. Criar uma distração.

Dean não gostou do rumo que a coisa estava tomando.

– Por distração, você quer dizer que eu faça alguma coisa estúpida de modo que você possa invadir e pegar o pergaminho.

– Eles conhecem você – replicou Sam. – Os guardas lá em cima o reconhecerão, de modo que não lhe será difícil chamar alguma atenção.

– E então eles atiram em mim, você foge com o Pergaminho da Guerra, eles atiram em você, e aí nosso amigo anjo pode despachar nossos cadáveres de volta a 2010 – zombou Dean.

– E se a sua distração não for, digamos, violenta? – perguntou Sam.

– Tal como eu pedir polidamente?

– Como você se fazer passar por um federal – disse Sam. – Ou alguém que não acredita que os documentos sejam autênticos, que veio avisar aos compradores que o vendedor é uma fraude.

– Tudo bem – disse Dean, as engrenagens entrando nos eixos em sua cabeça. – Digamos que funcione. Eu violo os procedimentos, o tal Feldman se distrai, você pega o pergaminho... E quanto ao demônio?

Sam ficou de queixo caído. Se o demônio estava agindo como um protetor do pergaminho, não havia como dizer no que isso resultaria.

– Na última vez em que o vi, aquele guarda parecia ter voltado ao normal – disse Dean. – Portanto, poderia ser qualquer um. Presumindo que seja alguma espécie de protetor, ele estará lá no leilão.

– E nós não temos a faca.

– Ou melhor, você *perdeu* a faca – assinalou Dean.

– Se pudéssemos chegar lá cedo, podíamos montar uma Armadilha do Demônio, atraí-lo para ela – sugeriu Sam, destroçando a acusação de Dean.

– Mas não podemos, então vamos ao plano B – disse Dean.

Sam acenou para a pilha de cartuchos de sal-gema que Dean passara a manhã preparando.

– Os cartuchos de sal manterão um demônio à distância, mas como vamos levar as duas espingardas lá para cima?

– Fácil – disse Dean. – Arranjamos uma caixa grande o bastante para contê-las, e você entra direto carregando-a. Veja bem: duzentos mil paus devem ocupar um bocado de espaço.

– E a segurança, Dean? Eles vão revistar a caixa.

Como ainda estava intocado, Dean deu uma grande mordida no *cheeseburger* de Sam, deixando o sabor prolongar-se em sua boca por um instante. Ele pensava melhor quando comia.

– Bagagem – disse finalmente.

– O que tem isso?

– Nós esperamos na plataforma de carga e descarga até que a bagagem seja abandonada, o que será, porque aqueles mensageiros são um bando de preguiçosos fodidos, pode crer – replicou Dean. – Então jogamos as espingardas num saco destinado à suíte. Elas estarão lá esperando por nós.

– Isso nunca vai funcionar – disse Sam com um suspiro.

– Não vejo você chegando com um plano melhor – disse Dean, furioso, embora soubesse que Sam estava certo. Levar as armas para cima era uma coisa, ter acesso a elas e puxar o gatilho era algo inteiramente diferente.

– Estamos um pouco fora da nossa zona de conforto, Dean, mas temos de solucionar isto.

– Eu sei. Parar o Apocalipse, matar o Demônio, reunir as Spice Girls, estamos com um prato cheio – disse Dean, começando a andar pela sala pequena. – Talvez estejamos vendo isto de modo errado. Talvez a gente deva ir atrás do pergaminho depois que o comprador sair com ele. Pulamos neles lá fora.

– Como iremos saber quem é o comprador? – perguntou Sam. – Nós esperamos lá fora, ele poderia passar direto por nós com os pergaminhos numa pasta e nunca saberíamos.

Pegando um dos cartuchos de sal-gema, Dean começou a rolá-lo entre os dedos.

– Bem, quem quer que tenha a porra de um demônio seguindo-o, sedento de sangue, esse cara provavelmente é ele.

A discussão andava em círculos, não levando a nenhum lugar produtivo por mais de uma hora. Dean desejava mais que tudo sair do confinante apartamento, mas este dilema particular precisava de todos os cérebros a postos. Finalmente, Sam seguiu para o banheiro, dando a Dean a oportunidade perfeita para escapar em busca de ar. Ninguém queria ficar perto do banheiro quando Sam estava nele.

Sentado no alpendre do edifício de apartamentos, Dean observou uma torrente de novaiorquinos passando apressados, fugindo da tarde. *Eles não sabem o que está vindo*, pensou, sentindo-se por um momento como Sarah Connor em *O Exterminador 2*, o arauto do juízo final aninhado em meio ao inconsciente alegre. *Claro, essa gente tem 56 bons anos pela frente. Ao contrário de nós.*

Sam juntou-se a ele após alguns minutos, os dois ouvindo atentamente o som do tráfego, todos os sons e visões da vizinhança decadente.

Como se pudesse ler os pensamentos de Dean, Sam riu subitamente.

– Admita isso – disse ele. – Você não assiste *Dr. Sexy*.

DOZE

Bem cedo na manhã seguinte, dirigiram-se para o Waldorf. Sam tinha insistido em dar outra circulada pelo saguão, e, se eles conseguissem subir até a Suíte Presidencial sem despertar suspeitas, melhor ainda.

Enquanto Dean andava sorrateiramente em volta da plataforma de carga e descarga, Sam dirigiu-se à escadaria. Ele queria se certificar de que a saída estratégica que ele formulara a partir das plantas iria funcionar na vida real.

Pelejar para subir os muitos lances de escada foi o maior exercício que Sam tinha feito em semanas. Por volta do vigésimo andar, chegar até o topo começou a parecer uma tarefa impossível. *Seria muito triste eu morrer de ataque cardíaco agora*, pensou Sam. Se isso seria uma coisa boa ou ruim para o mundo era outra questão.

Enquanto contemplava essa ideia, um trovejante *latido* ecoou escadaria acima, abalando a atenção de Sam. Um segundo depois, outro latido golpeou-lhe os tímpanos, e ele apertou as mãos fortemente contra a cabeça. *Se isso é um cachorro*, pensou Sam, *não quero conhecer seu dono.*

Com o terceiro acesso de uivos malignos, Sam percebeu que o barulho estava ficando mais próximo. Estava subindo as escadas – e rápido. *Dean falou que o demônio latia. Realmente não quero descobrir se ele está certo.* Subiu de dois em dois degraus, esperando distanciar-se de qualquer que fosse a besta infernal que vinha lá atrás. *Besta infernal*, pensou Sam. *Soa exatamente como sempre imaginei que soasse um Cão do Inferno.*

Cães de guarda de Satã, os Cães do Inferno eram as bestas invisíveis responsáveis por manter a detestável finalidade das barganhas do Inferno. Se o demônio que Dean encontrou fosse de alguma forma um Cão do Inferno, ou coisa parecida, eles estavam ainda mais encrencados do que imaginavam.

O som de água gotejando estava enlouquecendo Dean. Em algum lugar, algum babaca não havia apertado uma válvula, ou porca, ou seja lá o que impeça a água de vazar, e agora isso estava arruinando tanto o dia de Dean quanto seu belo terno novo.

Ele havia sido forçado a esconder-se numa despensa quando um caminhão repleto de perecíveis descarregava na rampa de carga, só para ter o pessoal da cozinha tirando sua pausa para o almoço bem ali fora. Não era o lugar mais indigno que Dean já usara para se esconder, mas estava perto.

– Já te contei o que aconteceu no jogo dos Yankees? – disse uma voz abafada do lado de fora da despensa. Por um momento, Dean imaginou-se empunhando um bastão de beisebol e usando-o para punir os funcionários da cozinha pelos vinte minutos de conversa babaca que ele se viu forçado a suportar. *Aposto que Sam está se divertindo*, ele pensou amargamente.

A quina de metal da escada atingiu a face de Sam, pegando-o entre o ouvido e a sobrancelha, borrando momentaneamente sua visão. Ele havia tropeçado enquanto subia o lance de escadas e, pelo som, o Cão do Inferno – ou lá o que fosse – estava apenas alguns segundos atrás dele. Impelindo-se acima, Sam arriscou um olhar para a cavernosa abertura no meio da escadaria, que conduzia por todo o caminho até o térreo, talvez até para o subsolo.

Nada.

Cães do Inferno são invisíveis, recordou Sam para si mesmo. *Continue correndo.*

Ácido láctico queimava suas panturrilhas, enquanto ele disparava para cima. À frente dele, a porta para o quadragésimo andar estava a apenas alguns metros. Um uivo terrível reverberou através da escadaria. A qualquer momento Sam esperava sentir os dentes cravando-se em sua perna, mas a sensação nunca chegou.

Ele disparou pelo corredor do quadragésimo andar, batendo a porta atrás de si. Examinou o espaço a sua volta, mas não viu nada que pudesse ser usado para barricar a porta. Contudo, ouviu alguma coisa. O zumbido elétrico familiar de uma *vending machine* vinha de um cômodo próximo. Enfiando-se no interior, Sam rapidamente trancou a porta. Viu-se no que parecia um quarto de descanso para funcionários.

A *vending machine* de petiscos pesava muito mais do que Sam esperava, e enquanto ele tentava empurrá-la ao longo do piso, ela tombou de lado. O assoalho laminado sacudiu com o estrondo maciço, e Sam recuou. *Todo mundo neste andar deve ter ouvido isso.* Mas a máquina ficara muito mais fácil de mover agora. Sam deslizou-a em direção à porta, bloqueando-a efetivamente.

Sacos de *pretzels* polvilhados com grandes nacos de sal *kosher* pendiam desordenadamente no interior da máquina. Sam chutou através do vidro e pegou o máximo de sacos que pôde. Esmagou-os nas suas mãos e espalhou seu conteúdo ao redor da máquina. Se era sal suficiente para manter um demônio ou Cão do Inferno à distância, Sam não tinha certeza.

Ele levou alguns momentos para recuperar o fôlego, seus furiosos arquejos em busca de oxigênio superando qualquer barulho além da porta. Apoiando-se contra a máquina de venda tombada, reteve a respiração por cinco segundos, permitindo-lhe ouvir uma áspera tomada de ar do outro lado da porta. Alguns farelos de *pretzel* recuaram por debaixo da porta com a inalação da besta.

Está me farejando, percebeu Sam. *Ele sabe que estou aqui.* Mas a porta nunca sacolejou e a besta nunca emitiu qualquer rosnado. Em vez disso, Sam ouviu o ruído oco de pés nas escadas de metal. A criatura estava-se movendo.

Sam esperou mais dois minutos, então empurrou a máquina para afastá-la da porta. Ele passou por cima da linha improvisada de sal e pretzel e suspirou. *Foi por pouco.*

– Você deve estar esfomeado – disse uma voz corredor abaixo. Sam olhou para ver uma mulher idosa parada ali, usando um roupão de banho xadrez e segurando um balde de gelo vazio com ambas as mãos. Ela apontou para a pilha de petiscos que se haviam espalhado para fora da máquina acompanhados de vidro quebrado.

Sam deu de ombros.

– Engoliu minha moeda.

***

Para Dean, o doce alívio veio na forma de um supervisor do hotel, que marchava pela rampa de carga e descarga e advertia a equipe da cozinha por ter deixado os perecíveis por tanto tempo sem refrigeração. Dean foi poupado. Enquanto eles saíam, um cozinheiro robusto com sotaque de Jersey comentou alguma coisa acerca de uma embalagem sendo transportada através da cozinha, mas Dean não conseguiu ouvir tudo. A única coisa que realmente ouviu foi "jarros enormes". *Eles devem ter mandado os pergaminhos lá para cima*, pensou Dean. *Espero que Sam não tenha se metido em nenhuma encrenca.*

Torcendo a umidade de seu paletó, Dean saiu do setor de carga e descarga e dirigiu-se à entrada da Park Avenue, onde supostamente encontraria Sam.

Estranhamente, Sam não estava à espera. Sendo o mais pontual dos dois, não era do feitio de Sam faltar a um encontro. Esperando não ser reconhecido novamente, Dean sorriu para o porteiro do hotel e entrou decidido no saguão. O recepcionista escroto estava atarefado, de modo que Dean juntou-se a uma multidão que se aglomerava perto do piano do vestíbulo. Sam não estava por ali, mas a escadaria que Dean tinha usado o expeliu bem em frente à multidão. Um homem de cabelos ruivos estava tocando o piano com alguma maestria, embora Dean não reconhecesse a canção.

Tentando misturar-se ao grupo, Dean observou enquanto uma mulher se aproximava do pianista. Ela bateu delicadamente em seu ombro, sussurrou-lhe no ouvido... e, com a perícia de uma profissional, puxou a carteira do bolso de seu paletó.

Ela se afastou rapidamente, mas Dean só ficou alguns segundos atrás dela. Enquanto ela se dirigia aos elevadores, Dean agarrou-a pelo braço e girou-a para que o encarasse.

– Eu devia ter adivinhado, porra! – disse ele.

A mulher era Julia.

– Ah, que bom vê-lo de novo, Sr. ... desculpe, esqueci o seu nome – disse ela formalmente.

– Não se preocupe. Não era meu verdadeiro nome, de qualquer modo – respondeu Dean amargamente. – Vamos ter uma conversa com o simpático pianista. – Ele puxou-lhe o braço, tentando arrastá-la na direção do saguão. Mas ela resistiu, cravando seus saltos de sapato no chão.

– Desculpe, mas realmente preciso voltar para meu quarto – disse ela.

– Ainda não conversamos – ameaçou Dean.

– Solte meu braço.

– *Devolva a carteira do ruivo* – sibilou Dean, acenando com a cabeça para o pianista. Julia começou a lutar visivelmente contra o aperto de Dean, atraindo a atenção de diversos hóspedes.

– Há algum problema aqui? – perguntou um homem, parecendo preocupado.

Com teatralidade exagerada, Julia comprimiu uma lágrima.

– Este homem me confundiu com outra pessoa – disse com um soluço.

Dean percebeu que não tinha escolha senão deixá-la ir. Afrouxou o aperto no braço dela, que imediatamente apressou-se rumo ao elevador. Dean tentou segui-la, mas foi bloqueado pelo antebraço peludo do recepcionista escroto.

– Você já foi expulso do hotel – disse ele. Depois gritou: – Segurança!

Julia entrou no elevador e falou baixinho com o ascensorista. Dean aproveitou a oportunidade, pondo sua mão contra as portas que fechavam, parando-as antes que ela pudesse desaparecer.

– O que você quer conosco? – perguntou ele. Mas, antes que pudesse continuar, foi puxado por um trio de brutamontes do hotel e arrastado rudemente para fora. Ele nunca tinha sido tão eficiente e rapidamente expulso de um estabelecimento antes, e parecia estranho que não fosse por bebedeira.

Sam estava esperando lá fora, olhos arregalados e com um fogo neles que Dean não tinha visto em semanas.

– O que aconteceu? Onde você esteve? – perguntou Dean, mas Sam ignorou a pergunta.

– Temos que sair daqui. Agora – disse ele.

– Então é um Cão do Inferno ou é um mano? – perguntou Dean, bebendo uma cerveja. – Estou perdido.

– Não sei. Certamente soava infernal, mas na verdade não *vi* nada.

– Claro, porque você estava escondido na despensa.

Passaram o resto do dia e da tarde tentando imaginar o que os novos desdobramentos significavam para o plano deles. Dean havia insistido para que fossem para um bar próximo, apesar dos protestos de Sam. Com o leilão marcado para o dia seguinte, eles mal teriam tempo para beber, mas isso nunca foi empecilho para Dean.

– Você não poderia ter dado uma olhada por um segundo? – persistiu Dean.

Seu irmão revirou os olhos, farto daquela conversa cheia de rodeios.

– Também nunca vi o cara que quase o estripou.

– Porque isso está claro – resmungou Dean. – Mas você não viu coisas como marcas de cascos ...

– É um cachorro, não um cavalo.

– O que seja, mas você não viu ...

– *Eu não vi nada* – disparou Sam, impaciente.

A garçonete chegou com outra jarra de cerveja, mas Sam sacudiu a cabeça para ela. Ele então esperou que ela se distanciasse para continuar.

– Portanto nós temos um demônio, possivelmente um Cão do Inferno, um pergaminho que pode matar o Demônio, nenhum plano funcional para como obtê-lo, e, aparentemente, uma batedora de carteira que está de olho em você.

– É, dito tudo, você está se saindo muito bem – disse Dean com um sorriso afetado. Empurrou sua cadeira para trás. – Hora de dormir.

Sam seguiu seu irmão para fora do bar e para a noite fresca, dividido entre a necessidade de cama e o desejo de melhor esboçar sua estratégia para o dia seguinte. Tinham caminhado vários quarteirões até o apartamento antes que voltasse a falar.

– É minha vida que está em jogo. Não estou certo se deveríamos dar asas a isto.

– Daremos o melhor de nós, Sammy. É tudo que podemos fazer.

Pouco antes da meia-noite, James McMannon viu-se de pé no corredor externo da Suíte Presidencial, percorrendo a distância entre o elevador, a escadaria e a porta da suíte com uma cadência uniforme. Ele não conseguia lembrar particularmente por que havia escolhido este corredor para caminhar, ou o que estivera fazendo antes de lá chegar, mas sabia que aquilo que estava fazendo era importante. *Alguém tem que estar aqui*, pensou.

No interior da Suíte Presidencial, alguma coisa estava exalando um incrível aroma. Como nada que James já tivesse sentido antes.

Isso o fez sentir-se muito protetor, como se atrás daquela porta estivesse seu próprio filho.

Filho. Sobrinho. Barney. Morto.

As palavras deixaram James furioso, mas não conseguia lembrar por quê. *Aconteceu alguma coisa com Barney?*

Não importa. James tinha de se concentrar no que quer que estivesse dentro da suíte. O cheiro.

Se alguém tentar tirá-lo, eu o matarei.

TREZE

Sam parece um pateta com seu terno, pensou Dean com um risinho. Era a manhã do seu grande dia, e Sam estava fazendo o melhor de si para parecer respeitável, mas em geral a vestimenta formal não combinava com sua envergadura alta. Eles já haviam repassado o plano diversas vezes, mas Sam exigiu que o repassassem mais uma vez. Ainda não era muito, mas Dean surgira com uma nova ideia no decorrer da noite, que poderia mantê-los vivos. Se obteriam ou não o pergaminho, era outra questão.

Assim que Dean se vestiu, os dois seguiram para o Waldorf Astoria. Estavam cerca de uma hora adiantados, o que lhes dava tempo de se mover cautelosamente. Caso fossem apanhados com um saco cheio de espingardas e munição, provavelmente não passariam bons momentos no Departamento de Polícia de Nova York, mesmo nos anos cinquenta. Eles compraram uma pasta num brechó para Sam carregar no leilão, mas sem meios de conter os fundos necessários, ela foi recheada com jornais velhos para ganhar algum peso, e trancada com uma fechadura que causava boa impressão. Todo o plano deles dependia da Segurança não expulsar Sam por falta de dinheiro antes de o leilão sequer começar.

Pousando o saco na rua, do lado de fora do Waldorf, Dean olhou para cima da fachada do edifício e sorriu. O que ele viu lá pôs uma parte do plano em movimento. *Jesus*, repetiu ele, *isto pode realmente funcionar.*

O elevador chocalhou perturbadoramente enquanto subia para a Suíte Presidencial. Sam tentou ignorar isso. Ele já sentia como se o seu estômago estivesse na garganta; o que era um pequeno enjoo comparado à perspectiva de um assalto à mão armada?

De pé do lado de fora do elevador estavam dois guardas de segurança do Waldorf e um policial uniformizado. O policial parecia chateado por estar ali, provavelmente pensando que ninguém iria se importar se algumas velhas peças de pergaminho causassem algum problema. Mas estava errado.

– Vim para o leilão – disse Sam, ciente de que estava declarando o óbvio. Todo o andar parecia ter sido fechado para o evento. Uma mesa tinha sido posicionada perpendicularmente aos elevadores, na realidade para servir de barricada a um setor inteiro do corredor. O policial em uniforme sentava-se à mesa.

– Seu nome? – perguntou tediosamente.

– Bob Singer – replicou Sam. – Talvez sob Robert. – O policial olhou para ele exasperado. – Mas você já deve ter adivinhado.

– Já – disse o policial. – Obrigado.

Sam deu um passo em direção à suíte e sentiu a mão no seu ombro. Era um dos dois seguranças do Waldorf – o mais desagradável deles. O cara parecia estar há uma semana sem dormir. Antes que Sam pudesse dizer alguma coisa, o homem estreitou os olhos e farejou o ar. *Como um cachorro*, pensou Sam. *Isso é arrepiante.*

– James, o que há? – disse o outro, quebrando a tensão.

– Ele cheira como a morte – disse James, seu nariz estriando. Enquanto Sam se precavia para o que parecia ser um inevitável combate, James esboçou um sorriso, depois começou a revistar Sam, procurando por uma arma escondida. *É, continua arrepiante*, pensou Sam.

Sem encontrar o olhar de James, ele se virou e agarrou a maçaneta da porta da Suíte Presidencial. *Acho que a teoria do homem-cão de Dean estava certa.* Não que isso fizesse algum sentido.

– Sua pasta, senhor? – disse o outro segurança.

– O que tem ela? – replicou Sam.

– Não exigimos a combinação, senhor, mas exigimos que a deixe do lado de fora da suíte. O Waldorf Astoria assumirá plena responsabilidade por seu conteúdo durante o leilão.

Perfeito, pensou Sam. *Enquanto eles não ficarem curiosos, tenho o campo livre.* Ele entregou a pasta para o policial sentado à mesa e entrou na suíte. Pinturas decoravam as paredes do vestíbulo, que era por si só mais enfeitado do que qualquer lugar em que Sam já estivera. Era uma boa coisa que ele tivesse estudado as plantas do lugar, ou teria ficado por demais estupefato para manter o foco. À direita, um corredor conduzia ao quarto principal – *O quarto onde Kennedy irá algum dia dormir, e Obama*, pensou Sam. À esquerda, uma arcada conduzia a uma pequena área de jantar, a mesa posta com talheres de prata e cristal fino. A suíte tinha cozinha própria, e Sam passou um momento retratando Bill Clinton vasculhando a geladeira no meio da noite, em busca de costeletas de porco.

Defronte a Sam, passando por um pequeno sofá e uma espreguiçadeira, ficava o cômodo principal da suíte. Um aglomerado de gente estava lá dentro, conversando suavemente sob a luz de um candelabro. *Cenário mais agradável do que em nossas tarefas habituais*, pensou Sam. A única pessoa no grupo que ele reconheceu foi Benjamin Shochat, o secretário do Sr. Feldman. Quando entrou na sala principal, Sam notou a coleção de jarros de argila ornamentados sobre a mesa de centro.

– Bem-vindo, Sr. Singer – disse Shochat com um sorriso enviesado. – Fico muito contente por ter podido comparecer. Deixe-me apresentá-lo a meu empregador. – Ele acenou com a mão para um cavalheiro idoso que estava curvado protetoramente sobre os jarros. O homem parecia ter pelo menos oitenta anos, mas, quando ergueu a cabeça para Sam, seus olhos traíram sua sagacidade ainda aguçada. Sua testa olivácea estava profundamente vincada, um sinal indicativo de uma vida estressada. A ausência completa de linhas de riso mais que provavam o que Sam havia presumido – este sujeito era sinônimo de negócio.

– Sr. Singer, este é o Sr. Feldman. O dono dos pergaminhos – Shochat apresentou-o.

– Olá, Sr. Singer – disse Feldman, sua voz parecendo cascalho. – Você me deixou muito curioso. Benjamin contou-me que era um homem jovem, mas não me preveniu a respeito de... bem, do *quanto* era jovem. – Ele gesticulou na direção de outros potenciais compradores, todos já passados da meia-idade. – Eu pensava que este fosse um jogo de terceira idade.

– Sinto-me, hã, lisonjeado, Sr. Feldman. Mas sou meramente um representante – respondeu Sam.

O velho mordeu os lábios, levando isto em consideração.

– Desde que tenha dinheiro, qualquer um é bem-vindo aqui – declarou.

Sam tomou isto como sua deixa para se juntar ao grupo. Aproximou-se de um homem de aspecto nervoso, cujo cabelo ruivo parecia brilhar à luz do candelabro.

– Sr. Singer... – começou Sam, mas foi cortado abruptamente.

– Já sei o seu nome – disse o homem, exaltado. – Você acabou de dizê-lo. Por que teria de ouvir de novo?

– Hã, desculpe, eu só quis ser educado. – Sam não ia fazer amigos naquela sala, estava mais do que claro.

– Não vai perguntar o meu nome? – disse o ruivo.

– Não estava planejando isto – replicou Sam, sua atenção agora fixada na mesa de petiscos. Ele tentou alcançar um prato de ovos *à la diable*, mas foi bloqueado pela mão do ruivo.

– Eli Thurman – disse ele e Sam viu-se forçado a uma longa e inoportuna conversa sobre o que ele achava que os Pergaminhos do Mar Morto significavam para os teólogos modernos. Enquanto a discussão se desdobrava em tópicos que Sam mal compreendia e que certamente não ligava a mínima, ele teve de morder a língua para se impedir de abordar o Apocalipse. "Ei, Eli, você sabia que sou capaz de desencadear Satã?", queria dizer. O homem socialmente canhestro, embora falador, provavelmente cairia morto no ato.

Vinte tediosos minutos depois, Shochat chamou a atenção de todos os presentes com um tilintar de sua taça de vinho.

– Nosso último convidado está chegando agora, de modo que podemos dar início ao leilão.

Depois de todas as surpresas que a última semana tinha trazido, Sam já estava escaldado demais para ficar chocado. Em vez disso, ele apenas olhou o recém-chegado nos olhos e estendeu a mão.

– Oi, Walter. Não estava esperando vê-lo aqui.

Dean apreciava a ironia, principalmente quando ela envolvia destruir propriedade pública. Ontem, a água gotejante tinha quase estragado seu paletó, e agora a água que jorrava de um hidrante quebrado na Park Avenue iria salvar seu rabo. A primeira fase do plano de Dean estava completa, e tudo de que precisou foi uma chave inglesa e a insolência para causar uma balbúrdia diante de toda Nova York.

Multidões aglomeravam-se para assistir à torrente de água que inundava a calçada, a Park Avenue e uma boa porção da fachada do

Waldorf. Uma daquelas pessoas, exatamente segundo o plano, era o recepcionista escroto. Um agradável efeito colateral da maldade de Dean foram os guinchos de mulheres esnobes tentando sair do Waldorf sem se molhar. *Não é um happening, senhoras.*

Em meio ao caos, Dean foi capaz de deslizar até a rampa de carga e descarga e entrar no elevador de serviço, o saco com as espingardas pendurado no seu ombro. A parte seguinte do plano poderia ser muito bem a coisa mais estúpida que Dean jamais tentara, mas ninguém saberia com certeza, a não ser que ele a fizesse.

O mostrador do elevador avançou para o 47º andar. Ele teria que seguir a pé a partir de lá. Saindo do elevador, Dean rapidamente encontrou a escadaria de acesso ao terraço e fez seu caminho de volta para a luz do sol.

– É você, Johnny? – perguntou uma voz do outro lado do terraço. Mais provavelmente a pessoa que Dean estava procurando.

– Hã ... é Tony. O Johnny está... doente – disse Dean, esperando que isso pelo menos evitaria que o homem chamasse a Segurança. Houve uma longa pausa e Dean teve a oportunidade de abrir o saco, preparando-se para uma luta.

– Bem, você está aqui para ajudar ou o quê? – falou o homem.

Dean aproveitou a inesperada caridade que o destino lhe tinha proporcionado. Ele fechou de novo o saco e pendurou-o no ombro. Ultrapassando rapidamente uma enorme caixa de transformador de energia, teve um vislumbre de seu alvo – um homem bigodudo de origem italiana que poderia ter sido facilmente escalado como o terceiro irmão Mario. Estava sentado precariamente na beirada do edifício, comendo um sanduíche na maior indiferença.

– Você é o lavador de janelas? – perguntou Dean.

– Não, acabei de chegar aqui em cima para aproveitar o ar fresco de montanha – disse o sujeito secamente, chutando o enorme rodo que jazia no terraço perto dele. – Agora trate de se prender nas correias, que logo irei baixá-lo com o resto do pessoal.

Quando chegou mais perto, Dean deu uma olhada por sobre a beirada e viu o profundo cânion que era a rua 50.

– É, irei apenas me ... – ele se interrompeu, olhando para o mecanismo em questão. – Filho da puta – disse ele, olhando um nó arrebentado no sistema de cordas, alavancas e roldanas ancorado no terraço do hotel. *Vou ter que ficar na beira do edifício amarrado nessa coisa?*

– Qual é o problema? – disse o homem. Não era de fato uma pergunta. A implicação prevalecente era que Dean não passava de um maricas, e que um homem de verdade não duvidaria da eficácia do sistema. Uma fatia de carne escorregou do sanduíche do homem, caindo pela beirada e para o abismo da Cidade de Nova York. O homem inclinou-se mais na beirada e gritou: – Desculpe por essa, Lenny!

Várias ondas de vertigem encharcaram Dean, impedindo-o de chegar mais perto da beirada. Dean detestava voar, e ficar na beirada de um abismo de 150 metros era duas vezes pior.

OK, talvez isso nem vá funcionar.

CATORZE

Aposto que terei de arranjar outro tradutor, pensou Sam. *Algo me diz que Walter não apreciaria ter uma espingarda enfiada em sua cara.* Com cinco minutos de leilão, Walter só tinha feito um único lance de baixo valor – se isso era devido a estratégia ou fundos limitados, Sam não podia ter certeza. Claro que Sam também não tinha dinheiro nenhum.

Dentre a meia dúzia de interessados, somente três estavam seriamente empenhados em comprar os pergaminhos: Eli Thurman, Robert Singer, o alter ego de Sam, e um homem do Meio-Oeste que se apresentava simplesmente como "Gerald".

Eli tinha oferecido inicialmente 100 mil dólares, que todos sabiam ser um preço baixo demais. Gerald rapidamente contrapropôs 115 mil dólares, que Sam elevou com outros 10 mil. Na fase inicial do leilão, Sam concentrou-se em Shochat, que se movia deliberadamente em torno da sala, vigiando as janelas, checando os cômodos vizinhos e, não muito sutilmente, apalpando a arma que levava no bolso das calças.

À medida que os lances se elevavam, os três candidatos menos sérios desistiram por completo. Gerald e Eli eram os mais ativos no leilão, com Sam intervindo de vez em quando para manter as coisas interessantes. Parecia que o leilão terminaria sem incidentes quando o som de uma comoção interrompeu os procedimentos. Uma enorme massa bateu contra a porta, depois deslizou lentamente para baixo dela.

Sam foi o primeiro a se levantar, mas Shochat empurrou-o de volta para o sofá.

– Vá, Benjamin – disse calmamente o Sr. Feldman. Shochat seguiu a ordem, encaminhando-se lentamente para a entrada da suíte, a pistola erguida.

Sam logo percebeu que seu irmão poderia ser a causa do barulho. Não era o que eles tinham planejado, mas poderia ser o plano B de Dean. Sam apoiou seu peso na planta dos pés, pronto para saltar sobre os jarros de argila.

– Quem está aí? – exigiu a voz de Shochat. Ele estava agora fora do campo visual de Sam.

A sala ficou silenciosa como se todos esperassem por uma resposta, mas não houve nenhuma.

Vamos, Dean. Não se deixe ser baleado.

Neste exato momento, Sam ouviu a porta abrindo. Dois segundos depois, um disparo soou, fazendo Sam pular de pé.

– Pare! – gritou o Sr. Feldman, colocando-se entre Sam e os jarros.

Sam tinha bastante inércia para empurrar o homem mais velho através da janela, mas ele não estava indo para os jarros. Estava indo para o vestíbulo, onde felizmente Dean não jazia morto no chão. Sua pressa o fez colidir de frente com Shochat, enquanto este cambaleava de volta para a sala, agarrando sua mão ensanguentada.

– Dean? – chamou Sam, empurrando Shochat para o lado.

– Receio que não, doçura – replicou uma voz melodiosa. Uma jovem mulher irrompeu na sala, uma pistola negra na mão. Ela era linda e vagamente familiar. *Deve ser a garota*, percebeu Sam. *Julia.*

Do outro lado da sala, Walter engoliu em seco.

– Querida, o que foi que lhe falei sobre dano colateral? – disse ele.

Julia revirou os olhos.

– Manter isso no mínimo, eu sei, papai.

Lá em cima no terraço, Dean estava vivenciando o pânico total. Não havia como ele prosseguir com o plano. *Ficar pendurado junto à parede de um arranha-céu, amarrado a um arnês de couro, não é a porra de uma opção. Sam vai ter simplesmente que dizer "sim" a Satã e travar a boa luta.*

– Você vai ter que se acalmar, parceiro – disse o lavador de janelas, encorajador. – Se ficar nervoso neste serviço, você vai acabar besuntado sobre um táxi, como requeijão.

– Como é mesmo o seu nome? – perguntou Dean.

– Marco – replicou o homem.

– Ouça, Marco, preciso que você *suspenda essa porra* por um segundo.

Em todos os seus anos de caça, Dean nunca se sentira assim tão incapacitado pelo medo. *Bem, exceto pela doença fantasma,* ele recordou, *mas aquilo não foi culpa minha.*

Sam está lá embaixo, contando com você. Homem, suspenda essa porra.

– OK – disse Dean, reunindo toda a sua coragem. – Isto vai vir com um choque, mas sou novo nisso.

– Não precisa nem dizer – replicou Marco, erguendo uma sobrancelha.

– Assim, se você puder deixar de ser um saco por um segundo e me ajudar com esse arnês ...

– Um saco? O que quer dizer?

– É uma coisa de que seus filhos ainda vão chamá-lo pelas costas – disse Dean baixinho, pegando o arnês de couro extra.

– Por falar em saco, o que leva no seu?

– Como disse?

Marco apontou para o saco contendo as armas que ainda estava pendurado no seu ombro.

– Meu almoço.

– É melhor comê-lo agora. Se o deixar aqui em cima, não vai sobrar nada quando um desses caras subir para mijar.

– Acho que vou levá-lo comigo, então – disse Dean.

Com a ajuda de Marco, ele estava preso no arnês e de pé à beira do precipício. Cinco outros lavadores de janelas já estavam suspensos do telhado, trabalhando vinte andares acima do rugido do tráfego abaixo. O fluxo de táxis na rua 50 parecia um jogo de carrinhos de brinquedo, o que não ajudava nem um pouco a minorar a vertigem de Dean.

Balançando sobre a beirada, ele tentou contar os andares até a Suíte Presidencial. *Trigésimo quinto andar,* ele disse para si mesmo. *Doze andares abaixo. Posso fazer isso. Sam nem sequer pensaria duas vezes, e ele é um fresco comedor de salada.* Com um último puxão na correia de couro, ele começou a baixar-se pela fachada do edifício.

– Ei, não está esquecendo alguma coisa? – gritou Marco. Na sua mão estendida, ele segurava um cinturão de couro equipado com frascos de spray e um rodo. – Como se diz, Tony, mesmo para um principiante, você é péssimo nisso.

Pegando o cinto de utensílios, Dean começou sua descida.

Walter e Julia não estavam perdendo tempo. Eles encurralaram o Sr. Feldman, Shochat e os potenciais compradores em um canto da Suíte Presidencial, todos com as faces molhadas de lágrimas do *spray* de pimenta que Julia tinha usado nos guardas lá fora. Nenhum tinha sido morto, o que era um alívio, mas Sam sabia que isso podia mudar num instante se alguém não cooperasse.

O sangue do ferimento a bala de Shochat pingava nos sapatos de Sam. Com Julia e Walter distraídos, examinando os jarros de argila, Sam puxou uma das cortinas ornamentais e rasgou-a em longas tiras, que deu a Shochat para enrolar em sua mão.

– O que pensa está fazendo? – gritou Julia.

– Impedindo que ele sangre até a morte – replicou Sam furioso.

Antes que Julia pudesse reagir, Walter interveio.

– Está tudo bem, Julia. Não queremos que ninguém fique ferido.

Julia escarneceu. Ela era claramente o guarda mau enquanto Walter fazia o guarda bom.

– É muito tarde para isso – disse pesarosamente o Sr. Feldman. Seus olhos não estavam no seu assistente, mas sim no mais alto dos jarros, que Walter abria cuidadosamente. Sam notou que ele havia dispensado sua tipoia.

– Você pensa que nós *queremos* fazer isso? – cuspiu Julia para Feldman. – É para o seu próprio bem, porra!

Sam captou um vislumbre da Armadilha do Demônio inscrita no topo da tampa quando Walter a pousou sobre a mesa.

– Você não vai querer abrir isso aqui, Walter – disse ele.

– Sei o que estou fazendo, Sam.

– Sam? – questionou Shochat, parecendo intrigado. – Pensava que seu nome fosse Robert.

– É Sam para meus amigos – disse Sam com um olhar duro para Walter. – E pessoas que eu achava que eram minhas amigas.

Walter desviou a vista. Aproximando-se do jarro aberto, ele agarrou seu conteúdo. Sam retraiu-se. Os pergaminhos, velhos de milênios, seriam extremamente delicados.

– Walter... – disse Sam, novamente tentando preveni-lo. Mas antes que pudesse continuar, Julia encostou a arma em seu rosto.

– Você quer deixá-lo desconcentrado – disse ela através dos dentes cerrados. – Se isto der errado, as pessoas vão ser lançadas pela janela.

Você nem imagina, pensou Sam.

Walter, com dificuldade, extraiu do jarro um objeto preto de aspecto petrificado. Claramente não era um pergaminho, mas sim uma espécie de tampão – uma barreira de umidade adicional posta no lugar para proteger o frágil pergaminho, imaginou Sam. Walter estudou-o detidamente, depois o colocou de lado, uma vez mais examinando o jarro. Desta vez, seus olhos iluminaram-se como os de uma criança no Natal. *Ele deve ter achado o pergaminho*, imaginou Sam.

Do lado de fora da suíte, algo arranhou pesadamente a porta.

– O que foi isso? – perguntou Julia.

– Você deve saber – replicou o pai, sem erguer a vista da sua tarefa. – Supostamente cabia a você lidar com eles. – Enquanto ele erguia o primeiro pergaminho do jarro, sua alegria pareceu murchar. – Não é o que queremos – murmurou.

– Continue procurando. Vou ver o que há – disse Julia, seguindo em direção à porta.

Sam aproveitou a oportunidade para sair do canto e aproximar-se de Walter.

– Você não precisa fazer isso – disse suavemente. – Se quiser ler os pergaminhos, espere até que sejam exibidos num museu.

– Não é assim que isso funciona, Sam – replicou o homem. – O documento que estou procurando nunca irá para um museu. Se a pessoa errada puser as mãos nele ... – Ele olhou incisivamente para o ruivo Eli. – Bem, isso seria péssimo.

Sam começou a imaginar qual seria exatamente a finalidade de Walter. Iria ele desaparecer com o pergaminho, abandonando sua vida em Nova York?

Julia retornou da porta, a pistola ainda apontada para Sam e os outros.

– Não é nada – disse ela. – Um dos guardas contorcendo-se no sono. Agora vamos cair fora daqui.

– Agora é ele – disse Walter, levantando uma segunda peça de pergaminho.

O Pergaminho da Guerra.

Isso não é bom, pensou Sam. *Eles estão atrás da mesma página que nós. As chances são de que eles não vão simplesmente entregá-la depois de ouvirem a nossa história.*

James McMannon acordou com um sobressalto. Sua cabeça estava girando, o corpo estava caído contra uma mesa tombada e seus olhos ressecados por causa do *spray* de pimenta. *Onde estou?*, especulou, antes de reconhecer debaixo dele o carpete fino mas levemente borrado do Waldorf Astoria.

As lembranças fluíram de volta de repente; a garota batendo nele com a pistola, seu sobrinho, a estranha fixação que ele tivera com aquele cheiro... *Aquele cheiro...* Ele de repente encheu as narinas e tudo mais se desvaneceu. Ele tinha que ir atrás daquele cheiro. Alguém estava tentando tirar isso dele, e não podia permitir.

– Que diabo está fazendo? – gritou Sam, chegando perigosamente perto do cano da pistola de Julia.

– Fique onde está, ou juro por Deus que meto uma bala na sua cara – gritou ela de volta.

Walter pegou o pergaminho e pôs em sua pasta de metal. Na sua pressa, ele esbarrou no grande jarro de argila, derrubando-o ao chão. Enquanto ele se estilhaçava, todos deram instintivamente um passo atrás. Uma peça histórica de valor inestimável era uma mixórdia de fragmentos de argila, e ninguém queria pisar neles.

Um ar de imensa tristeza perpassou o rosto de Walter, logo substituído por horror abjeto. Por um instante, uma luz impossivelmente brilhante transbordou dos destroços do jarro quebrado.

Isso não pode ser boa coisa, pensou Sam.

À medida que o som do estrondo diminuía, ele foi substituído por um furioso rangido proveniente do vestíbulo de entrada. Como antes, isto deixou todos na sala nervosos. Desta vez, porém, o tumulto não durou mais que uns poucos segundos. Por outro lado, o rangido ficou cada vez mais alto e era pontuado pelo som de alguma coisa pesada batendo em madeira, como se um animal crescentemente agitado estivesse lá fora e quisesse entrar. *Como um cachorro*, pensou Sam. *Perfeito.*

– Julia? – disse Walter.

Ela ergueu a pistola para cobrir a entrada.

– Não tem nada lá que não possamos dominar – disse ela, confiante.

Este seria um bom momento para interromper, Dean.

Com a atenção de Julia na entrada do vestíbulo, Sam agachou-se e começou a procurar no meio dos cacos de argila. Quando virou um caco em suas mãos, ele descobriu um padrão rústico gravado no que deveria ter sido a superfície interior do jarro. *Um sinete*, concluiu. Magia dos anjos. *E agora está quebrado*. Quem quer que estivesse contido no jarro via-se livre agora.

O rangido parou, o súbito e profundo silêncio talvez ainda mais perturbador do que o ruído áspero de garras em madeira. Sam varreu com o pé os fragmentos de argila, abrindo uma trilha entre ele e a entrada. Antes que pudesse mover-se, a mão de Eli agarrou seu ombro. Os olhos do homem estavam arregalados, denunciando seu desespero. Ele não queria que Sam os deixasse.

Então o mundo pareceu fraturar. O vento explodiu na sala, agitando as cortinas e espalhando o pó do jarro estilhaçado. Um feixe de lascas de vidro foi soprado sobre a cabeça de Sam, algumas alojando-se dolorosamente em suas costas e pescoço. Arremessado à frente pela rajada, foi-lhe impossível manter o equilíbrio. Sam pousou com um baque na pilha de pergaminho e argila, rolando imediatamente para proteger o que restava dos manuscritos.

Enquanto se sentava, teve a visão mais estranha – Dean, pendendo de um fio do lado de fora da agora vazia moldura da janela, uma espingarda carregada de sal apontada ofensivamente através da abertura. Ele tinha vindo executar sua parte do plano, embora um tanto atrasado.

– Lamento por isso. As janelas são espelhadas. – Apesar da dor perfurante causada pelo vidro e pelo sal, Sam estava incrivelmente grato por seu irmão ter aparecido naquela hora. Mas a sensação de alívio teve vida curta.

Na entrada do vestíbulo, a porta foi arrancada das dobradiças, pegando Julia desprevenida e imprensando-a contra a parede. Walter, com a pasta na mão, girou e correu para o salão principal, mas não pôde ultrapassar a besta lá fora, que rapidamente o alcançou. Garras cravaram-se na sua perna, puxando-o para trás.

Do salão principal, tudo que Sam pôde ver foi o rosto de Walter enquanto ele desaparecia porta afora.

– Uma ajudinha aqui? – gritou Dean, ainda pendurado fora da janela. Sam correu até o buraco, mas em vez de puxar Dean para dentro, tomou a espingarda da mão de seu irmão e correu atrás de Walter.

Quando chegou ao vestíbulo, Sam parou de chofre. Walter estava pregado ao solo não por um Cão do Inferno, mas pelo mal-encarado guarda de segurança, James. Suas unhas incomumente longas estavam cravadas como garras na perna do erudito bíblico, deixando cortes dentados atrás.

Sam nivelou a espingarda e disparou um cartucho de sal-gema. O disparo acertou James em cheio no peito, arremessando-o contra a parede oposta. Mas antes que Walter pudesse mover-se, o guarda estava de volta sobre ele, seus olhos negros como breu. O dedo de Sam apertou o gatilho mais uma vez, porém nada aconteceu.

Droga. Descarregada.

– Me ajudem! – gritou Walter enquanto James dava-lhe outra pancada forte, atingindo sua face. O demônio usou então seu aperto para erguer Walter e atirá-lo no sofá próximo. Sangue borrifou o papel de parede creme e um retrato de Harry Truman ali pendurado.

James então mergulhou na pasta de metal que ficara oculta debaixo do corpo de Walter. Enquanto ele forçava a fechadura, Julia chegou por trás dele, a pistola erguida.

O tiro quase ensurdeceu Sam, que estava a centímetros do cano da pistola quando ela disparou. A bala penetrou nas costas de James, saindo através do ombro direito e deixando uma trilha de sangue ao longo do sofá. Seu corpo flácido caiu sobre a pasta, mas Sam sabia que ele não ficaria caído por muito tempo.

Levava muito mais tempo do que isso para matar um demônio.

– Ei, seu bundão!

Sam virou-se para ver seu irmão agarrando-se ao vidro pontiagudo que restara na moldura da janela. Dean jogou alguns cartuchos na direção de Sam, que os pegou habilmente e começou a carregar.

– Deixem cair as armas! – gritou energicamente uma voz do corredor. Sam ergueu a vista para ver um par de rifles apontados para ele, empunhados por dois policiais parrudos. Eles se dirigiam tanto a Sam como a Julia, que ainda estava segurando a pistola na tentativa de socorrer seu pai.

Sam defrontou-se com cerca de uma dúzia de opções. Render-se, fugir, lutar, tentar conversar... mas não escolheu nenhuma delas. Em vez disso ficou congelado no lugar, temerosamente olhando o corpo de James agora se agitando. Julia, por seu turno, girou imediatamente e pôs os policiais na sua mira. Gostasse disso ou não, eles agora presumiriam que Sam estava trabalhando com ela. O que não lhe deixou opção – tinha que fugir.

Enquanto os policiais abriam fogo, Sam mergulhou no chão. Felizmente, a pontaria deles era ruim, estilhaçando a moldura de madeira da arcada entre o vestíbulo e o salão principal, ao invés da cabeça de Sam.

– Sam! – gritou Dean, sua voz preocupada. Ele lutava para desenganchar-se de seu arnês. Sacara seu canivete e estava cortando grosseiramente as tiras desgastadas.

O som do tiroteio impelira os demais ocupantes da sala para um canto mais afastado – exceto um. Shochat apertou o torniquete em sua mão ferida e moveu-se até o jarro quebrado no centro do cômodo. Catando o máximo de fragmentos que pôde com sua mão boa, ele depositou-os gentilmente no bolso do paletó. Atrás dele, Eli guinchava desamparado.

Sam ouviu o som da pistola de Julia disparando diversas vezes, depois ele irrompeu no salão principal. A pasta de Walter estava firmemente em seu poder enquanto ela se encaminhava para a janela – e para Dean.

– Isso aí aguenta dois? – perguntou ela.

– Que porra é essa, madame? – replicou Dean.

Segundos depois, James irrompeu na sala, seu rosto retorcido num esgar canino.

Atrás dele, os policiais olhavam em espanto o homem mortalmente ferido atravessar a sala. Abaixaram seus rifles enquanto James se arremessava sobre Julia, que por sua vez caiu sobre Dean. O trio tropeçou, desequilibrado, depois caiu para fora da janela aberta.

QUINZE

Demônios de merda! Os pensamentos de Dean gritavam enquanto a brisa fria de Nova York arremetia através de seu cabelo. Com Julia agarrada firmemente ao seu flanco, ele balançou a quase cinco metros da janela antes que a gravidade os impelisse de volta contra a fachada de pedra do Waldorf.

Sob o peso combinado de duas pessoas, o arnês de Dean estava perto do seu ponto de ruptura. Que ele tivesse começado a cortá-lo um minuto antes certamente não estava ajudando. Enquanto eles batiam na parede de granito, Dean pôde sentir o aperto de Julia afrouxar. *Dadas as circunstâncias, não seria o fim do mundo se ela caísse*, refletiu. Damas com um pingo de juízo não pulam em cima de você numa janela aberta no 35º andar.

Com o canto do olho, Dean viu James subindo num pequeno afloramento. *O cara deve ser um atleta*, pensou. *Tenho certeza de que não vai conseguir se segurar nessa minúscula saliência*. Esse pensamento teve vida curta, porém, pois James rodopiou na direção do casal suspenso e se atirou neles. Ele corria o risco de uma queda vertiginosa caso falhasse, o que era uma boa possibilidade levando-se em conta os ventos fortes.

Mas ele não falhou. O aperto de Julia afrouxou-se ainda mais ao sentir o impacto de James. Os dois agitaram-se desesperadamente, forçando ao máximo a integridade do arnês de Dean.

– Me puxem! – gritou Dean para a janela aberta acima deles. Um segundo depois, a cabeça de um policial assomou, mas ele não agarrou a corda. Em vez disso, doze andares acima, Dean viu Marco observando em choque do terraço. – Marco! Puxe!

Então a atenção de Dean foi atraída para o demônio forcejando seu caminho para cima, rumo ao objeto que Julia ainda estava aferrando numa das mãos – a pasta de metal.

– Ele está atrás da pasta! Deixe-a cair! – incitou Dean.

Em vez disso, ela chutou James, tentando desalojá-lo. A corda desgastada conectada ao arnês de Dean começou a romper-se, os filamentos esgarçando-se um por um.

– Deixe isso cair ou iremos todos morrer! – gritou ele. Julia trocou olhares com Dean e ele pôde ver quão dilacerada ela estava. *Aposto que o pergaminho é tão importante para eles quanto para nós.*

– Você não vai poder lê-lo se virar um cadáver! – afirmou Dean em desespero.

Relutantemente, ela afastou a pasta do seu corpo, como se estivesse prestes a deixá-la cair. James cravou seus dedos nas pernas de Dean, usando-os para impulsionar-se até a pasta.

Esse cara é um suicida, pensou Dean. *Ou melhor, é um demônio.*

James debateu-se através do ar, agarrando a pasta com firmeza e puxando-a com força da mão de Julia.

Tanto o demônio quanto a pasta despencaram para a rua.

Dean olhou para Julia, que ainda estava precariamente agarrada ao seu arnês. Mesmo com as duas mãos livres, ela não aguentaria muito tempo.

– Você é uma puta louca, está sabendo? – declarou ele.

Ninguém notou a saída de Eli. Enquanto o parceiro do grandalhão balançava fora da janela com a garota e a pasta, Eli aproveitara a oportunidade para deixar o local. Ele se orgulhava de reconhecer oportunidades quando elas se apresentavam, e a oportunidade de sobreviver era tentadora.

Após sair do Waldorf Astoria, Eli viu-se no meio de uma multidão que se reunira em volta do corpo caído do guarda de segurança. O táxi em que o sujeito havia pousado estava avariado, seu compartimento do motor vários centímetros mais curto do que tinha sido um minuto antes. A visão de seu corpo era nauseante. Era como se ele tivesse sido atingido por um trem cargueiro – cada parte dele esmagada numa mixórdia irreconhecível. Metade das pessoas ali reunidas não podia tirar os olhos do espetáculo horripilante, enquanto a outra metade assistia pasma à cena teatral que se desenrolava cem metros acima, onde os dois idiotas balançavam perigosamente.

O que ninguém pareceu notar foi a pasta de metal que tinha caído a uns 12 metros do táxi destroçado.

Que dia o Senhor proporcionou, Eli refletiu, enquanto casualmente pegava a pasta e desaparecia no alvoroço da Cidade de Nova York.

No interior da Suíte Presidencial, o caos reinava. Sam quase tinha pulado da janela atrás de seu irmão, mas foi rapidamente impedido pelos dois policiais. A sala estava destroçada, com cacos de argila, vidro e mobília espalhados pelo chão. O Sr. Feldman tentou relatar o que havia acontecido aos policiais enquanto eles vasculhavam os cômodos adjacentes, mas nenhum deles pôde explicar como o guarda de segurança tinha voltado à vida depois de aparentemente ter sido baleado mortalmente. Foi quase um minuto antes que alguém mais percebesse que Dean e Julia ainda estavam pendurados do lado de fora da janela.

– Recuem todos vocês – ordenou o policial mais velho. – Nós temos tudo sob controle. – Ele espichou a cabeça fora da janela e tentou sem muito empenho agarrar a corda retesada na qual eles estavam balançando.

Eu tenho que chegar ao terraço, Sam se deu conta. *Se eles os puxarem para cá, nós dois vamos mofar na prisão até o Apocalipse.*

Enquanto o outro policial ocupava-se em tentar achar um despachante pelo rádio, chegou a oportunidade de Sam escapar. Ao deixar a sala principal, Sam viu Walter rastejando para a saída. Pensou no que Walter dissera acerca do Pergaminho da Guerra: *Se a pessoa errada puser as mãos nele... Bem, isso seria ruim.* Qual eram as chances de que Sam e Walter estivessem do mesmo lado? Apesar de fortes impulsos em contrário, Sam decidiu não abandonar o sujeito. Pondo uma das mãos sobre o braço ferido do homem, Sam rapidamente o retirou da suíte para o *hall* dos elevadores.

– Obrigado... – Walter conseguiu articular, sua respiração enraivecida.

– Não. – Sam não queria gratidão do homem até que tivesse decidido o que fazer com ele. Entrando no elevador, ele pressionou o botão para o 47º andar.

– Para baixo – protestou Walter. – Precisamos chegar à rua.

– Sua filha está pendurada numa corda, Walter. Você vai simplesmente abandoná-la?

– Ela... Ela está viva?

– Não se nós não a puxarmos para o terraço rapidamente.

Eles saíram do elevador e subiram a escadaria de serviço tão rápido quanto permitiam as pernas lesionadas de Walter. No terraço, eles encontraram um homem moreno e atarracado já tentando içar Dean e Julia.

– O que, em nome de Deus, está havendo lá embaixo? – perguntou o homem, olhando para as pernas laceradas de Walter.

Sam procurou palavras que explicassem o que acabara de acontecer. Como de hábito, as proezas dos irmãos Winchester estavam além da racionalização.

– Comunistas – disse decisivamente. Era o melhor que podia fazer.

– Ajude-me a içá-los.

A esta altura, os demais lavadores de janelas pendurados na fachada do Waldorf Astoria haviam parado de trabalhar e direcionavam sua plena atenção a Dean e Julia. Dean havia começado a afastar-se horizontalmente da janela aberta da Suíte Presidencial. Sam notou pelo menos três pares de braços uniformizados estendidos para fora da janela, indicando que reforços tinham chegado. *Não vai levar muito tempo até que eles pensem em subir até aqui*, presumiu Sam.

O mecanismo para içar os lavadores de janelas era pouco mais que uma manivela atada ao sistema de roldanas e alavancas. O homem apoiou-se na manivela com todo o seu peso, mas não conseguiu rodá-la. Sam moveu-se para ajudá-lo, adicionando sua força ao peso considerável do sujeito. Conseguiram fazer a manivela girar, mas muito lentamente. Levariam pelos menos dez minutos para içar Dean e Julia.

– Uma ajudinha, Walter? – perguntou Sam, mas ele pôde ver que Walter mal se aguentava em pé. Sua pele estava pálida pela perda de sangue. Toda a sua energia estava dedicada apenas a manter-se ereto.

– Este mecanismo não foi projetado para dois – disse o italiano.

Olhando em volta do terraço, Sam tentou encontrar uma outra opção. Se soubesse diante de qual andar Dean se encontrava agora, ele poderia quebrar a janela e puxá-lo para dentro. Mas claro que a polícia devia estar tendo a mesma ideia, e eles se achavam bem mais próximos de Dean.

– Qual é a extensão da corda? – perguntou Sam enquanto as engrenagens mentais se ajustavam.

– É comprida.

– Comprida o bastante para baixá-los até o chão?

O homem avaliou isto por um momento, examinando o espesso rolo de corda.

– Poderia ser.

Sam não estava confiante, mas sabia que não tinham outra escolha. Ele assentiu e os dois começaram rapidamente a desenrolar a corda. Ao nível do solo, um grupo de carros da polícia havia-se aglomerado na entrada da rua 50.

Seja como for, para cima ou para baixo, estou entregando Dean aos tiras. Mas é melhor do que ficar esperando ele cair, pensou Sam, continuando a girar a manivela.

Quando cerca de metade da corda tinha sido desenrolada, um tiro de espingarda ecoou entre os edifícios. Sam espiou por sobre a beirada do terraço e viu Dean entrando por uma janela aberta – presumivelmente uma que ele havia quebrado com a outra espingarda que levava no saco.

– Mudança de planos – gritou Sam para Walter, que se apoiava meio aturdido no parapeito. – Estamos indo para o subsolo.

Dean havia escolhido a janela ao acaso. Que o quarto pertencesse a uma atraente mulher asiática era apenas uma feliz coincidência. Que ela estivesse se secando após um banho de chuveiro tinha de ser, na opinião de Dean, uma recompensa cósmica de Deus por salvar a vida de Julia. *Se existir um Deus*, intrometeu-se a metade lógica da mente de Dean. *Todos os sinais apontam para um Pai ausente.*

Infelizmente, a situação exigiu que Dean se apressasse. Mas se existissem telefones celulares em 1954, ele por certo teria deixado o seu número.

Dean decidiu que a escadaria era menos arriscada que o elevador. De dois em dois degraus, ele praticamente galopou escadas abaixo, o saco balançando às suas costas. Julia acompanhou-lhe o passo, apesar de tudo que seu corpo acabara de passar. Quando chegaram ao térreo, Dean soube que tinham de trocar de escadaria – e que isto significava passar através do saguão.

– Você sabe para onde está indo? – perguntou Julia.

O resfolegar de Dean foi a única resposta.

– Porque, se não sabe, eu logo seguirei meu próprio caminho.

– Você e eu, doçura. Mas se quiser sair daqui como uma mulher livre, o único caminho é o meu caminho. – Isso pareceu aquietá-la, por enquanto. – Pelo andar da carruagem, você ferrou regiamente o nosso plano lá em cima.

– A recíproca é verdadeira.

– Ei! Eu salvei o seu rabo. Se não fosse eu, você seria mais um cocô de passarinho para ser varrido da calçada.

Julia abriu a boca para responder, mas as palavras não saíram.

– É, está certo – continuou Dean. – O que você fez por mim, além de me lançar para fora de uma janela? Eu soube que você estava encrencada no minuto em que a vi.

– Você queria dormir comigo no minuto em que me viu – replicou Julia.

– Mas não o fiz. *Porque você cheirava a encrenca.* – Eles chegaram ao andar térreo, onde uma miríade de vozes era audível do lado de fora da porta da escadaria.

– Silêncio.

Julia franziu o cenho.

– Você é o único que está tagarelando – sibilou ela.

Cronometrando sua arremetida à perfeição, Dean e Julia foram capazes de passar pelo saguão da Park Avenue sem serem notados. A maioria das pessoas tinha-se precipitado para fora ao ouvir que um homem havia pulado. Dean manteve aberta a porta para a escadaria de acesso à garagem – mas Julia não estava mais atrás dele. Esquadrinhando o saguão, ele a viu caminhando para a entrada principal.

– Está querendo ser presa? – perguntou Dean, enquanto a alcançava.

Ela se virou para encará-lo, agora gelo puro.

– Preciso do que está naquela pasta. Você não faz ideia do quanto é importante.

– Você já a teve ainda há pouco. *Eu* preciso daquele pergaminho. *Você* não sabe como ele é importante. Mas *nenhum* de nós vai sair atrás dele.

– Você não pode me impedir.

Dean inclinou-se intimamente para ela.

– Se pretende ir até lá fora, pelo menos me diga se ainda tem sua arma.

Julia procurou na cintura, mas não achou a pistola. Ela olhou pesarosamente para a rua onde tinha caído.

– Foi o que imaginei. Vamos estabelecer uma coisa... Eu não vou ajudá-la a escapar. Você sabe coisas sobre o pergaminho, e eu também preciso saber essas coisas. Você é minha *prisioneira*.

Batendo no lado do saco, Dean sorriu com afetação.

– Agora, a menos que você queira ter a bunda cheia de sal grosso, que tal me seguir?

O Desvio Presidencial era uma estação de trem subterrânea feita por encomenda, construída para permitir a presidentes, dignitários e celebridades acesso direto ao Waldorf Astoria. Seus vagões podiam seguir diretamente para o hotel, eliminando a necessidade de cercar o terminal Grand Central ou de ficar preso no tráfego de Nova York. Na maior parte do tempo, a linha ficava inativa, o que a tornava perfeita para a fuga deles.

Na hora em que Sam e Walter chegaram à plataforma da ferrovia, Dean e Julia já estavam lá. Sam não ficou satisfeito em rever Julia após a ação dela lá em cima, mas observar o momento de ternura que ela partilhava com o pai ajudou a diluir a hostilidade.

– Você está bem, Dean? – perguntou Sam.

– Estarei, tão logo a gente saia daqui.

Walter aprumou-se contra a parede da plataforma.

– Estou quase com medo de perguntar – disse ele –, mas nós vamos ter que atravessar isto? – Ele apontou para a vasta extensão de trilhos diante deles. Uma vez que estavam num subterrâneo, com quase nenhuma iluminação, os trilhos pareciam estender-se infinitamente. Um fluxo constante de trens estava movimentando-se para dentro e fora da área. O tumulto do terminal Grand Central mal era audível acima do ruído dos trens.

– A ideia é essa – respondeu Sam. – Antes que alguém pense em dar uma olhada aqui embaixo.

Os olhos de Julia captaram a perna lesionada de seu pai, que estava pingando sangue.

– Ele não pode se desviar de um trem desse jeito – disse ela.

Dean armou a espingarda com convicção. Jogou o saco para Sam.

– Ele não vai se desviar de um trem. Ele vai embarcar num – replicou ele.

O grupo caminhou através dos trilhos em silêncio, nenhum deles à vontade com o companheirismo recém-descoberto. Sam notou que Dean mantinha sua espingarda apontada para Julia o tempo todo, o que era provavelmente um movimento esperto. Mesmo se eles estivessem jogando pelo mesmo time, Julia tinha sido um pouco empolgada demais durante seu assalto abortado. Ele também especulava se tinha sido ela quem roubara a faca.

Com alguma dificuldade, eles conseguiram içar Walter para a traseira de um trem em direção ao sul. Pela primeira vez em horas, Sam relaxou. Eles haviam fracassado por completo em sua missão, mas de alguma forma, tinham sobrevivido. Sentado em frente a ele, Dean parecia mal-humorado.

– O que há? – perguntou Sam.

Esfregando o estofamento falsificado do trem com desprazer, Dean suspirou.

– Sinto falta do Impala.

DEZESSEIS

James McMannon sentia como se um pesado fardo tivesse sido tirado de suas costas. Uma luz branca apareceu diante dele, e ele queria seguir em direção a ela.

Houve uma erupção de barulho.

A luz desapareceu. James forçou seus olhos a se abrirem. Diante de si, pôde ver um grupo ondulante de pessoas – elas pareciam como se estivessem num enorme e rodopiante fogo infernal – como se tivessem sido capturadas pelo ar quente que se erguia das ruas negras da cidade no meio do verão.

Uma voz falou no seu ouvido esquerdo:

– Ei, aguente firme, a ambulância está chegando.

James pensou que estivesse respondendo à voz, mas se deu conta de que tudo que podia ouvir era um badalar de sinos. Então viu de novo aquela luz branca. Levantou-se, ou pelo menos pensou que o fez, e caminhou em direção ao seu bruxuleio chamativo.

Nesse momento, tudo que James McMannon tinha sempre pensado, sentido ou amado deixou seu corpo.

Tudo que restou foi o animal.

Em todos os anos de Hank Caprezie na força policial ele nunca tinha visto um homem cair trinta andares e sobreviver, mas aqui estava ele. E ele era um colega de profissão, um guarda de segurança.

– Tem certeza de que você está bem? – Hank espiou nos olhos do sujeito. – Você precisa ir para o hospital, fique imóvel.

Sem responder, o homem deslizou para fora do táxi esmagado. De pé no meio da multidão, olhou em volta, como se procurando alguma coisa. Seu pescoço estava num ângulo inusitado, que ele corrigiu esticando-o para ambos os lados e torcendo sua cabeça de volta ao lugar. Quando ele se voltou para Hank, seus olhos estavam negros como breu. Hank deu um involuntário passo atrás.

– Ei, cara, eu realmente acho que você deveria ficar! – gritou Hank.

O sujeito não ouviu. Em vez disso, caminhou na direção do aglomerado de gente e desapareceu.

Vou passar maus bocados explicando isto ao capitão, pensou Hank.

Dean passou a viagem de trem tentando interrogar Walter e Julia. Infelizmente para ele, não estavam falando. Estava claro que sabiam muito mais sobre os pergaminhos do que Walter revelara no seu encontro com Sam, mas suas motivações ainda eram nebulosas. *Eles querem proteger os pergaminhos ou destruí-los?*, especulou Dean. Era possível que estivessem todos eles do mesmo lado, trabalhando exatamente em prol do mesmo objetivo, porém, sem mais informação de Walter e Julia, Dean não tinha como saber.

Quando o grupo saltou do trem no baixo Manhattan, o sangramento da perna de Walter tinha diminuído, mas ele ainda precisava de cuidados médicos. Eles olharam um para o outro. Não tinham os pergaminhos, nem a mínima ideia de onde encontrá-los. Haviam chegado a um impasse.

Sam olhou para Dean, seus sentimentos óbvios. *É hora de ir.*

Simplesmente assim, os Winchester viraram-se e começaram a caminhar rua acima.

– Vocês vão embora e nos deixar aqui? – gritou Julia. – Pensei que era prisioneira de vocês ...

Dean girou nos calcanhares.

– Liberto vocês. E pelo que posso dizer, meus queridos, ficarão bem por conta própria. Vocês dois.

– Vocês vão precisar de nós – gritou Julia, enquanto Walter vacilava um passo. O rosto de Sam registrou um leve lampejo de simpatia. O que Julia realmente queria dizer era que ela precisava deles. *Nós realmente vamos deixar um homem sangrando na rua, especialmente se a filha dele pode estar de posse de nossa faca roubada?*

Dean bateu-lhe no ombro.

– Vamos indo.

Evidentemente, eles foram.

Naquela noite, Sam e Dean registraram-se num hotel vagabundo do Lower East Side. Com todo o caos que eles haviam causado no Waldorf aquele dia, era arriscado demais voltarem para o apartamento, mesmo tendo usado nomes falsos. Compraram uma *pizza* e levaram para o quarto. Apesar de sua exaustão, eles precisavam comer, e nenhum dos dois estava com ânimo para a interação humana que a ida a um restaurante exigiria.

Sam especulava sobre o quanto Walter e Julia sabiam realmente. Parecia provável agora que tinham sido eles que saquearam o apartamento de Villard House, e Walter tinha falado extensamente sobre os pergaminhos na Sociedade Bíblica. Mas sabiam eles o verdadeiro significativo do Pergaminho da Guerra? Poderiam eles possivelmente compreender como a posse dele era importante para Sam e Dean?

Nenhum dos dois sabia qualquer das respostas. Tudo que sabiam era que, pela manhã, eles tinham que bolar um novo plano. Até então, eles comeriam *pizza* e se aqueceriam na desesperança de sua causa.

Muito após o cair da noite, Dean saiu para o alpendre dianteiro do edifício. Sam já estava lá, olhando quietamente para o céu negro.

– Não se pode ver porra nenhuma de estrelas aqui – disse Dean.

Os lábios de Sam curvaram-se num meio-sorriso – aquele que ele reservava para as tentativas de Dean para animá-lo.

– Eu não tinha notado.

– Foi um bom trabalho hoje, Sammy.

– Bom trabalho? Nós fomos enrolados, Dean. Tivemos que fugir com o rabo entre as pernas, e agora não temos sequer uma pista de onde está o pergaminho. Por tudo que sabemos, ele foi realmente destruído.

– Você segurou a barra lá. Quanto a mim, eu não teria aceitado bem Julia ter irrompido lá daquele jeito.

Sam assentiu. Então, após um silêncio momentâneo, disse:

– Dean... isso debaixo de suas calças é uma espingarda?

Parecendo ter surgido do nada, a espingarda foi exibida por Dean, que depois a escondeu de novo nas calças.

– Depois de tudo que houve, eu queria mantê-la à mão. Mas não quero ser preso por posse de arma de fogo depois do que passamos hoje.

– Na verdade, acho que o único crime real foi destruição de propriedade – disse Sam, pensando em retrospecto.

– Além de perturbação e invasão.

– E resistência à prisão.

– E ataque com arma letal.

Sam franziu o cenho, confuso.

– Quando foi isso? Eu não atirei em ninguém que não fosse um demônio.

Dean sorriu com afetação.

– Eu atirei em você.

Isso foi o bastante para provocar um pequeno riso de Sam.

– Desculpe por isso, aliás.

Sam examinou seu pescoço, onde minúsculos pedaços de vidro e sal-gema estavam sem dúvida incrustados.

– Não, Dean, eu sou o único que devia pedir desculpas.

– Ei, vamos parar com isso. Um "desculpe" é o limite diário.

– Falo sério. Lamento por ter-nos trazido para cá. Não sabíamos no que estávamos entrando, e agora ...

– E agora estamos enfiados até o rabo, não é o que você ia dizer?

– Talvez. E se Don nos deixar aqui para apodrecer, à caça de um pergaminho que não existe?

– Nenhum anjo escroto vai me deixar encrencado com os Cutelos. Acharemos um jeito, Sam. Eu lhe prometo isso.

Sentaram-se em silêncio por um minuto, então Sam disse, hesitante:

– Sou um covarde?

Dean não soube como responder a isso. Por fim, disse apenas:

– Não.

– Quero dizer, se eu fosse você. Se você soubesse que a luta podia ser vencida, e que tudo que ela tomasse fosse sua vida...

– Isso não é tudo que ela toma Sam.

Sam assentiu, mas Dean sabia que ele não estava satisfeito.

– *Não é* tudo que ela toma. Quando você diz "sim" a Lúcifer não está apenas desistindo de sua vida, está desistindo de tudo. Deixando que os anjos dominem a Terra, com o que é legitimamente nosso.

Sam, se eu pudesse dizer "sim" a Miguel e terminar aqui e agora, eu o faria num instante, mas ambos sabemos que não é tão simples.

– Eu não me referia a dizer "sim". Me referia a ...

– O quê? Desembuche.

– Eu não sei. Esqueça.

– Você está cansado. Nós dois estamos. Descanse um pouco. Pela manhã, tudo fará mais sentido.

Quando alcançou a porta, Dean voltou-se para seu irmão, ainda sentado nos degraus da frente. De muitas maneiras, Sam seria para sempre o garotinho que Dean passara toda a sua juventude protegendo. Um medo familiar disparou através de sua mente. O mesmo medo que o tinha assolado por meses. Mais do que qualquer coisa, Dean temia que Sam não fosse forte o suficiente.

Ele temia que, quando chegasse a hora, Sam *iria* dizer "sim".

DEZESSETE

Sam não queria sonhar. Ele acalentava a oportunidade de dormir – os sonhos é que eram o problema. Depois do que ele tinha visto e experimentado como caçador, qualquer terapeuta esperaria que suas visões no sono fossem horríveis – monstros, demônios, morte e esquartejamento – mas qualquer dessas coisas seria bem-vinda em lugar do que ele *sonhava*. Família. Seu irmão, seu pai, até mesmo sua mãe, que havia morrido antes que ele aprendesse a andar. Eram essas as figuras que enchiam seus sonhos, levando vidas felizes, intocadas pelos planos sombrios de Azazel, Lilith e Lúcifer.

Intocadas pelas próprias ações de Sam. Rompendo o Selo Final. O Apocalipse. O Fim de Tudo. Durante meses no final, os sonhos eram os mesmos. A família Winchester sentada à mesa de jantar contando histórias sobre seus pequenos problemas. *Problemas normais*. Dean era mais jovem, talvez dezessete anos de idade, não ainda o homem adulto independente que era em 2010. John era um mecânico, trabalhando longas horas, mas saboreando cada momento. Mary estava... viva. O que mais importava? Quase tudo era exatamente como Sam tinha imaginado quando criança, enquanto ficava sozinho em quartos de motel úmidos, esperando que John voltasse de uma caçada.

A única diferença? Sam não estava lá. A vida perfeita deles só era possível porque *ele* não existia. Nenhum Sam significava nenhum demônio de olhos amarelos chegando durante a noite, nenhum incêndio destruindo a casa, nenhuma sentença de morte para Mary. Nenhuma necessidade da jornada de vinte anos de John em busca de vingança. Nenhum encontro com Jessica, nenhuma razão para ela tornar-se a próxima vítima de Azazel. Sam não podia fechar os olhos sem ver isso. Em qualquer lugar lá, Jessica poderia ter sido feliz e ficado *viva* sem ele.

Sam não queria sonhar. A simples inconsciência ajustava-se muito melhor a ele.

Pela manhã, Sam e Dean recolheram seus poucos pertences e saíram. Tinham decidido que Sam tentaria voltar à Sociedade Bíblica Americana para ver se podia encontrar alguma informação no escritório de Walter. Enquanto isso, Dean ia tentar rastrear James, o demônio guarda de segurança. Se ele fosse realmente um "cão de guarda", poderia levá-los direto aos pergaminhos.

Entrar sorrateiramente na Sociedade Bíblica Americana foi relativamente fácil. A entrada dos fundos estava trancada, mas Sam usou um de seus cartões de crédito e abriu-a com facilidade. *Essa é uma vantagem de trabalhar em 1954. Eles não são paranoicos acerca de segurança.* Ele considerou brevemente a possibilidade de a polícia ainda não ter estado no local de trabalho de Walter, mas isso era improvável. O Sr. Feldman sabia o nome verdadeiro de Walter – de fato era provavelmente a sua proeminência no ramo que convencera o Sr. Feldman a deixá-lo fazer o primeiro lance.

Entrar no movimentado labirinto de pequenos corredores nos fundos do edifício era quase impossível sem encontrar pessoas. Por sorte, cada erudito com quem cruzava tinha a cara enfiada num livro.

Ainda assim, trate de andar depressa.

Chegando ao escritório de Walter, Sam encontrou o lugar num verdadeiro caos. Livros espalhavam-se pelo chão, uma enorme estante estava tombada e repousando num ângulo através da escrivaninha de Walter, e a máquina de escrever tinha sido feita em pedaços.

Sam fechou a porta, esperando que ninguém fosse curioso o bastante para vir espiar o escritório saqueado.

Ele ouviu uma voz atrás de uma estante:

– Não se aproxime!

Walter espiou por cima da mobília tombada.

– Sam?

– O que está fazendo aqui? – perguntou Sam.

– É o meu escritório – disse Walter, emergindo e olhando em torno. – Ou pelo menos *era* o meu escritório.

Sam notou que ele estava com calças limpas, mas ainda pelejando para se apoiar na perna direita.

– Quem fez isto? – perguntou Sam. – Os tiras?

Walter sacudiu a cabeça.

– A polícia veio e saiu ontem à tarde, segundo um de meus colegas. Essa bagunça deve ter acontecido durante a noite.

– Então você fez alguns amigos ontem – disse Sam.

– Assim parecia. – Walter abriu o caderno de notas que estava segurando. – De qualquer modo, eu não poderia dormir esta noite. Estive aqui desde as quatro. Continuo vendo aquela... coisa.

– James... o guarda de segurança?

– Aquela coisa não era uma pessoa. Não merece ser chamada por um nome de gente. E quanto a você? O que está fazendo aqui?

Sam empoleirou-se na beirada da escrivaninha arruinada.

– O que você sabe acerca de demonologia, Walter?

O acadêmico engoliu em seco, fazendo uma careta.

– Faz parte da fé cristã.

– E?

– E li a Bíblia. Li todos os textos apócrifos. Sei o que eles dizem sobre demônios, eu apenas...

– Não acha que algum dia já viu um? – sugeriu Sam.

Walter evitou o olhar fixo de Sam.

– Meus colegas chamam isto de espécie de conversa "oculta"... "escondida", do ponto de vista do homem comum. Como é que você sabe tanto sobre o assunto, Sam?

– Você poderia dizer que sou meio erudito, como você. Apenas realizo minha pesquisa de um modo um tanto diferente. Tipo "pondo a mão na massa".

– Então como é que se mata um demônio? – perguntou Walter.

Sam lembrou-se da faca de Ruby, que era o meio mais rápido de acabar com um demônio. *Será que Julia a pegou?*, especulou de novo. Se Sam contasse a Walter qual era o propósito da faca, era possível que ele e Julia fossem atrás de James sem a ajuda de Sam e Dean. Parecia sensato manter alguma informação escondida.

Não dê muita corda a Walter. Ou ele poderia estrangular você com ela.

– Há maneiras – replicou Sam por fim.

Assentindo, Walter abriu seu rascunho para que Sam pudesse vê-lo. Em largos traços de pena cinzentos, Walter tinha esboçado a forma básica de uma criatura canina de aparência infernal, seus dentes arreganhados, gotejando sangue. Sinistramente, parecia o retrato mental que Sam fazia de um Cão do Inferno.

– Não é um desenho para livro infantil, hein?

– Por um segundo, enquanto estava me atacando, eu poderia jurar que... – Walter parou, reunindo seus pensamentos. – Eu poderia jurar que a coisa mudou. Tornou-se algo mais. – Ele bateu no desenho com o lápis. – Isto.

Agora foi Sam quem ficou confuso.

– O que quer dizer? Como um mutante? – Ele se controlou, lembrando que Walter não teria uma pista de que mutantes existiam. – Quero dizer, houve alteração de forma física? Cresceu pelo?

– Não tenho certeza. Eu estava mais preocupado com os arranhões e mordidas.

Sam tomou o caderno de notas de Walter, apertando os olhos ante a imagem infernal.

– Posso presumir que este não seja o *modus operandi* típico do demônio? – perguntou Walter.

– Não. Não mesmo. Que tipo de criatura infernal era esta ... Poderia ser um Cão do Inferno?

– Você o reconhece?

Imagens dos dentes brancos de Lilith perpassaram a memória de Sam.

– Mais ou menos – disse Sam. – Algum de seus livros alguma vez mencionou Cães do Inferno?

Walter fez que não com a cabeça.

Não era de surpreender, dada a natureza mitológica das bestas. Sua ligação com a teologia cristã era tênue ao máximo.

– Já encontraram um deles antes? – perguntou Walter.

– Já encontramos um monte de vezes.

Enquanto ponderava as possibilidades, Sam deu-se conta de uma particularmente terrível. Em 1954, Lilith ainda estava viva, provavelmente perambulando pela terra, comendo bebês, como era seu costume. Poderia ela, ou o demônio de olhos amarelos, estar envolvida com esta estranha criatura? Sam decidiu que valia a pena dar a Walter mais alguns retalhos de informação.

– Cães do Inferno são criaturas brutais e destemidas. São os agentes da lei do Inferno.

– O quê? Como se você tivesse feito um acordo com o Demônio? – brincou Walter.

– Sim. Exatamente.

– Oh. – Walter empalideceu.

– Na última vez em que vi um, eu estava obedecendo a um demônio muito poderoso chamado Lilith. Ela é na verdade a razão de estarmos nessa situação... – Sam interrompeu-se ao ver o estranho aspecto no rosto de Walter. – O que há de errado?

– Lilith...

– Sim.

– O demônio Lilith, o *primeiro* demônio, Lilith.

– Sim.

– Você a conheceu? – perguntou Walter, a voz excitada.

– Eu a *matei* – respondeu Sam. *Bem, mais ou menos.*

Por um segundo Walter ficou em silêncio. Depois esfregou as mãos sobre o caderno de notas enquanto começava a falar, meio para si mesmo, como se falando de um problema matemático.

– Existe um folclore sobre Lilith, você sabe. Que ela tem um cão demoníaco como companheiro. – Walter olhou para Sam. – Posso nunca ter visto um demônio, mas conheço minha Bíblia, e é parecido com aquilo que quase arrancou minha perna ontem.

– Pode ter sido a mordida de um cão, mas ele parecia um cara comum – disse Sam.

– Jovem, estamos falando de milhares de anos da história humana. Onde Lúcifer, demônios e anjos habitavam todos o mesmo universo escuro. Eu acharia que aquelas entidades poderiam inventar qualquer porra de coisa que eles bem quisessem.

Sam assentiu, ele sabia muito bem disso tudo.

– Você sabe o que é que diz? A Guerra dos Filhos? – pressionou Sam.

– Se soubesse, não teria necessidade de roubá-lo.

– Como sabe que é importante o bastante para roubar sem saber o que diz? – insistiu Sam. – Quero dizer, por que você está atrás especificamente do Pergaminho da Guerra e não do conjunto completo?

– O restante dos Pergaminhos do Mar Morto é fenomenalmente importante, só que não da mesma maneira – disse Walter, desviando-se da primeira pergunta de Sam.

– Walter, você e eu passamos por uma coisa ontem que faria muita gente dar no pé, mas aqui estamos nós. Parece que estamos atrás da mesma coisa. Ou podemos partilhar informação, ou...

– Viver juntos, morrer sozinhos? – interrompeu Walter. – Não confiamos em vocês. Nem Julia nem eu.

– Bem, sem querer ofender, Walter, mas nós confiamos muito menos em vocês, e por melhores razões – replicou Sam. – Portanto, o que sabe sobre os pergaminhos?

Walter suspirou. Ele pareceu analisar sua próxima frase com muito cuidado.

– Sei que o Pergaminho da Guerra é importante, porque... porque estive esperando por ele a minha vida inteira.

– O quê? Como se estivesse destinado a encontrá-lo?

– *Eu* não tenho um destino – replicou Walter. – Tudo que tive foi uma mãe, que me contou uma história quando eu era pequeno, a mesma história a cada noite. Uma história sobre o dia em que o bem finalmente triunfa sobre o mal e como, se tivesse sorte, eu poderia ver esse dia. – Sam inclinou-se à frente, intrigado. – E se eu tivesse muita, mas muita sorte, eu poderia tomar parte na batalha.

Sam cerrou a mandíbula.

– Não me parece tanta sorte assim.

– O Pergaminho da Guerra narra como o bem triunfa naquela batalha final. É um conjunto de instruções, escrito milhares de anos atrás por judeus inacreditavelmente devotos durante o domínio romano na Judeia. Os essênios passaram seus dias em solidão, transcrevendo as palavras de Deus. Alguns acreditam que eram os Seus profetas.

– E você acredita nisso? – indagou Sam.

– Eu nunca soube que minha mãe mentisse para mim.

Sam sabia tudo sobre o destino, e sobre o peso das expectativas dos pais. Era como se Walter tivesse se permitido ser empurrado para a trilha que a mãe havia planejado para ele.

– Walter, acho que podemos ajudar um ao outro – disse Sam secamente. – Por que não reúne suas coisas e vem comigo?

– Certo, minhas coisas... – com o ar ausente, Walter tamborilou seus dedos sobre o caderno de notas com uma espécie de deliberação profunda que Sam não via com muita frequência. Não de Dean, de qualquer modo. – Espere – disse Walter subitamente, os olhos arregalados. Ele apressadamente empurrou para o lado uma pilha de volumes empoeirados, revelando embaixo uma obra muito maior. Tinha cerca de 25x30 cm, encadernada numa grossa capa de couro. Enquanto Walter folheava as páginas amareladas, Sam pôde ver que estavam repletas de termos em enoquiano, a linguagem dos anjos. – Estão faltando páginas – disse Walter, em desespero. – Sem elas não vou poder traduzir o pergaminho.

– Se as páginas se foram, nós simplesmente teremos que...

– Não – disse Walter, sua voz cheia de esperança renovada. – Não acho que eles as teriam encontrado.

Ele conduziu Sam através de uma pequena porta nos fundos do escritório.

– Aí não é o toalete? – disse Sam, ao ver o pequeno banheiro privado.

Walter deu um largo sorriso enquanto procurava numa prateleira de revistas. Escondido no meio delas estava outro volume antigo, com a espessura de um dicionário. Se a capa alguma vez contivera um título, ele se tinha apagado há muito tempo.

– Você guarda *isso* no mictório?

DEZOITO

Usando um de seus mais frequentes pseudônimos, o de um de agente do FBI, Dean visitou o 51º Distrito Policial e obteve o último endereço conhecido de James. *A casa de sua irmã no Queens. Ótimo.*

Dean pegou o metrô e fez a viagem de vinte minutos até lá.

Velas queimadas cobriam os degraus da frente da residência McMannon. Dean especulou se o velório era por James, ou se havia algo mais ocorrendo que ele ainda não entendia.

Batendo na porta da frente, Dean sacou de novo seu distintivo do FBI. A mulher que finalmente abriu a porta parecia castigada e consumida, sua maquiagem de vários dias desmanchava-se pelo rosto abaixo. Ela claramente passara a noite chorando.

– Desculpe incomodá-la, madame – disse Dean amavelmente. – Sou o agente Page, do FBI.

A mulher limpou um pouco de rímel do canto do olho.

– É melhor você entrar.

A mulher conduziu-o para dentro, onde ele encontrou Julia sentada no sofá da sala, sorrindo como um lobo.

A dona da casa apresentou-se como a Sra. Doyle.

– E esta é a Srta. Sands – acrescentou, apontando para Julia. – A polícia mandou-a me visitar e verificar se estou bem. Mas acho que você já sabe tudo a este respeito.

– Não estou certo, madame – disse Dean, erguendo uma sobrancelha para Julia. – Parece estranho que tenham mandado uma mulher tão *jovem* para uma tarefa tão importante.

– Oh, eu sei – disse a Sra. Doyle. – Mas ela foi muito amável.

Julia lançou um olhar penetrante a Dean. Ignorando-a, ele olhou ao redor do interior escuro e confinado da casa da Sra. Doyle. Era abarrotada do chão ao teto com ícones religiosos. A profunda ironia golpeou Dean imediatamente. O mundo podia ser cruel.

Dean sentou-se do lado oposto a Julia. Ela o tinha vencido aqui. De alguma forma, Dean não estava gostando do andamento do dia.

– Posso lhe oferecer uma xícara de chá? – perguntou a Sra. Doyle, voltando da cozinha.

Dean sorriu polidamente e pegou dela o pires e a xícara.

– A senhora se importaria em me dizer quando viu James McMannon pela última vez?

– Já contei aos detetives tudo que sei – ela resmungou em resposta. – Ele saiu com Barney para trabalhar, mas nenhum dos dois voltou naquela noite.

– Barney? – indagou Dean.

– ... Meu filho.

– Claro – replicou Dean gentilmente, penalizado pela mulher, que por certo já sabia que seu filho estava morto. – Mas James foi trabalhar no dia seguinte?

A Sra. Doyle rompeu o contato visual com Dean e voltou-se para o medalhão de São Cristóvão que tinha nas mãos.

– Sim.

Julia disparou um olhar desconfiado para Dean.

– Madame, a senhora já esteve em contato com James? – perguntou Dean.

– Não.

– A única maneira de podermos encontrar seu filho é se soubermos de tudo – persistiu Dean, gentilmente.

A Sra. Doyle encolheu-se em horror, o lábio tremendo intensamente. Ela parecia como se estivesse à beira de um colapso emocional.

– Mas...

– O quê? – disse James.

– Como poderiam vocês não saber? Os detetives, eles encontraram... – sua voz interrompeu-se, lágrimas escorrendo livremente por sua face. – Eles encontraram seu corpo.

Calma, Dean. Embora Sam fosse o mais sensível emocionalmente dos irmãos Winchester, o coração de Dean não era feito de pedra. A Sra. Doyle havia perdido tudo que tinha, e já era tarde demais para

Dean ajudá-la. Após o ferimento a bala e a queda que James tinha sofrido, o hospedeiro não sobreviveria uma vez que o demônio deixasse seu corpo. Para todos os efeitos, James estava tão morto quanto Barney.

– Sinto muito, Sra. Doyle – disse Dean sinceramente. – Claro, se eu tivesse sabido...

– Não perderia seu tempo vindo falar comigo – completou a mulher.

– Não é verdade – disse Dean. – Ainda tenho algumas perguntas a fazer sobre James.

O rosto da Sra. Doyle ficou ainda mais branco, mas ela assentiu.

– Algum dia ele chegou em casa agindo de modo estranho? Como se estivesse bêbado, ou fora de si?

– Não.

– Ele exibia algumas características dúbias? De gente que não é tão íntegra? – perguntou ele, apontando para o maior crucifixo na sala.

– Ele é um bom homem.

– Não acha possível que ele esteja envolvido nisso?

– Ele é uma vítima. Sei disso. Os dois são.

– James ia à igreja com a senhora?

Ela assentiu hesitante.

– Mas não todo domingo – declarou Dean, incisivo.

– Às vezes ele trabalhava aos domingos.

Julia adiantou-se e agarrou as mãos trêmulas da mulher.

– É terrível isto que aconteceu com a sua família, Sra. Doyle. Mas se James esteve aqui esta manhã, a senhora precisa contar ao agente.

De onde foi que ela tirou isso?, imaginou Dean. Estava ele deixando passar alguma coisa óbvia aqui?

A Sra. Doyle vacilou sob o escrutínio de Julia.

– Ele não fez nada de errado, eu simplesmente sei disso. Por favor, não o machuquem.

Raios me partam, pensou Dean. *Julia é boa para alguma coisa, afinal.*

– Ele esteve aqui? Disse alguma coisa? – Julia continuou interrogando.

– Não. Ele não falou muito, afinal... Essa é que foi a parte estranha. Ele entrou, parecendo realmente confuso, foi lá para cima. Eu o ouvi andar de um lado para outro. Depois desceu e fez alguma coisa, não parecia ele.

– O quê? – perguntou Dean.

– Ele perguntou se eu sabia como chegar à estação de trem. Mas não foi como ele disse isso. Era como se ele não soubesse a palavra que estava procurando.

– E por que isso é estranho? – quis saber Julia, movendo-se à frente em seu assento.

– Bem, porque ele trabalhou quinze anos na estação Grand Central como recepcionista. Como poderia não saber onde ficava?

Julia e Dean trocaram olhares. Era de fato estranho.

– Isso foi antes da senhora ouvir do detetive? – perguntou Julia.

A Sra. Doyle assentiu tristemente.

– Não sei para onde ele está indo. Só não quero que ele se machuque. – Ela olhou para Dean desesperadamente. – Prometam que não vão machucá-lo.

– Só queremos trazer seu irmão de volta. Isso é tudo. – *Se ao menos isso fosse verdade.*

Dean seguiu Julia para fora da casa mal iluminada e para o brilhante sol da manhã num estado de ânimo sombrio. Qualquer que fosse o interesse do demônio no pergaminho, estava claro que ele estava disposto a matar.

– Como foi que você chegou aqui antes de mim? – perguntou ele tão logo ficaram longe dos ouvidos da casa. – E que *diabos* você está fazendo?

Julia acelerou o passo, fazendo Dean pelejar para acompanhá-la.

– Ei! Estou falando com você – disse Dean, agarrando-a pelo cotovelo.

– O que há de errado com você? – replicou Julia, girando furiosamente. – Você nos impede de obter os pergaminhos, depois vem intrometer-se em minha entrevista. Você parece um touro de salto alto numa loja de porcelana. Fica patinando por aí e quebrando tudo à sua passagem.

– Você nunca vai me ver de salto alto – disse Dean, carrancudo. Depois ele sorriu. – Ouça, está claro que ambos estamos atrás da mesma coisa. E ainda que você seja irritante, parece-me que seria melhor trabalharmos juntos.

– Passei a perna em você uma vez e ainda quer formar uma equipe?

– Não preciso da sua ajuda. Só não quero ter que matá-la.

– Por que eu deveria trabalhar com você? Estou sempre à sua frente, Dean Winchester. – Julia sorriu, exibindo a carteira de Dean. – E aqui estive escrevendo minhas cartas de amor para Malcolm Young...

Dean apalpou os bolsos procurando sua carteira.

– Você conseguiu me enganar – arfou Dean. – Impressionante. Não são muitas as mulheres que podem bater uma carteira assim.

– Não sou uma mulher qualquer. Esse escudo do FBI é uma boa merda, aliás, totalmente irrealista. – Julia parou diante dos degraus que levavam à plataforma elevada do metrô.

– Então, o que você diz? Parceiros? – Mesmo enquanto proferia as palavras, Dean sabia que teria problemas em convencer Sam. Muito embora seu irmão fosse o mais confiável dos dois, conhecendo Sam, ele não ia querer que outras pessoas ficassem feridas ao buscar seu caminho para sair dessa confusão.

Julia examinou Dean.

– Aceito. Por enquanto. – Ela virou-se e subiu os degraus de dois em dois.

– Ei, como você soube? – perguntou Dean, seguindo-a.

– Soube o quê?

– Que James esteve lá.

– Está brincando? Toda a casa cheirava como cachorro molhado.

Dean enfiou moedas no telefone público da plataforma do metrô. Ele esperou a telefonista atender e pediu para falar com o Hotel Turtle Bay, quarto 33. Dean ouviu enquanto a recepção transferia a ligação para o terceiro andar. Naquele tempo, parece que alguns hotéis só tinham um telefone por andar. Através do receptor, Dean ouviu os passos pesados do irmão se aproximando.

– Dean? Como vão as coisas?

– Encontre-me na Grand Central. O cão de guarda está pegando um trem hoje. Não sei para onde ou a que horas.

– Quando você vai chegar lá? – perguntou Sam.

– O mais cedo que puder. Estou na rua 111, no Queens. Ah, podemos ter companhia.

– Hum... Eu ia dizer a mesma coisa – admitiu Sam. – Walter estava em seu escritório. – Ele tem um livro, e algumas ideias sobre o que está possuindo James.

– Bastante justo. Julia chegou à casa da irmã de James antes de mim. De qualquer modo, nós encontraremos você na Grand Central.

***

Walter ergueu a vista, surpreso.

– Grand Central? É onde estão os pergaminhos?

– Parece que o cão de guarda James vai fazer uma viagem de trem. Precisamos segui-lo, ele é nossa única pista.

– Bem, então vamos.

Sam enfiou as espingardas no fundo do saco e pôs em cima das roupas de 2010 dele e de Dean. Eles haviam usado as roupas para ocultar a forma das armas no saco em seu caminho para o Waldorf, o que acabou sendo bom, uma vez que eles não foram capazes de voltar ao seu apartamento. Walter trouxera uma pequena mala do seu escritório. Estava vazia, mas podia conter os pergaminhos se e quando os encontrassem.

– Quanto dinheiro você tem? – perguntou Sam.

– Não muito, três dólares – disse Walter, olhando na sua velha carteira de couro.

Sam olhou pela janela e a escada de incêndio além dela. Eles iam ter de sair a pé pelos fundos. Não havia como dizer quem estava observando o hotel. Além disso, Sam não queria pagar por duas noites. Ele abriu a janela rangente tomada pela poeira. Abaixo, uma enorme caçamba de lixo estava a uns seis metros de distância deles. Ia ser difícil um velho com a perna lesionada sair pela janela.

– Eu posso fazer isso – Walter garantiu a Sam.

Os dois desceram pela escada de incêndio até a plataforma que pendia no ar a uns oito metros de altura. Sam estava a uns cinco metros de altura quando se deixou cair, atingindo com um baque o pavimento desigual.

– Você está bem? – disse Walter.

Sam fez um sinal de positivo com o polegar e depois rolou a caçamba para debaixo da escada de incêndio. Walter lentamente se deixou cair dentro da caçamba. Sam ajudou-o a sair e os dois apressaram-se pela calçada.

DEZENOVE

Julia e Dean sentaram-se em silêncio no trem. Ela havia pegado um jornal deixado sobre o assento e comportava-se como se estivesse absorvida no noticiário. Dean observava-a curioso com o canto do olho. Aqui estava uma mulher que simplesmente se sentia tão à vontade empunhando uma pistola na cara das pessoas quanto obtendo informação delas, tanto quanto ele. Dean arrepiou-se um pouco – *Ela é simplesmente como eu, só que mais gata.*

Não sendo alguém que deixasse um momento de ternura passar sem ser perturbado, Dean inclinou-se sobre o ombro dela.

– O que está lendo?

– O *Times*. Você se importa? – Julia virou a página e tentou ignorá-lo.

Chegou mais perto e ela se afastou.

– Ora, vamos, não seja assim – sussurrou Dean. – Estou lendo também.

Julia separou uma seção do jornal e entregou a ele.

– Você me deu o caderno de histórias em quadrinhos.

O pequeno rosto em forma de coração de Julia resplandeceu.

– Garotos gostam de quadrinhos.

Uns vinte minutos depois, o condutor anunciou que estavam chegando ao terminal Grand Central.

Dean e Julia saltaram do trem e logo encontraram Sam e Walter esperando por eles debaixo do grande letreiro do pátio da ferrovia. Todos se olharam desconfiados.

– E então? O que vem agora? – perguntou Sam.

– Nós sabemos que ele vai pegar um trem – disse Dean –, só não sabemos qual.

Centenas de pessoas apressavam-se para embarcar nos trens da tarde de volta aos subúrbios, atravancando os corredores da estação. Havia dezenas de destinos possíveis, e nenhum deles parecia mais provável do que qualquer outro.

– OK, vamos apenas pensar por um momento – disse Julia enquanto estudava o painel de partidas. – James está atrás dos pergaminhos, certo? Mas por quê?

– Seu pai e eu estivemos nos perguntando isso – disse Sam e Julia disparou um olhar para o pai. – James não está possuído por um demônio típico – continuou Sam –, e sim por algo mais como um cão de guarda.

– OK, mas a questão é: por quê? – disse Walter.

– Alguém pôs o demônio cão de guarda junto com os pergaminhos. Vi um símbolo num dos jarros, algo que vemos com bastante frequência. – Sam se referia à Armadilha do Demônio que tinha visto no interior da tampa de um dos jarros. – O símbolo aprisiona um demônio dentro dele, e só podemos presumir que James acidentalmente libertou o demônio e foi possuído por ele. E parece que ele irá às últimas consequências para proteger o pergaminho.

– Papai, você sabia disso? – Julia olhou para seu pai com um lampejo de raiva nos olhos. – Você sabia que eles estavam amaldiçoados?

– Eu não sabia com certeza – admitiu Walter.

Julia virou as costas para o pai, claramente amuada por ele não lhe ter contado sobre o perigo oculto.

– Havia alguém no leilão que você reconheceu, Julia? – perguntou Sam, tentando prever para onde James poderia estar indo.

– Bem, havia um cara, mas tudo estava acontecendo tão rapidamente...

– Quem? – perguntou Walter.

Julia procurou na sua bolsa e extraiu uma carteira de notas.

– O cara no piano-bar.

Dean olhou incrédulo para ela.

– O cara de quem você bateu a carteira estava no leilão? Por que não nos contou isso antes?

Julia deu de ombros.

– Já bati um monte de carteiras.

Dean pegou a carteira. Dentro havia uma licença de motorista da Califórnia.

– Eli Thurman, residente em Berkeley.

– Espere aí! Eli, o ruivo? – perguntou Sam. – Ele desapareceu logo após a pasta cair. Escafedeu-se enquanto os tiras iam atrás de vocês.

– Esse é o nosso melhor palpite – disse Dean. – Estamos de acordo?

Walter assentiu; depois, após uma pausa, Julia concordou.

– Ótimo – disse Dean. – Porque, se não estivéssemos, eu ia chutar seus rabos. Vamos encontrar esse trem.

Os quatro foram ao balcão de venda de passagens e perguntaram qual o trem que estava de partida para a Califórnia. O funcionário consultou seu horário.

– Nenhum direto para a Califórnia. Vai para Albany, Detroit, depois Chicago. Depois tem o Chicago-San Fran, a Rota Overland.

– Bom o bastante. Quatro bilhetes, por favor. – Sam gesticulou para Julia pagar.

– Não tenho dinheiro suficiente para isso – sussurrou Julia.

– São cem dólares e dois centavos – disse o funcionário enquanto olhava para o estranho quarteto. – Vocês terão que revalidar os bilhetes em Chicago.

Dean aproximou seu rosto do de Julia.

– Entre todas essas carteiras, você não tem nem cem paus?

– Meu pai e eu vivemos disso! – sibilou Julia. Como Dean não queria ceder, ela enfiou a mão na bolsa. – Está bem, dê-me um segundo.

Em vez de dinheiro, ela tirou uma chave de cofre. Depois caminhou até um banco de cofres de aço que corria ao longo das paredes da estação. Tendo aberto um cofre, Julia extraiu uma grande valise de couro. Ela arrombou os fechos da valise e tirou um par de meias do interior. A seguir retornou para o grupo carregando a valise. Ela puxou um maço de notas das meias e entregou a seu pai.

– Isso é que é viver com estilo – sussurrou Dean para Sam.

– Dois bilhetes num carro-dormitório – disse Walter para o funcionário. Ele pegou algumas notas e as espalhou sobre o balcão, depois olhou para Dean e Sam. – Vocês, rapazes, tratem de se virar.

Os irmãos ficaram sem fala. *Esses escrotos não sabem com quem estão lidando*, pensou Dean. Walter pegou os bilhetes e tomou Julia pelo braço. Dean e Sam conseguiram emparelhar com eles.

– Vocês gostam de pular nos trens em movimento – rosnou Walter. – Eis aí outra oportunidade.

Na plataforma do trem, Julia avistou o cabelo ruivo de Eli Thurman. Ele estava segurando uma grande mala de couro, larga o bastante para conter pelo menos quatro dos jarros. James, o guarda de segurança, não estava muito atrás – estava se escondendo em volta de uma pilastra de aço, mantendo-se fora da visão de Eli.

Ele parecia ter sido arrastado através do Inferno e voltado. *Eu sei como é isso, meu chapa*, pensou Dean.

O plano era que Walter e Julia dariam uma geral no seu carro-dormitório e ficariam de olho em Eli. Sam e Dean foram instruídos a saltar para o outro lado dos trilhos e, uma vez que o trem desse a partida, eles poderiam correr emparelhados com ele e pular para bordo, sem pagar passagem. A única coisa que tinham de fazer era ficar mudando de lugar se vissem um inspetor, porque ele perguntaria seus nomes e números do vagão.

Quando os carregadores não estavam olhando, Sam e Dean caminharam até o final do trem e pularam da plataforma para os trilhos. A plataforma chegava à altura do queixo, dando-lhes uma boa cobertura para se esgueirarem até o outro lado do trem.

– Não são exatamente acomodações de primeira classe – disse Dean enquanto se moviam ao longo do trem, tentando escolher uma boa área onde teriam bastante tempo para correr e bastante trem para agarrar tão logo ele começasse a se mover.

– O que você acha que eles pensam de nós? – perguntou Sam, enquanto ele e Dean caminhavam através da imunda beira dos trilhos.

– Não sei. É você quem faz amizade com essa gente tipo Professor Aloprado.

– Ele é um erudito, Dean. Ele conhece a Bíblia, sabe ler aramaico ou qualquer coisa que esteja escrita naqueles pergaminhos. Ele vai nos ser útil quando conseguirmos o pergaminho que nos interessa.

– Você pensava que eles fossem gente do ramo... Bem, mais ou menos? Eles não dominam bem a ideia de possessão, Satã e Armageddon. Você não lhes contou sobre Armageddon, contou? – Dean fez meia-volta, seus olhos perfurando o irmão.

Sam passou por ele, segurando-o com o saco.

– Não, não contei, Dean. Puxa. – Sam continuou a caminhar para dentro do túnel. Dean suspirou e seguiu-o na escuridão.

***

Muito embora Leanne Keeny fosse quase uma cabeça mais alta, ela ainda pelejava para acompanhar o passo rápido de Rose McGraw para o apartamento de cobertura. O traseiro grande de Rose balançava de um lado para o outro, um movimento que teria feito qualquer marinheiro pensar em casa. Leanne, por sua vez, era flexível e de pernas compridas, uma garota da roça que havia escapado para a cidade grande. Conseguir uma vaga de arrumadeira no Waldorf era uma coisa importante, e seu primeiro trabalho de verdade além de castrar cavalos na fazenda de seu pai.

Leanne tentava concentrar-se enquanto Rose explicava que o Waldorf Astoria espera que todo empregado respeite a privacidade de cada hóspede. Rose acercou-se, seu hálito de cebola fazendo Leanne retrair-se. Rose disse conspiratoriamente que certa vez Joe DiMaggio se hospedou com outra mulher, não Marilyn, mas Leanne não ouvira isso dela. Rose ergueu as sobrancelhas vermelhas para enfatizar mais ainda o quão confidencial era a informação.

Na porta do apartamento, Rose procurou no bolso do avental e extraiu o molho de chaves de arrumadeira. Ela bateu na porta e depois enfiou a chave na fechadura.

O lugar estava uma bagunça. O tiroteio no leilão do dia anterior tinha deixado tudo como um matadouro. Tufos de lanugem pontilhavam todos os sofás de seda, havia sangue no tapete oriental e estranhos arranhões no chão, móveis estavam virados – era uma zona de guerra. Rose estalou a língua, ela precisava chamar a Manutenção. Disse a Leanne para começar varrendo os cacos de vidro. Estaria de volta em dois minutos.

Leanne olhou em volta da sala. Depois puxou uma cesta de lixo do carrinho de arrumadeira e apoiou-se nas mãos e ajoelhou com uma pá de lixo e vassoura. Enquanto varria os cacos de vidro, notou que não eram realmente vidro, mas sim argila. Leanne jogou os cacos dentro da cesta. Enquanto mudava de posição, ela notou no outro cômodo que um jarro tinha rolado para debaixo da cama, meio obscurecido pela colcha desarrumada.

Leanne puxou o jarro de seu esconderijo e carregou-o para a sala principal. Ela espiou lá fora para se certificar de que Rose não estava vindo pelo corredor, depois colocou o jarro sobre a mesa. Era alto e oblongo, e da mesma cor de terra dos cacos que se espalhavam pelo assoalho. Leanne pensou que certamente o dono ficaria feliz por um dos jarros não estar quebrado.

Depois a curiosidade dominou-a. Ela cravou as unhas na linha de junção do jarro. De início, a tampa não cedeu, estava grudada por algum tipo de substância parecida com alcatrão. Finalmente a tampa torceu-se um pouco e Leanne conseguiu separá-la do jarro. Debaixo estava um tampão de crina moldado com mais alcatrão. Leanne olhou em torno, procurando por algo para retirar o tampão. Avistou uma espátula no chão e inseriu-a entre o lacre e a tampa. Um som sibilante escapou do jarro.

Leanne foi derrubada ao chão, suas pernas abertas obliquamente em ângulo agudo, enquanto uma fumaça espessa e escura saía do jarro, tomando forma no chão. Ficou maior e mais larga, quase de tamanho humano pleno. Leanne tentou erguer-se, mas a fumaça preta envolveu seus tornozelos – era como se suas pernas estivessem presas em duas toneladas de cimento fresco.

A última coisa de que Leanne lembrou foi da fumaça acre penetrando em sua boca e descendo pela garganta.

Dez minutos depois, quando Rose retornou com Sal, o chefe de manutenção, Leanne não foi encontrada em parte alguma.

– Essa garotada de hoje. Não se pode confiar neles. Abandonando o trabalho no primeiro dia, meu Deus – suspirou Rose.

Sal acenou com a cabeça em concordância e os dois foram tratar da limpeza da Suíte Presidencial.

A princípio Anthony não notou a garota loura de pernas compridas enquanto ela entrava apressada na ala de arte romana do *Metropolitan Museum of Art*. O museu recebia centenas de visitantes por dia, e ele achou que ela estava apressada para encontrar-se com o grupo de colegiais que participava de uma visita guiada. Foi só quando ouviu o som de vidro quebrando que ele decidiu seguir até o *hall* e dar uma olhada em torno.

A garota estava parada no meio do *hall*. A seus pés jaziam os restos de uma caixa de vidro que abrigava vários jarros romanos do ano 70 d. C., se Anthony lembrava corretamente. Enquanto ele observava, ela quebrou outra caixa de vidro e pegou os jarros de cerâmica um por um, despedaçando-os no chão.

Uma coluna de fumaça começou a elevar-se de cada um dos jarros quebrados. O primeiro pensamento de Anthony foi encontrar um extintor de incêndio, mas então a mulher moveu-se até outra caixa de vidro e fez a mesma coisa.

– Ei, dona, não pode fazer isso! – Anthony seguiu em direção a ela, sacando a arma. – Pare com isso ou atiro!

A mulher não pareceu ouvi-lo. Ela girou nos calcanhares e puxou uma comprida caixa que exibia meia dúzia de pequenos estojos de prata. A caixa de vidro caiu e quebrou. Rolos de fumaça ergueram-se dos estojos.

Anthony apontou a pistola para ela.

– Estou falando sério, madame. Não toque em outra caixa!

A mulher voltou-se para ele. Seus olhos eram de um negro retinto.

– Deus do céu! – exclamou Anthony amedrontado, enquanto apertava o gatilho instintivamente. O tiro atingiu a mulher no ombro. Crianças gritaram e correram para fora do salão. Mas o buraco de bala nem sequer a afetou. Ela puxou outra caixa, e mais fumaça preencheu o ar. Colunas de vapor gorduroso pairaram no *hall* onde as caixas tinham sido quebradas, parecendo elevar-se e mover-se com vontade própria.

Anthony chegou mais perto. Um pilar de fumaça cresceu diante dele. Essa foi a última coisa de que se lembrou.

Dean notou que o trem movia-se mais rápido do que ele imaginava.

– Vamos, Sam – gritou Dean enquanto se impelia para um dos degraus que pendiam dos lados dos vagões. Ele estendeu a mão para seu irmão. Sam franziu os lábios enquanto bufava ao longo dos trilhos. Ele tirou o saco do ombro e arremessou-o para Dean.

– Vamos lá, garotão. Você está correndo como um velho de setenta anos!

Sam acelerou ao máximo e lançou sua mão na direção de Dean. Seu irmão puxou-o para o gradil de aço entre os dois carros. A salvo na plataforma, Sam vergou-se, tentando recuperar o fôlego.

– É difícil correr com essas calças – ofegou ele.

– Claro que é, Sammy. – Dean limpou a fuligem do túnel dos ombros do irmão. – Vamos encontrar papai e a maninha.

***

Mary Anne Struthers não podia crer nos seus olhos. Ela estava sentada na sua escada de incêndio dando para o norte, com o rio Hudson e Nova Jersey à sua direita, tentando refrescar-se ao calor do meio-dia. Foi quando viu um grupo de pessoas na passarela do túnel acima dos trilhos da ferrovia. Cerca de vinte delas estavam de pé lá, algumas até pareciam crianças. Enquanto o trem das 4:40 deixava a Estação Grand Central rumo a Albany, cada uma dessas pessoas desceu da passarela e desapareceu abaixo. Mary Anne enxugou a testa, pensando que devia ter imaginado coisas ou que era uma espécie de miragem. Mas quando o trem passou mais ao norte, ela viu as mesmas pessoas dependuradas nas suas laterais e no vagão de carga. *Estranho*, pensou ela. Então deu de ombros.

Ela pegou a garrafa de cerveja gelada junto a seus pés e continuou a ver o mundo passar.

VINTE

Dean e Sam encontraram o vagão de Walter e Julia. Ela abriu a porta e Dean notou que ela devia ter decidido que agora era um bom momento para se renovar, porque havia feito um penteado e pusera saia e blusa novas. Os irmãos espremeram-se na cabine-dormitório. Tinha dois leitos embutidos, um em cada lado do espaço de 0,557m^2. Assentos de veludo corriam paralelos em cada lado do vagão. Walter estava sentado, estudando o livro que ele e Sam tinham retirado da Sociedade Bíblica.

– Então, o que vem a seguir, fãs do esporte? – disse Dean. – Vamos simplesmente ficar sentados aqui, fazendo nossa lista de leitura para o verão? Porque ainda estou tentando acabar de ler *James and the Giant Peach.*

– Sente-se. Encontrei duas citações que podem ter relação com o que acho que está possuindo James. – Walter olhou para Dean e Sam por cima dos óculos de leitura borrados. – E, sim, a doutrina diz que eles são com muita frequência encontrados com Lilith. Mas não somente Lilith. Há outros demônios que também são identificados com eles.

– Tais como?

– Tais como as esposas de Satã: Eisheth e Agrat Bat-mahlat.

– Espere aí, esposas de Satã? – Dean não gostou de como isso soava, afinal.

Sam empalideceu.

– Estamos, portanto, lidando com pergaminhos pré-bíblicos, que muito provavelmente têm demônios pré-bíblicos como Lilith os protegendo? Isso poderia resultar num banho de sangue.

– O que quer dizer? – Julia uniu as mãos.

– Quero dizer que todo mundo neste trem poderia estar em perigo – explicou Sam. – É impossível fazer sair a todos. Vamos ter de fazer a prova do demônio no trem inteiro.

– Como?

– Muito bem, nós podemos prendê-los ou podemos matá-los com uma faca... Que já não temos mais.

– Um demônio pode pular de um corpo para outro? Não quero ser possuída por um demônio. – A voz de Julia ficou presa na garganta enquanto ela continuava: – Se vocês dois já passaram tanto tempo às voltas com demônios, como é que não ficaram possuídos?

Ao mesmo tempo, Sam e Dean afrouxaram suas gravatas e colarinhos, revelando suas tatuagens protetoras. Julia enrubesceu enquanto olhava para Dean.

– Oh, entendo. Tudo bem, então. Portanto, qual é o próximo passo? – perguntou ela.

Os rapazes formularam o plano. Primeiro eles precisariam manter Eli num lugar seguro. Depois teriam que dar um jeito para que quando James seguisse Eli, eles pudessem pegá-lo numa Armadilha do Demônio. A coisa desafortunada era que James, o verdadeiro James, estava provavelmente frito. O cão de guarda estava tendo um dia de muita atividade, talvez irritando-se com qualquer coisa. Não havia como o corpo do homem estar-se tornando incólume, especialmente depois dos tiros e daquela queda que sofreu. Depois disso eles teriam que aliviar Eli dos pergaminhos. E tinham que fazê-lo com muito cuidado, porque ninguém sabia o que podia estar à espreita nos jarros. E ainda havia Eli. Eles não sabiam nada sobre ele. A coisa mais segura agora era presumir que ele era humano, que poderia sangrar como qualquer um.

– Então o que fazemos primeiro? – perguntou Julia.

– Eu penso em jantar – disse Dean com um sorriso.

– É mesmo? – perguntou Sam.

– Acho que o vagão-restaurante vai ser nossa melhor aposta para o que pretendemos... Colocar sal e Armadilhas do Demônio. Mais tarde na noite, quando estiver fechado, atraímos Eli para lá. James fica de fora, nós damos uma prensa em Eli, tomamos sua grana e fugimos.

– Eu ficarei aqui. Ainda há uma centena de questões que preciso resolver. Comerei na minha cabine. – Walter ficou mais à vontade.

– Eu irei – disse Sam.

– Por que você não fica aqui com Walter? Ou começa a observar a outra extremidade do trem, longe de nós? – Dean olhou para Julia, que não lhe prestava nenhuma atenção.

Sam sacudiu a cabeça.

– Está bem.

Dean sorriu para Julia.

– Acho que só restamos nós.

Ela olhou para ele.

– Creio que você precisa lavar o rosto primeiro. – Ela apontou para o pequeno banheiro.

Dean abriu a porta e, olhando no espelho, notou a imensa mancha de fuligem em sua face. Limpou-a com um pouco de cuspe e seus dedos.

– Novo em folha. Vamos, doçura. – Dean abriu a porta da cabine. – O jantar é por sua conta, mala de dinheiro.

Sam entregou a Dean meia dúzia de lápis-cera vermelhos.

– Marque enquanto você vai.

Posando como um jovem casal enamorado, Julia tomou o braço de Dean enquanto seguiam pelos estreitos corredores até o vagão-restaurante. A cada porta que levava a um novo vagão, Julia mantinha vigilância enquanto Dean puxava o carpete. No chão nu ele colocava uma Armadilha do Demônio, depois punha o carpete no lugar.

– E quanto às janelas? – perguntou Julia.

– Felizmente só estamos lidando com um, mas se houver outros demônios chegando, teremos que pôr sal nas janelas e em qualquer outro lugar por onde eles poderiam entrar.

O vagão-restaurante era funcionalmente opulento, com toalhas brancas de linho, assentos flexíveis de veludo vermelho e flores em vasos de cristal em cada mesa. Um *maître* conduziu-os a uma mesa. Dean puxou a cadeira de Julia para ela.

– Não sabia que você podia ser tão cavalheiro.

– É só um jantar de trabalho, doçura, não venha com ideias. – Dean piscou para ela. – Além disso, lá está o nosso cara.

Eli Thurman estava lendo um jornal, enquanto enfiava na boca uma garfada de bife à *bourguignonne*. A mala – presumivelmente contendo os pergaminhos – estava colocada firmemente entre seus joelhos. Dean olhou em volta e notou que do outro lado da porta, na extremidade mais distante do vagão, James estava passando pela janela, relanceando frequentemente para dentro a fim de controlar Eli.

– Ufa, aquele cara é um mala.

– Um o quê?

– Nada, esqueça.

– Posso lhe fazer uma pergunta? – Julia sorriu para Dean.

– Claro.

– Quem são realmente vocês dois?

Dean fitou Julia nos olhos. Ele instintivamente hesitava em confiar nela. Mas alguma coisa mexia com ele, sentia uma espécie de conexão com ela. Resistiu.

– Vou botar em pratos limpos. Somos uma espécie de dedetizadores. E estou no negócio da família. Mas o que faço e como faço é melhor que você não saiba.

– Mas você conhece demônios, inscrições dentro de antigas urnas pré-bíblicas. Você mencionou uma faca que pode matar demônios. E não é a primeira vez que você enfrenta seja lá o que for que quase matou meu pai – disse Julia cautelosamente. – Parece-me que há muito mais em você do que o olho enxerga.

– Sempre há muito mais do que o olho enxerga... mas não conhecemos um ao outro por tanto tempo – disse Dean com uma piscadela.

– Portanto, minha vida está em suas mãos e eu simplesmente tenho de confiar em você?

– Basicamente. – Dean olhou para o cardápio. – Não tem *hamburger*?

– Falo sério. Quero saber quem é você.

Dean fechou o cardápio com um muxoxo.

– OK. Ouça, madame, sei que vocês estiveram representando isso muito bem até agora, mas não confio em você nem no seu pai. Não sei qual é a de vocês, nem quero saber. Mas na minha experiência um rostinho bonito só leva a uma coisa. Encrenca. Portanto quero distância de você. Estamos aqui para obter o pergaminho e voltar para casa. Podemos fingir essa merda de um por todos, todos por um, dos mosqueteiros, mas quando chegar a hora vou fazer meu trabalho e você trate de fazer o seu.

Julia não piscou, nem sequer enrubesceu.

– Você me acha bonita?

VINTE E UM

Sam pegou dois lápis-cera e decidiu começar do fundo do trem. Enquanto as pessoas dormiam em seus assentos da classe econômica, Sam moveu-se silenciosamente através dos vagões, marcando todas as portas com Armadilhas do Demônio. Ele tinha de agir rapidamente, pois as Armadilhas tomam algum tempo para desenhar e o trem era comprido.

Sam finalmente chegou aos vagões de armazenagem, e fez seu caminho até o bagageiro. Tanto no teto quanto no chão, ele desenhou cuidadosamente uma Armadilha do Demônio. Estava de costas para a porta quando um homem de uniforme a abriu e entrou.

– Ei, o que está fazendo aqui?

Sam fez meia-volta.

– Oh, desculpe, eu estava tentando encontrar minha bagagem. Esqueci de levar meu *kit* de barbear para a cabine.

– Bem, deixe-me ajudá-lo. Você procura desse lado, eu olharei deste aqui – disse o sujeito, enquanto caminhava gingando na direção de Sam. – Qual é o nome na bagagem?

– Hã, George. George Michael.

– O que você faz, George?

Sam pareceu ansioso para encontrar sua bagagem.

– Oh, você sabe. – Sam estava atirando no escuro. – Sou cantor e dançarino.

– É mesmo? Pois eu diria que você é um mentiroso!

O homem de uniforme mergulhou sobre Sam exatamente enquanto ele se esquivava e rolava para fora do seu caminho. O homem foi-se chocar e derrubar uma pilha de baús de viagem. Os olhos do homem reluziram negros enquanto ele se arremessava sobre os baús. Sam não tinha uma arma – estupidamente, ele deixara as espingardas carregadas de sal na cabine de Walter e Julia – e duvidava que houvesse qualquer quantidade de sal no vagão de armazenagem. Sam chutou o demônio na cara, depois girou para ele batendo com uma desajeitada maleta. O grandalhão caiu de cara primeiro, dando a Sam uma oportunidade para correr até a porta, depois das Armadilhas do Demônio.

O sujeito pulou de pé com uma graça surpreendente e lançou-se contra Sam, pousando em vez disso lindamente no meio do símbolo desenhado às pressas no chão.

– Tire-me daqui – grunhiu ele.

– Sinto muito, cara. Primeiro você precisa responder a algumas perguntas.

– Vá para o Inferno.

– Realmente, é só isso? Quantos mais de vocês estão lá?

– Você nunca se apossará do pergaminho. Ele não lhe pertence.

– O que você sabe sobre ele?

Com isso, o demônio sacou uma pistola.

– Não!

Sam investiu sobre ele, mas o demônio pôs o cano da arma na própria cabeça e apertou o gatilho. Sam caiu em cima do cérebro e do cadáver borrifados de sangue. Fumaça preta esguichou para fora de sua boca e juntou-se a uma nuvem escura no teto. Com muita rapidez, ela se desfez no ar.

Arrasado e frustrado, Sam se levantou e voltou à cabine.

Walter acabava de comer um sanduíche de presunto.

– Santo Deus, o que aconteceu com você?

– O cara, ou demônio, sei lá, explodiu seus miolos. Onde estão Dean e Julia?

– Ainda comendo.

– Precisamos contar a eles. Vamos. Pegue seus livros também.

Walter apressadamente pegou seu paletó. Sam abriu seu saco de armas e entregou uma espingarda a Walter.

– Sabe como usar uma dessas coisas?

– Claro. Lutei nas duas guerras.

Sam havia esquecido que esta era uma época em que gerações de pessoas tinham vivenciado duas guerras mundiais. Parecia estranho pensar que a terceira guerra seria o próprio Armageddon.

Sam e Walter encaminharam-se para o vagão-restaurante.

Eli limpou os cantos da boca e pôs o guardanapo no prato. Depois pegou a mala que abrigava os pergaminhos.

Dean olhou para Julia.

– É sua vez.

Julia relanceou para Eli e bebeu o resto de seu martíni. Aproximou-se da mesa de Eli.

– Posso me juntar a você?

Eli não ergueu a vista enquanto afastava a cadeira.

– Sinto muito, estou de saí... – Seus olhos encontraram os grandes olhos azuis de Julia.

– Oh, por favor, beba um drinque comigo. É tão chato viajar sozinha. Não acha?

– Pensei que você estivesse com aquele sujeito ali. – Eli olhou naquela direção, mas Dean já não estava mais presente.

– Oh, aquele cara? Não mesmo. Ele se convidou para sentar comigo. Mas o tempo todo eu estava esperando me juntar a *você* para jantar.

– Eu?

Estava claro que Eli não se lembrava de Julia. A mulher refinada usando blusa e saia vermelha muito elegante parecia bem diferente daquela garota armada, de calças jeans desbotadas Lara Croft de 1950, que havia tumultuado a Suíte Presidencial do Waldorf.

Enquanto Julia continuava a conversar com Eli, Dean encontrou Walter e Sam no corredor do próximo vagão.

– Outro demônio – anunciou Sam.

– Droga. De onde?

– Não sei. O único no bagageiro era um guarda de segurança. A coisa estranha era que usava um uniforme do museu Metropolitan.

– Vamos botar todo mundo para fora do vagão-restaurante e tomar esta porra de pergaminho daquele babaca. Porque eu quero voltar para casa – disse Dean.

Julia ainda estava falando com Eli quando os rapazes e Walter entraram no vagão-restaurante. Muito embora Eli estivesse apenas dando respostas monossilábicas às perguntas de Julia, ele estava claramente fascinado.

Sam delicadamente conduziu os outros comensais para fora do vagão. Após exibir um distintivo da polícia, ele disse que era o segurança do trem e que houvera uma série de roubos. Todo mundo foi solicitado a voltar para suas cabines e assentos e verificar todos os seus pertences.

Dean pediu a todos os garçons, a maioria negra, a voltarem para a cozinha. Este era um assunto oficial do trem, ele explicou, e tinham necessidade de usar o vagão-restaurante.

Nenhum deles se moveu.

– Que história é essa de assunto oficial? Ninguém nos falou nada – disse um despachado garçom negro para Dean – e eles sempre nos avisam se isso tem a ver com o serviço.

Dean notou que James tinha desaparecido da porta do vagão. *Isso não é bom*, pensou. Voltou-se para o garçom.

– Pode me arranjar todo o sal que houver na cozinha?

– Sal? Senhor, realmente lamento, mas não posso.

– Ouça, parceiro: eu entendo, você está simplesmente tentando conservar seu emprego. Mas neste exato momento há uma nítida possibilidade de que uma hoste inteira de demônios muito antigos e enraivecidos esteja neste trem. E preciso daquele sal.

– Demônios? Por que não disse logo? – O garçom puxou um saquinho de pano verde do colarinho de sua camisa. – Osso de galinha, penas, pozinhos. Demônios não me assustam nem um pouco.

– Vodu? – perguntou Dean.

– Nascido, criado e ensinado por minha mãe.

– Perfeito. Então, por favor, me arranje todo o sal que tiver. E comece a marcar linhas nas portas e janelas.

– Você conseguiu. Meu nome é Ray.

– Prazer em conhecê-lo. Eu sou Dean. – Ele apertou a mão estendida de Ray. Dois outros garçons seguiram Ray até a cozinha.

Julia consultou seu relógio.

– Bem, já é hora. Preciso realmente me retirar. Chegamos a Chicago amanhã bem cedo, não é?

Eli notou que o vagão estava agora vazio de comensais, exceto os dois caras fortes e o velho sentado atrás dele. Finalmente, ele deu uma boa olhada em Sam. O reconhecimento aflorou no seu rosto. Eli levantou-se e moveu-se para pegar sua mala.

– Ficarei com ela – disse Walter, puxando a mala de debaixo da cadeira de Eli.

– É minha, não pode tomá-la. Agora me lembro de você... Também estava no leilão. – Eli olhou em torno do vagão. – Vocês todos estavam.

Dean apontou uma espingarda para Eli.

– Sim, e você tomou uma coisa de que nós precisamos.

Walter posicionou-se atrás de Sam e Dean enquanto Julia se afastava. Eli começou a entrar visivelmente em pânico.

– Vocês não entendem... Eu preciso deles.

– É, parceiro, nós também. É como se o planeta inteiro estivesse pendendo na balança.

Um enorme estrondo ecoou no teto do vagão-restaurante.

– O que foi isso? – berrou Eli. Pequenos flocos de tinta despencaram do teto dourado.

– Eles estão no telhado – gritou Sam. – Walter, Julia, tracem esses signos em toda parte! – Sam entregou-lhes lápis-cera.

– Você – Dean apontou para Eli. – Fique onde está.

Eli deu de ombros enquanto observava Walter tentando abrir a mala trancada. Uma série de baques e passadas emanaram de cima

– O que está havendo? – perguntou Eli, soando assustado.

– Eu lhe direi o que está havendo – disparou Dean. – O conteúdo dessa sua pequena mala vem junto com toda uma horda de demônios furiosos encarregados de protegê-lo. Durante o seu momento de *Ladrão de casaca* eles foram liberados, e agora estão atrás de quem quer que tenha os pergaminhos. Engula esta, meu chapa. Exatamente agora você está salvando seu deplorável rabo.

Apressadamente, Dean desenhou uma Armadilha de Demônio no teto, depois outra exatamente ao lado.

Ray e os outros garçons retornaram da cozinha.

– Ei, cara – disse Ray cautelosamente –, não quero ser o portador de más notícias, mas a coisa está ficando feia lá. Como uma maldita assembleia de demônios.

– Exatamente o meu tipo de festa. – Dean entregou um lápis-cera a Ray. – Não precisa ser nenhum Da Vinci.

O barulho lá em cima parou.

– Para onde eles foram? – perguntou Julia, espiando pela janela.

– Estão tentando achar outro meio de entrar – disse Dean.

– Acharão? – perguntou ela.

– Esperamos que não, mas se você vir um, use isto. – Dean entregou-lhe uma espingarda carregada com cartuchos de sal. – Algo me diz que você sabe usar isto.

Dean então agarrou o irmão e eles foram para um canto conversar.

– Então, qual é o plano? – perguntou Sam.

– Eles estão aqui por causa dos pergaminhos, certo? Mas não sabemos qual... Estão protegendo todos eles, ou um só?

– Meu palpite é que se Lilith tem algo a ver com o demônio que está possuindo James, então tem que ser o nosso pergaminho. O Pergaminho da Guerra. Se você fosse Lúcifer, não iria querer proteger o plano de batalha para derrotá-lo?

– Certo, mas... essa puta-demônio mofada de tão antiga que é, como ela sabe o que demos a ela?

Sam e Dean começaram a rasgar as toalhas de mesa de linho.

– Ei, Ray, há muitas latas na cozinha, do tipo para guardar farinha ou algo assim? – perguntou Dean.

– Claro. Mas acho que não quero voltar lá. – Ray moveu-se em direção à porta rabiscada com as Armadilhas do Demônio. – Eles parecem uns demônios bem agressivos.

– Irei com você.

Dean tomou de volta a espingarda de Julia.

– Você sabe: você poderia ter trazido sua própria arma de fogo, se é tão feminista assim.

– O quê? – perguntou Julia, intrigada pela referência moderna.

Dean apontou a espingarda para o céu enquanto Ray abria a porta e eles atravessavam a chocalhante plataforma para o vagão-cozinha.

Dean abriu a porta com um pontapé, o aço inoxidável reluzindo com a luz fluorescente. Ele deu mais um passo.

Ray engasgou. O *chef*, um homem gorducho com orelhas de abano, estava esparramado no chão, seu coração partido em dois por um cutelo de açougueiro. O *sous-chef* estava caído a seu lado, com uma concha de sopa enfiada no olho.

– Bernie e Ralph não mereciam isso – murmurou Ray.

– Vamos pegar essas farinhas. – Dean passou sobre os corpos e foi até a área de fornada. Ele pegou quatro latas de aço com farinha e entregou a Ray.

– Bem, bem – disse uma voz. – Eu estava esperando conhecer o filho da mãe assassinada, o receptáculo da bondade e da luz.

Dean girou para encarar a jovem em uniforme de arrumadeira do Waldorf Astoria. Com sua blusa meio desabotoada, a saia apertada e os lábios de cor vermelho-sangue, ela era claramente uma mulher-diabo plenamente dedicada ao sexo.

– Quem diabo é você? – A espingarda de Dean estava apontada direto para o coração dela.

– Exatamente isso. Adoro eruditos. Sou Eisheth, irmã de Lilith.

– Lilith tem família?

– Irmã por casamento. Sou uma das esposas de Lúcifer, assim como ela.

– Então você é como os demônios mórmons? Depravada.

Os olhos de Eisheth reluziram vermelhos.

– Eu não a irritaria – sussurrou Ray.

Dean moveu-se na direção de Eisheth.

– Bem, ouça, isto foi realmente divertido e tudo mais, porém achamos melhor voltarmos. – Ele apontou a arma para a mulher-diabo e deu um passo em direção a ela, Ray logo atrás dele. – Só um pequeno aviso: o sal que tem aqui vai queimar um bocado, tal como uma grave erupção de herpes. Vocês têm isso lá de onde você veio?

– Você me lembra da lepra urbana – rosnou Eisheth.

– É, tive um bocado disso.

Circundaram um ao outro até que Dean e Ray puderam recuar para fora da cozinha rumo ao vagão-restaurante.

Ray abriu a porta e saiu primeiro.

Houve um rosnado baixo, e Dean virou a cabeça para ver James empoleirado acima deles no tablado entre os vagões do trem. Antes que Dean pudesse disparar um tiro, James pulou sobre Ray.

Ray bateu contra o passadiço do vagão e quase rolou para fora. Dean atirou em James, deixando o animal mais louco ainda. Ele virou-se e investiu sobre Dean.

Do interior do vagão-restaurante, Sam tinha a espingarda apontada para a nuca de James. Dean deu um aceno e abaixou-se quando Sam atirou. A janela estilhaçou-se.

O corpo de James caiu para frente, sem vida. O demônio interior saltou para o ar e desapareceu de vista.

Dean girou em volta bem a tempo de ver Eisheth arrastando o corpo de Ray de volta à cozinha.

– Deixe-o em paz, ele não fez nada. Somos nós que temos os pergaminhos.

– Eu sempre gostei de um sacrifício adequado – sibilou Eisheth. Ela produziu uma longa lâmina, pegou Ray pelo pescoço e, num rápido movimento, cortou-o da virilha à garganta.

– Não! – Dean disparou outro tiro enquanto Eisheth jogava Ray para o lado e corria na sua direção.

Dean mergulhou de volta ao vagão-restaurante. Dois garçons empurraram uma mesa de madeira contra a janela quebrada na porta. Eisheth esmurrou do outro lado da barreira.

Dean empurrou suas costas contra a parede – essa não era uma maneira justa para Ray partir.

– Descobri com quem estamos lidando – disse ele.

– Quem? – Julia chegou à frente.

Eli sentava trêmulo a um canto.

– Uma puta chamada Eisheth. Sabe alguma coisa sobre ela, doutor? – Dean olhou para Walter.

– Sim, é uma das esposas de Satã. Ela não aparece muito.

– É, porque ela está servindo como o segundo violino para Lilith.

Sam olhou para ver se Eli tinha alguma noção do que eles estavam falando. Pelo aspecto em seu rosto, parecia ter.

Sam inclinou-se sobre Eli.

– O que você sabe sobre os pergaminhos? – gritou na cara dele. – Você não nos contou coisa alguma, por que os quer tão desesperadamente?

Eli subiu do outro lado de uma mesa.

– Eles são preciosos. Vocês não entenderiam. Os pergaminhos foram escritos pelos essênios, seguidores devotos do judaísmo. Eles são anteriores à Bíblia.

– Conte-nos alguma coisa que não sabemos.

Nesse momento, o trem deu uma guinada brusca. Todos caíram para a frente.

– O que essa puta está fazendo agora? – Dean levantou-se e espichou a cabeça pela janela. Eisheth estava debaixo do trem. Fagulhas voaram enquanto uma peça do chassi rolava abaixo pelo declive da linha férrea.

– Espero que nós não precisemos disso. – Dean apontou sua espingarda para Eisheth. Os tiros passaram longe.

– O que fazemos agora? – Walter havia espalhado o Pergaminho da Guerra sobre duas mesas.

– Ponha isso aqui. – Dean lançou para ele o recipiente de metal.

– Mas isso não é estéril. É um pergaminho velho de séculos, não pode ser exposto a substâncias estranhas.

– Bem, é um pergaminho estranho numa terra estranha. *Ponha-o aqui.*

Walter enrolou gentilmente o pergaminho numa toalha de mesa e colocou dentro da lata.

– Agora entregue a Sam.

– Você não entendeu... – insistiu Walter.

– Meu velho, você quer sair daqui vivo ou não? Dê isso a Sam!

Sam pegou a lata e colocou-a dentro do saco, que pendurou no seu ombro.

– Julia, pegue o jarro do pergaminho e forre-o com tiras de toalhas de mesa. Vamos fazer um pequeno comércio antigo. Quem quer barganhar com uma mulher-diabo?

Ninguém levantou a mão.

– Muito bem, então. Acho que eu mesmo vou ter um pequeno *tête-à-tête* com esta puta. Sam? – Dean chamou o irmão.

Eles se afastaram juntos. Era uma situação ruim e o fato de se encontrarem num trem em movimento vinha somar-se a seus problemas.

– Eu imagino o seguinte – disse Dean. – Precisamos manter os passageiros longe dela. E *nós* precisamos ficar longe dela. Meu plano é darmos uma de *O grande roubo do trem* e desengatarmos os vagões.

– E quanto a Eli?

– Temos os pergaminhos, certo? Apenas deixe-o ir.

Cinco minutos depois, Sam tinha escalado o trem através da porta traseira do vagão-restaurante. O teto do vagão estava escorregadio de chuva e um vento soprava dos Grandes Lagos à sua esquerda. Ele seguiu pelo teto do vagão-restaurante em direção ao bar. Sam tinha de mover-se rapidamente a fim de alcançar o vagão de passageiros e desengatá-lo do trem.

VINTE E DOIS

Dean engatilhou a espingarda enquanto saía do vagão-restaurante. Julia seguiu-o, segurando o jarro contendo as tiras da toalha de mesa. Ela salgou a porta atrás de si e foi atrás de Dean.

– Ei, segundo violino! – chamou Dean no ar noturno.

Ele e Julia entraram no vagão seguinte. Um comprido bar apainelado de madeira estendia-se num dos lados.

– Ei, sua convencida! Ei, capacho de Lilith, onde está você?

Eisheth apareceu entre eles e o vagão-restaurante. *Perfeito*. Agora Dean ia ter de fazer um acordo com Eisheth *e* ficar enrolando ela antes que Sam desengatasse o vagão do trem.

Mais demônios surgiram de detrás do bar.

– Um drinque? – perguntou Dean, enquanto se movia na direção deles.

– Quem é ela? – Eisheth apontou para Julia.

– Minha irmãzinha. Ela vai comigo a toda parte. Sempre chegando junto. Mais ou menos como você e Lilith.

– Aquela puta? Fiquei confinada por milhares de anos enquanto ela saía para brincar mundo afora.

– Oh, deixe disso, ela é da família, você tem que amar sua irmã. Bem, talvez não. Acho que ela trepou com o Lúcifer mais vezes do que você.

– Quem espera sempre alcança.

– Acho que isso é uma "boa coisa", deixa pra lá. Portanto, Eisheth, que tal fazermos um acordo? Eu lhe dou o pergaminho e você se vai feliz da vida. E enquanto você está nessa, pode libertar essas pobres pessoas que seus amigos estão atormentando.

Eles podem simplesmente pular fora delas e deixar que se vão em paz.

– A guerra não deixa ninguém incólume.

– Isso é semântica, Eisheth. Bem, e quanto ao pergaminho?

– É isso aí?

Julia colocou o jarro antigo sobre o bar.

Um barman possuído tentou pegá-lo, os olhos negros reluzindo.

– Largue isso! – Eisheth olhou para o sujeito. – Isso não é para nós profanarmos. É de minha responsabilidade.

– Então tudo isso se resume a responsabilidade? Fantástico. Admiro isso num demônio. Você leva o seu trabalho a sério. Entendo. Agora nós simplesmente vamos correr para fora daqui.

– Espere! Eu quero vê-lo – sibilou Eisheth.

Dean esperava que Sam já tivesse terminado de brincar de trenzinho, porque as coisas estavam ficando complicadas aqui.

Sam estava de fato pendurado ao lado do trem, entre o bar e o vagão de passageiros. Ele pelejava com o mecanismo de engate quando percebeu que as alavancas de aço que enganchavam os vagões exigiam uma chave. Ele escalou a escada mais uma vez.

Sam disparou ao longo do topo dos vagões. Olhou à distância. Estava escuro, nada de luzes – ele não podia ver coisa alguma investindo velozmente na sua direção enquanto corria. Mas um galho de árvore ou túnel o faria. Poderia ele morrer no passado? Estava inteiramente certo que sim.

Sam pulou para a plataforma da locomotiva. Forçou a porta, mas a alavanca não iria ceder. Sam bateu na porta até que o maquinista emergiu da escuridão. Era um sujeito alto usando um macacão listrado. *Tal como você esperaria*. Sam fez sinal para ele o deixar entrar.

– Quem é você? – perguntou o maquinista, enquanto entreabria a porta.

Sam fingiu-se de bobo.

– Parece que me perdi.

Rápido como um raio, ele se jogou através da abertura e deu uma pancada no nariz do maquinista com seu cotovelo. O homem foi ao chão.

– Onde está sua chave de engate? – exigiu Sam.

O maquinista caído apontou para uma comprida haste de aço que pendia da parede.

– Quando você sentir o trem ficar mais leve, empurre esta coisa até o fim, OK? – O homem assentiu.

Sam pulou fora da locomotiva e subiu a escada mais uma vez.

Dean ouviu Sam correr ao longo do teto pela segunda vez em cinco minutos. *Ele deve estar perto.*

– Por que você quer vê-lo? – desafiou Dean. – O que tem nele que é tão importante?

Os olhos de Eisheth reluziram vermelhos novamente.

– Você sabe o que eu acho? – continuou Dean. – Acho que você está dilacerada porque prometeu ao seu marido que iria proteger esta coisa para ele. Mas ao mesmo tempo você sabe o que isso diz. É como matá-lo, não é?

Dean viu Julia relancear para ele com o canto do olho. Seu olhar dizia: *Certamente esta não é a melhor maneira de negociar com um demônio, é?*

Ignorando-a, Dean continuou a espicaçar Eisheth.

– Você sabe o que mais eu acho? Acho que você está puta por Lúcifer ter lhe dado um trabalho inferior, e agora você poderia querer ler aquele pequeno plano de batalha para si mesma. Você sabe, tomar o lugar do seu marido, uma espécie de assento no Senado.

Eisheth avançou sobre Dean. Ele lhe golpeou as costas com a coronha da espingarda.

– Sem tocar.

Eisheth tornou a avançar para ele, no exato momento em que o trem ganhou velocidade dramaticamente. Através da janela ele pôde ver que os vagões de passageiros começavam a distanciar-se. A distração de fração de segundo capacitou Dean a empurrar Julia em direção ao vagão-restaurante.

Eisheth girou em volta e atacou Dean. Ele caiu de cara no chão e a espingarda escapuliu de seu alcance.

Julia lançou-se à frente e a pegou, acertando Eisheth no ombro e afastando-a de Dean. Os dois *barmen* foram para cima de Julia, mas num movimento surpreendente ela juntou um pontapé em giro com o brilho de uma lâmina.

As cutiladas para os corpos dos demônios flamejaram alaranjadas e eles caíram ao chão. *A faca de Ruby!*

– Puta que... Julia, corra! – gritou Dean enquanto rolava e chutava Eisheth no peito, mandando-a voando através do bar.

Dean levantou-se e chegou a meio caminho da plataforma, mas Eisheth vinha logo atrás. Ela o agarrou e puxou para o chão no vão da porta. Debaixo dele, Dean pôde ver as alavancas clicando enquanto o vagão forcejava para desengatar. Sam estava empurrando pesadamente na alavanca.

– Hora de ir, Dean.

Eisheth lançou as mãos em torno da garganta de Dean. Ele lutava para respirar.

– Uau – grasnou ele –, três mil anos dentro de um jarro não fizeram nada pela sua higiene dental.

Dean conseguiu erguer os joelhos e um coice de mula reverso mandou Eisheth de volta ao vagão do bar.

– Agora! – gritou Sam.

Julia abriu fogo em Eisheth. As balas de sal penetraram seu corpo, cada disparo empurrando-a mais de volta para o vagão do bar.

Dean rolou para trás no vagão-restaurante no exato momento em que o do bar desengatou. O resto do trem zunia nos trilhos.

Eisheth foi deixada de pé no vagão do bar, praguejando.

VINTE E TRÊS

O vagão do bar mergulhou na escuridão da noite. Sam e Dean fecharam a porta atrás deles. Tinham-se livrado de Eisheth por enquanto, mas ela iria de novo atrás deles tão logo percebesse que o pergaminho tinha sido trocado.

No interior do vagão-restaurante, Julia tentou evitar o olhar de Dean. Ele foi até ela e agarrou-lhe o braço rudemente.

– Que *diabo* foi aquilo? – perguntou ele.

– Tire as mãos de cima dela! – protestou Walter.

– Aguarde sua vez, velho, você também está metido nisso. Vocês estão com a nossa faca! Vocês sabem quão útil ela poderia ter sido nos últimos dois dias? Estamos combatendo demônios, e ela é a única coisa capaz de matá-los. *Alô*, demônios combatentes. – Dean apontou para a carnificina à sua volta. – Para não mencionar o fato de que a *roubaram* de nós. Têm algo a dizer em sua defesa?

Julia olhou para Dean.

– Desculpe. Precisávamos descobrir quem vocês eram. E eu a peguei. Não sabia para o que era, até hoje.

– O que pede a pergunta que não quer calar: quem são vocês? – Dean parou ao lado de Sam, olhando fixo para Walter e Julia.

Walter adiantou-se.

– Somos caçadores. Tal como vocês.

– E vocês iam nos dizer isto quando? – perguntou Sam.

– Ninguém se importa com a presença de demônios neste trem?! – berrou Eli em pânico, do seu canto.

Dean, Sam, Julia e Walter voltaram-se para ele e gritaram em uníssono:

– CALE-SE!

Julia tentou falar suavemente para Dean:

– Sei que você se sente traído, mas estávamos tentando nos proteger tanto quanto vocês estavam. Eu não roubei a faca a fim de deixar vocês em desvantagem.

– Tem certeza disso? – cuspiu Dean.

– Aqui está. – Julia entregou-lhe a faca. – Sei que não posso me redimir por isso. – Ela pegou o BlackBerry de Sam e devolveu-o animadamente. – Roubei isto também, mas não sei para o que serve.

Sam tomou-o dela e escondeu-o dentro do seu paletó.

– Você tem um monte de explicações a dar, garota – disse Dean.

– Certo, bem, talvez – concedeu Walter com relutância –, mas nesse exato momento precisamos botar tanto trilho quanto possível entre nós e os demônios.

Dean olhou carrancudo para Julia. Além de seu instinto de caçador, que lhe dizia para não confiar nela de novo, Dean sentiu um nó de desconforto no estômago. Seus sentimentos estavam feridos.

Dean sublimou sua raiva e dor enquanto eles olhavam para o mapa ferroviário do guia *Water Level Route*. O trem corria de Nova York para Albany ao longo dos Grandes Lagos para Chicago. Eles estavam justamente chegando a Albany.

– Precisamos nos apressar – disse Dean, enquanto pegava uma espingarda e caminhava para a locomotiva.

Sam e Dean passaram sobre a plataforma entre os vagões.

– Pegue leve com o cara, já o acertei uma vez – disse Sam, enquanto batia na porta da locomotiva. Ninguém atendeu. Dean usou a coronha da espingarda para golpear a madeira.

O maquinista imediatamente abriu a porta.

– OK, OK. – Ele recuou da porta com as mãos erguidas. – Eu não fiz nada. Estou conduzindo o trem tão rápido quanto posso.

– E vai continuar assim por todo o caminho através de Albany. E não pare até estarmos fora de Chicago. Entendeu?

– Terei que chamar o centro de controle mais à frente para pedir que mudem os trilhos. O que digo a eles? – retrucou o maquinista.

– Diga-lhes que o presidente Eisenhower está a bordo em missão ultrassecreta e sem paradas – instruiu Dean.

– É mesmo?

– É.

– Bem, OK. Sim senhor. Direto para Chicago, é isso aí.

Dean assentiu e eles voltaram para o vagão-restaurante.

– Você tem a sensação de que as pessoas eram realmente mais inocentes nos anos cinquenta? – perguntou Dean.

Todos no vagão-restaurante pareciam exaustos. Julia sentava-se com as pernas sobre uma cadeira. Dean imediatamente notou sua forma esguia, e o modo como seus tornozelos se adelgaçavam a seus pés. Walter resmungava para si mesmo sentado a uma mesa. Eli era uma mixórdia. Mas os garçons pareciam ter aceitado tudo sem dificuldade, até mesmo a morte horrível de um deles.

– Descansem um pouco, todos vocês. Vamos pular Albany e seguir direto para Chicago, a cidade do bom *hamburger* – anunciou Dean.

Todos pegaram novas toalhas de mesa e deitaram-se no chão ou em mesas unidas. Tinham mais de 800 km para dormir.

Sam e Dean sentaram-se no canto, segurando as espingardas, enquanto todos os demais dormiam.

– Não confio neles – disse Dean baixinho. – Mesmo sendo eles caçadores. Onde aprenderam a roubar coisas desse jeito?

Sam fuzilou Dean com o olhar. *Estava ele se lamuriando?*

– Nós sempre roubamos coisas.

– Eu sei, mas precisamos delas. E também eu nunca roubaria de outro caçador.

– É, mas não é como se conhecêssemos centenas de outros caçadores, tampouco.

– De que lado você está? – perguntou Dean.

– Estou do seu lado, Dean. Por que você é tão caxias?

– Eu não sou caxias. Você é que é.

Sam achou melhor mudar de assunto.

– Então, o que você quer fazer?

Dean espiou os vultos de Walter e Julia dormindo na escuridão.

– Nós temos o pergaminho. Logo que amanhecer, caímos fora daqui.

Sam deu de ombros. De alguma maneira eles descobririam um jeito de traduzir as últimas páginas do pergaminho. Se não, sempre podiam contar com Abaddon para fazer isso por eles. Ele foi o único que lhes tinha contado tudo sobre o pergaminho, em primeiro lugar, e certamente seria capaz de lê-lo.

Sam observou as luzes das pequenas cidades bruxulearem ao longo do tapete vermelho-sangue do vagão-restaurante. Por um momento, em toda essa loucura, ele sentiu falta de Ruby. Era uma coisa terrível de sentir, já que ela traíra Sam ao fazê-lo pensar que estava do lado deles. Ela o tinha alimentado com seu próprio sangue, o qual o deixou incompreensivelmente mais poderoso do que jamais pensara possível para um ser humano. Mas, novamente então, ele não era realmente um ser humano em alguns sentidos. *Um ser humano beberia sangue do demônio?* Sam duvidava.

– O que você acha que está no pergaminho? – perguntou Dean.

– Não sei. É de se esperar que seja uma receita passo a passo, como uma mistura para bolo. Alguma coisa que nos diga qual é o ponto fraco de Lúcifer. Tem que haver outro meio.

Sam esperava que fosse verdade.

À primeira luz o trem estava nos arredores de Gary, Indiana. A manhã estava cinzenta, nuvens baixas pairavam sobre o lago, indício de tempestades de verão. Dean foi o primeiro a acordar, cutucou Sam, e eles se puseram de pé em silêncio. À meia-luz Dean pôde ver Julia e Walter cobertos com toalhas, ainda dormindo.

Dean e Sam saíram do vagão-restaurante. Sam tinha o pergaminho a salvo no saco pendurado em seu ombro. Mais à frente os trilhos davam um preguiçoso giro para a esquerda – o trem reduziria a velocidade o suficiente para que os irmãos pulassem fora. Eles desceram a escada ao lado do vagão-cozinha e esperaram o trem reduzir a marcha. Sam foi o primeiro a saltar. Ele rolou por um declive de 1,80 m para um capinzal macio. Dean então pulou atrás dele. Ele atingiu o declive no ângulo errado e rolou até o fundo sobre o traseiro e cotovelos.

– Tenho saudades do meu Impala – disse ele, batendo a poeira da roupa.

O trem desapareceu na distância. Julia, Walter e Eli teriam todos que encontrar seu caminho. A coisa mais importante era que eles tinham o pergaminho. Agora tudo que precisavam fazer era descobrir como voltar para casa – de volta a 2010.

Os rapazes caminharam ao longo dos trilhos. Diante deles a cidade de Gary começava a ganhar vida. Pequenas trilhas de fumaça erguiam-se das chaminés que assomavam acima das usinas de aço.

– Você sabe quem cresceu em Gary? – perguntou Dean.

– Quem? – disse Sam, olhando para seu irmão. Ele tinha a sensação de que essa ia ser ruim.

E foi. Dean fez seu melhor *moonwalk*, com jogo de entrepernas e falso afundamento de cabeça.

– Michael Jackson.

– Altamente perturbador, Dean. – Sam acelerou o passo.

– Você não é nada divertido – disse Dean. – Vamos chegar à cidade, arranjar um carro e imaginar para onde diabos nós vamos.

Subiram por um pequeno aclive para a estrada.

– Bela manhã – disse uma voz animadamente.

Os irmãos viraram-se. De pé do outro lado da estrada estavam Julia e Walter. Ela caminhou com um meneio sensual na direção de Dean.

– Que feio que vocês não nos acordaram. Não queríamos que partissem sem dizer adeus. – Ela deu-lhe um empurrão e seu tom mudou de alegre para furioso. – Quem diabo vocês pensam que são?

Dean e Sam trocaram olhares. Uma pergunta cheia de intenções.

– Somos donos do pergaminho tanto quanto vocês – continuou Julia. – Não vão tomá-lo de nós.

– Escute, madame – disse Dean. – Entendo que você é dura na queda. Mas percorremos um longo caminho para chegar a este pergaminho. Um bocado mais do que vocês. Portanto, você e o Papai Fanfarrão vão simplesmente voltar para Nova York. Nós temos mais o que fazer.

– Não arrisquei meu rabo para que vocês pudessem tomá-lo de nós – gritou Julia.

– Seu rabo? – zombou Dean. – Isso só mostra o que você tem na cabeça.

Ele e Sam continuaram a caminhar.

– Se derem mais um passo eu estouro seus bagos!

Eles pararam e se viraram lentamente. Julia apontava uma pistola para eles.

– E isto aqui não está carregado com sal.

– Uau, madame – gemeu Dean. – Você vai mesmo fazer isso? Onde arranjou essa arma?

– É do maquinista. Agora vamos voltar para a cidade e ter uma bela conversa, OK?

VINTE E QUATRO

O grupo ralé caminhava em silêncio. Dean estava claramente puto da vida. Sam tentava imaginar se havia qualquer outro meio de convencer Walter a traduzir as últimas páginas do pergaminho.

Julia olhava fixo para a nuca de Dean.

Ele virou-se.

– Você vai abrir um buraco em minha cabeça, doçura. Olhe para outro lugar.

Julia fuzilou-o com um olhar de desprazer.

Nos arredores de Gary eles viram um restaurante solitário numa esquina. Era oblongo, todo janelas de vidro e aço. O resto da área compunha-se basicamente de terrenos baldios de cascalho.

Eles se encaminharam para o restaurante. Lá dentro um balcão de fórmica corria por toda a extensão do estreito restaurante. Cada mesa tinha vitrola automática individual e uma vista da janela. Sam pôde ver duas garçonetes, ambas trajando vestidos amarelos com aventais brancos cheios de babados.

Três operários siderúrgicos formavam um grupo barulhento, contando piadas numa mesa de canto. Claramente tinham terminado seu plantão noturno em uma das usinas.

Walter e Julia ocuparam os bancos em uma das mesas, enquanto Sam e Dean seguiam para o toalete masculino.

– Já estou cheio dessas roupas cafonas. Agora que estamos de volta à América real, vou vestir meus *jeans* – disse Dean desabotoando-se.

– Bem pensado, parceiro – disse Sam, enquanto também começava a despir-se.

Walter e Julia estavam falando em sussurros quando Dean e Sam reapareceram. Eles se calaram quando os irmãos se aproximaram. Quatro xícaras de café fumegavam diante deles. Dean sentou-se ao lado de Julia e inclinou-se para ela, praticamente colocando o sovaco no rosto dela.

– Desculpe, tenho que pegar o açúcar. – Dean pegou o açucareiro. Julia eriçou-se.

– OK. Antes de tudo – disse Walter. – Vocês não vão partir sem nós. Todos nós trabalhamos para obter o pergaminho. Nenhum de nós pode reclamar primazia sobre os outros.

Dean bufou.

– Walter, percorremos um longo caminho por este...

– Nós também – insistiu Julia.

Justamente nesse momento, uma mulher robusta, com um grande penteado tipo colmeia, chegou requebrando e jogou os cardápios sobre a mesa.

– Olá. Sou Marge, a proprietária. Avisem-me se precisarem de qualquer...

Ela se interrompeu, quando seu olhar se fixou em alguma coisa fora do restaurante. Dean acompanhou seu olhar para fora da janela e para o terreno baldio do outro lado da rua. Abrindo caminho sobre o cascalho estavam Eisheth e seus sequazes, entre eles vários usando uniformes do *Metropolitan Museum of Art.*

– Estão chegando – disse Dean baixinho. Ele se levantou e puxou uma espingarda do saco de Sam.

– Meu jovem, armas não são permitidas em meu restaurante – reclamou Marge.

– Ouça, Marge – disse Dean firmemente –, lá fora está um grupo de gente muito perigosa. Por isso peço desculpas se o seu restaurante ficar um pouco bagunçado.

Os operários da usina levantaram-se para sair.

– Eu não sairia daqui, se fosse vocês – Dean avisou, olhando por sobre o ombro. Tinha a espingarda apontada para Eisheth.

– Meu chapa – disse um dos operários –, que diabo você está fazendo com esse rifle?

– Pode crer, aqui dentro é mais seguro – disse Dean.

Julia empurrou Walter para a cozinha.

– Papai, vá pegar sal.

Uma garçonete saía com dois pratos de ovos. Ao ver a espingarda, ela prontamente girou nos calcanhares e voltou para a cozinha.

– Façam barricadas também em todas as portas dos fundos – gritou Dean para Walter.

Ignorando o aviso de Dean, os operários saíram para a calçada. Em menos de dois segundos foram atacados pelo bando de Eisheth.

Uma garotinha em uniforme de escola católica aproximou-se do primeiro operário e deu-lhe uma joelhada na virilha. Quando ele cambaleou e caiu ao solo, ela sorriu docemente, depois lhe cortou a garganta com uma pedra serrilhada.

Os outros dois tentaram fugir, mas um homem com uniforme do metrô agarrou um deles pela garganta. A força do demônio fez o operário sufocar até a morte em segundos. O terceiro conseguiu escapar.

Eisheth parou na calçada, olhando para Sam e Dean. A estreita faixa de macadame que servia como estacionamento era a única coisa a separá-los dela. Isso e o sal que Walter e Julia estavam espalhando no peitoril das janelas.

– Plano estratégico? – perguntou Sam.

Dean olhou para o grupo de demônios à espera.

– Podemos ficar e lutar ou sair correndo. Qualquer das opções é provavelmente desejar a morte. Embora não para você... Eles o manterão vivo.

Sam parecia solene. Ele sabia que era verdade. Os demônios não tocariam um fio de cabelo seu. Para o resto deles, porém, a história era outra.

Eisheth fez seu primeiro movimento, mas foi impedida pela Armadilha do Demônio que Julia havia desenhado às pressas diante das portas de vidro.

– Uau, por que você não sai para brincar, Sammy? – chamou ela tristemente. – Quero dizer, você é praticamente da família. Nunca imaginei que ia conhecer você... O receptáculo preferido de meu marido.

Julia olhou com suspeita para Sam.

– O que ela quer dizer com isso?

– Por quê? Você não sabe? O Sammy aqui foi escolhido...

Dean fuzilou Eisheth com um disparo de sal, arremessando-a através do ar. Ela pousou de costas, mas isso não pareceu afetá-la nem um pouco.

– Vocês não podem ficar aí para sempre – disse ela francamente e fez um sinal para que os demônios atacassem.

A primeira onda veio de um punhado de demônios rastejando no telhado.

– Eles podem atravessar isso? – perguntou Walter.

O som estalante de metal sendo rasgado acima significava que de fato os demônios podiam.

– Que diabo está acontecendo? É melhor eles não danificarem meu telhado! – Marge foi para trás do balcão e voltou com sua própria espingarda. Deu um disparo impreciso para o teto, bem abaixo de onde os demônios estavam tentando rompê-lo. – Droga! Acabei fazendo um buraco no meu próprio telhado!

O primeiro demônio que pulou para dentro do restaurante era uma mulher mais ou menos da idade de Julia. Seus olhos reluziam negros enquanto ela disparava na direção de Walter. Julia deu-lhe uma rasteira, depois tentou atirar nela com a pistola. Mas a demônio era rápida demais. Ela golpeou para longe a pistola de Julia e lançou-se sobre ela. Julia se contorceu, agarrou o pescoço da demônio e, com um poderoso chute, arremessou-a por sobre sua cabeça.

A demônio pousou estatelada de costas. Julia rastejou para sua pistola exatamente enquanto a demônio voltava a atacar. Julia virou-se e atirou na mulher. Fumaça preta jorrou da boca e seu corpo desabou para o chão.

– Cuidado! – gritou Dean para ela. Ele girou e começou a descarregar mais balas de sal para o teto enquanto mais dois demônios caíam em cima do balcão. Um deles derrubou o mostruário de metal que exibia uma torta de cereja.

– Ei, cara, mostre algum respeito pelas tortas – gritou Dean.

Ele baleou o cara no ombro. Fumaça preta saiu de sua boca, desaparecendo num sopro de ar.

Lá fora, os outros demônios pareciam ansiosos para participar da luta.

Julia girou e deu uma rasteira em outro demônio.

– Como é que nós vamos sair daqui? – gritou ela.

Todos eles ouviram o estrondo ao mesmo tempo. Uma enorme carreta de 18 rodas estava disparando sobre o terreno de cascalho vindo na direção do restaurante. Cinco demônios foram despachados quando a carreta passou por cima deles.

– Saiam do caminho! – berrou Dean.

A carreta bateu na fachada do restaurante, rasgando-a como uma folha de zinco. Dentro da cabine estava o terceiro operário da usina.

– Conheço encrenca quando vejo uma! Entrem! – ele gritou.

Sam continuou a atirar em Eisheth.

– Não é a última vez que você me viu, meu bem – ronronou Eisheth para ele.

Walter, Julia, Sam e Dean amontoaram-se na frente da carreta.

– Não tão rápido! – Marge esticou a mão e agarrou o pé de Walter. Seus olhos reluziam negros. – Alguém precisa ficar aqui e me ajudar a arrumar essa mixórdia!

Walter pelejou para agarrar-se ao capô da carreta.

O operário metalúrgico olhou pelo seu espelho lateral.

– Temos que cair fora. Tem mais deles vindo em nosso caminho.

Marge acutilou e puxou o tornozelo de Walter, enquanto Julia agarrava seu pai pelos punhos. Ao mesmo tempo, Sam e Dean mantinham Eisheth e os outros à distância.

– Dean, socorro! – gritou Julia.

Dean girou e baleou Marge entre os olhos. Ela rolou da frente da carreta e caiu no chão. Fumaça preta jorrou de sua boca.

– Vai! Vai! Vai! – gritou Sam.

O motorista engatou uma ré e deu uma guinada, passando por cima de mais dois demônios. Enquanto se empoleiravam de cada lado da cabine, Sam e Dean atiravam nos demônios. A carreta disparou. Julia puxou o pai para a cabine.

– Muito obrigada mesmo! – exclamou Julia, limpando o suor da testa.

– O prazer é todo meu. – O metalúrgico apresentou-se. – Meu nome é Mike. Parecia que vocês precisavam de alguma ajuda. Depois que vi o que aquelas coisas fizeram com Benny e Jim, eu soube que tinha de ajudar. Só que eu tenho de devolver esta carreta à usina ao anoitecer.

– Não tem problema. Pode nos deixar depois de Chicago? – perguntou Dean.

A carreta disparou pelas ruas de Gary e depois dobrou na rodovia interestadual de duas pistas.

Com o horizonte livre de demônios, Sam e Dean enfiaram-se dentro da cabine.

– Como você acha que ela nos encontrou? – perguntou Julia. – Não era James que deveria ser o farejador?

– Pura sorte – disse Dean. – Deveríamos ter seguido o outro caminho. Ela não vai nos achar de novo. Vamos estar bem longe. – Ele tinha certeza disso.

Mike deixou-os 120 km a oeste de Chicago, pouco antes de Davenport. Walter, Julia, Sam e Dean saltaram numa saída sem identificação. Eles agradeceram a Mike por ter salvado suas vidas.

– E agora o quê? – perguntou Julia.

Dean notou que Julia tivera a saia rasgada e perdera botões da blusa.

– Você precisa arranjar roupas adequadas para combater demônios – comentou ele. – Aquelas coisas não vão rasgá-las mais.

Os quatro caminharam pela estrada ao crepúsculo. Logo chegaram a um motel de aparência amistosa, onde cada quarto era uma pequena casa individual. Um pequeno café ficava ao lado da recepção.

– Acho que vou me registrar, e depois ir para a cama – disse Walter cansadamente.

– Eu também – disse Sam. – E você, Dean?

– Vou ficar por aqui um pouco. Para espairecer.

Dean encaminhou-se para o café.

– Vou com você – disse Julia.

– Por que não vai se refrescar um pouco, doçura? – sugeriu Dean, com uma ponta de despeito.

Julia assentiu e dirigiu-se à recepção do motel.

Dean e Sam ficaram parados no estacionamento de cascalho, observando Walter e Julia.

– Descartá-los foi bom. – Dean olhou para seu irmão. – E agora o quê?

Sam deu de ombros.

– Vamos dormir pensando nisso. A próxima coisa que precisamos fazer é conseguir voltar para casa.

– Alguma sugestão? Porque estou ficando meio cansado de Pleasantville.

– Vamos voltar para Waubay, Dakota do Sul, e esperar que Don tenha meios suficientes para nos tirar daqui. Bem, vou lá nos registrar.

Dean notou Julia parada na porta de seu bangalô. Momentos depois, Sam reapareceu com duas chaves, jogou uma para Dean e entrou no seu bangalô.

Meia hora depois, Dean jazia em seu leito. Sam havia decidido comer alguma coisa, afinal. Dean estava entediado. Não havia TV no quarto, a única distração oferecida era uma seleção de panfletos em preto e branco divulgando as atrações turísticas locais.

– Oh, que bom, tem um museu do leite – disse Dean para si mesmo.

Houve uma suave batida na porta.

– Está aberta, Sam.

Julia apareceu na soleira. Trajava agora jeans e suéter e calçava botas de caminhada. Dean imaginava onde ela conseguira encontrar roupas limpas.

– Posso entrar?

Dean sentou-se.

– Sim, claro.

Julia fechou a porta e encostou-se nela.

– Precisa de alguma companhia? – ela sorriu.

– Geralmente não.

– Foi uma briga e tanto lá – disse ela e sentou-se ao lado dele no leito.

Dean deu de ombros.

– Tive a impressão de que você já tinha visto tudo isso antes. Agora me diga: no que você e seu pai realmente se especializaram? Tinha de ser alguma coisa acadêmica. Eu sei... Mentir e roubar, talvez até mesmo alguma lavagem de dinheiro por via das dúvidas. Qualquer coisa para sobreviver... Certo?

– Tenho a sensação de que você e seu irmão fazem a mesma coisa.

– Talvez, mas você é tão falsa quanto silicone, garota. E eu detesto silicone. Estraga o momento, você sabe.

Julia soltou uma pequena risada.

– Às vezes não faço a menor ideia do que você está falando.

Ela arrastou sua mão para mais perto da dele. Dean olhou para baixo.

– Meu bem, estou cansado. Seja como for, podemos deixar isso de lado até digamos... Nunca? – Dean fitou-a nos olhos.

Julia não parecia estar oferecendo resistência agora. Fazia anos desde que Dean passara tanto tempo com uma mulher. O Apocalipse, Sam, Lúcifer, tudo isso o desgastava. Ele estava em piloto automático. Dean imaginava se algum dia ia acordar para descobrir que toda a sua vida tinha sido um sonho ruim.

– Talvez você goste tanto de mim porque sabe que nós dois sempre estamos fingindo ser outro alguém. Eu me vejo em você. – Julia respirou superficialmente – Talvez você se veja em mim.

– Uau, há muitas maneiras diferentes de como eu poderia interpretar isso. – Dean sorriu. – Mas sinto muito, não sou muito chegado às pessoas. Não na minha linha de trabalho.

– Eu também não.

– Duvido muito.

– Por que você não pode ser gentil comigo?

– Não é da minha natureza. Sou um caçador, não chego perto. Isso se torna uma fraqueza. Já é ruim o bastante caçar com a família.

Julia assentiu.

– Sei como você se sente. Minha mãe morreu nas mãos de alguma coisa maligna. Meu pai jurou vingar sua morte. E o fez. Ele nasceu nesta vida, nunca conheceu nada diferente. Minha mãe, porém, não sabia. Não fazia nenhuma ideia. Eu era apenas um bebê quando ela morreu. Portanto meu pai cuidou de mim. Eu estudei com ele. Cresci conhecendo tudo sobre demônios, monstros...

– Tudo com que esbarramos na noite.

– É, imagino. Há um monte de gente como nós. Um grupo inteiro de pessoas com quem trabalhamos. Encontramo-nos a cada mês e juntamos nossos recursos. Você ficaria espantado com o que pode ser feito em grupos. Demônios, claro, mas também vampiros são fáceis de eliminar com um grupo de cem caçadores.

– Espere um minuto, você conhece cem caçadores? – Dean parou por um instante de acariciar-lhe a coxa.

– Sim. Então, se vocês são caçadores e nós somos caçadores, por que nunca ouvimos falar de vocês? – perguntou Julia.

Dean deu de ombros.

– Meu pai nos ensinou à sua imagem e semelhança. Ele sempre disse que outros caçadores são ótimos para alguns serviços, mas a fim de nos mantermos em movimento, é melhor que seja por nós mesmos.

– Aposto que sim. Mas ainda estranho. Temos uma rede inteira de pessoas e vocês nunca apareceram. – Julia balançou a cabeça para o lado, olhando para Dean.

– Como eu disse, é melhor a gente ficar por conta própria.

As faces de Dean enrubesceram. Ele agarrou Julia pelo pulso, puxou-a para cima dele e segurou-lhe a cabeça nas mãos. Julia fitou-o nos olhos.

– Por que vocês precisam dos pergaminhos?

– Não posso lhe contar isso.

– Meu pai sabia que estava destinado a fazer alguma coisa pelas pessoas. Depois, quando começaram a descobrir os Pergaminhos do Mar Morto, ele soube que tinha de encontrar o único pergaminho do qual sua mãe sempre lhe contara a respeito. O plano definitivo de batalha para a guerra entre o bem e o mal. Centenas de pessoas estiveram esperando milhares de anos para que esse pergaminho aparecesse. E seu irmão o tem no saco, escondido numa lata de farinha.

– Podia ser pior, imagino. – Dean encolheu os ombros.

– Você realmente me irrita, sabe disso?

– Sei.

Dean deu-lhe um beijo prolongado. O corpo miúdo de Julia relaxou em cima do seu. Ele puxou o suéter dela por cima da cabeça e suas mãos percorreram suas costas rijas. Ela rapidamente abriu a fivela do cinto com uma das mãos. Dean ergueu uma sobrancelha, impressionado. E beijou-a novamente.

VINTE E CINCO

Quando Dean acordou no dia seguinte, Sam estava de pé à soleira da porta. Calado. Fez uma cara zangada. Dean deu de ombros. Silenciosamente, Sam fechou a porta atrás de si.

Dean olhou para Julia ainda adormecida a seu lado, depois se esgueirou cuidadosamente para fora da cama. Pegou os *jeans* e a jaqueta de couro, depois pelejou para calçar as botas. Saiu do quarto e caminhou pelo estacionamento de cascalho. Sam não era visto em parte alguma. Dean praguejou baixinho. Precisava de um café e Sam tinha sumido como um garoto na Disneylândia.

Então Sam surgiu no estacionamento. Dean engoliu em seco quando viu o irmão dirigindo um Oldsmobile Fiesta 1953 verde e branco e novo em folha. O carro tinha uma enorme grelha dianteira cromada, parecida com um ornitorrinco, pneus de banda branca, 170 cavalos e assentos em duas tonalidades. Apenas quatro deles foram fabricados em 1953.

– Você sabe quanto custa um desses? – disse Dean, excitadamente.

– Fala baixo. O preço de mercado é cinco mil e setecentos dólares. Achei isso no porta-luvas.

– Um desses foi vendido em leilão por 150 mil, no ano passado. Bem, você sabe, 55 anos depois. Cara, como eu gostaria de levar este de volta comigo!

– Por falar nisso. Vamos cair na estrada. Tenho a impressão de que Don saberá procurar por nós em Waubay.

– Claro.

Dean ocupou o assento do carona.

– Não quer dirigir? – ofereceu Sam.

– Não dormi muito bem – sorriu afetadamente Dean. – Aliás, eles têm uma rede com uma centena de caçadores.

Sam olhou surpreso para o irmão.

– Está brincando comigo. Nós nunca topamos com um grande grupo organizado antes. O que você acha que aconteceu com eles?

Dean encolheu os ombros.

– E, supostamente, todos eles sabem sobre o pergaminho. Especialmente o Pergaminho da Guerra.

Sam pareceu aturdido. Ele impeliu o carro para a rodovia de duas pistas e seguiu para o norte.

– Quanto eles sabem a respeito?

– Não sei. É um grupo inteiro de caçadores, todos acreditando que o pergaminho tem um significado. Parece uma espécie de culto. Mas eles sabem a respeito, isso é certo.

– Você acha que Julia e Walter contaram a eles?

Dean olhou pela janela.

– Se contaram ou não, já estaremos muito longe no futuro, na hora em que eles descobrirem.

Pela primeira vez desde que eles foram jogados em 1954, Dean sentiu um aperto no coração. Claro que ele tinha passado um monte de tempo com um monte de mulheres. Mas era verdade que muito poucas delas significaram alguma coisa para ele. De alguma maneira, Julia parecia diferente. Não só ela sabia o tipo de vida em que Dean tinha crescido como também era similar a ele. Dean nunca teve problema em ser ele mesmo em volta das pessoas – aquela coisa tipo insegurança não era sua praia, havia muitas coisas mais importantes com que lidar –, mas Julia fazia Dean querer ser melhor. Apenas estar perto dela fazia-o querer não ser tão babaca. Ele estivera combatendo isso desde que se conheceram. Mas de alguma forma Julia afetava Dean. *Oh, meu Deus, estou ficando igual a Jack Nicholson naquele filme da Helen Hunt?*

Dean engoliu em seco e notou que havia um bolo em sua garganta. Ele olhou para as mãos suadas que deixavam marcas no seu jeans.

Sam olhou de relance para seu irmão.

– Qual é o seu problema? – Sam ergueu uma sobrancelha curiosa.

– Nenhum. Cale a boca.

Por cerca de 60 quilômetros Dean ficou olhando fixo pela janela. Continuou repassando em sua mente a primeira vez em que se encontraram. Ele não se sentia culpado por abandoná-la, pois tinha um trabalho a fazer. Já abandonara uma penca de mulheres enquanto elas estavam dormindo.

Então por que estava se sentindo culpado agora?

Sete horas depois chegaram a Waubay. A cidade não parecia muito diferente nos anos 1950, apenas tudo parecia mais novo, a pintura dos prédios não estava descascando e as ruas eram recém-pavimentadas. O bar onde encontraram Don era basicamente o mesmo, exceto que o prédio não tinha tantas rachaduras.

Ocuparam uma mesa nos fundos e pediram duas cervejas.

Sam tirou do saco a lata de farinha com o pergaminho enfiado dentro.

– Guarde isso – sibilou Dean, carrancudo. – Se Don nos teletransportar de volta a 2010, não queremos acidentalmente deixar o pergaminho para trás.

– Por isso, eu estive pensando. Se no futuro apenas as últimas páginas do pergaminho estão faltando, o que você acha que acontece com o resto dele? Sabemos que eventualmente ele vai acabar em Israel. Como você acha que ele chega lá?

Dean deu de ombros.

– Talvez Eli, o gnomo de jardim, apareça de novo e o leve para lá. Quem sabe? Eu não me importo. Já temos o pergaminho, foi para isso que viemos.

Os irmãos Winchester tomaram mais três cervejas. E nem sinal de Don. Dean estava ficando agitado. Fregueses locais tinham chegado e saído. O barman já lhes dera petiscos de peixe como cortesia. Mas Don ainda não era visto em parte alguma.

– Você acha que deveríamos usar o sinete? – perguntou Sam.

– Não, isso atrairia para cá cada anjo na face da Terra. Voamos sob o radar até agora, não vamos chamar atenção para nós.

– Boa ideia.

O bar fechou a meia-noite. Os irmãos agradeceram ao *barman*, um grandalhão grosseiro numa camisa xadrez, e disseram-lhe que, se aparecesse alguém procurando por eles, estariam no motel estrada abaixo. O *barman* assentiu.

No dia seguinte, os rapazes reassumiram sua vigília no bar, ainda esperando por Don para transportá-los de volta a 2010.

– Por que diabo ele está demorando tanto? – resmungou Dean.

– Não sei. Realmente, nada nos resta a fazer senão esperar.

– Perfeito. Exatamente o que eu queria: passar minha vida por aí esperando por outro anjo. Neste ritmo estaremos com setenta anos quando ele aparecer. – O rosto de Dean nublou-se. – Você não acha que ele vai nos deixar aqui por tanto tempo, acha?

– Não sei. Mas pense nisso desta maneira: você poderia passar o resto da vida com Julia. Felizes para sempre.

Dean bateu no braço de Sam.

– Cala a boca.

Ele tentou mudar de assunto.

– Por que você simplesmente não estuda e traduz o pergaminho? Talvez possamos sair daqui dessa maneira.

– Estive tentando. Está além do que sei traduzir, Dean. É aramaico antigo, redigido em escrita aramaica. É metade linguagem, metade símbolos. Não faço ideia do que diz. Sem Don, não temos nenhuma chance de descobrir o plano da batalha final por Lúcifer.

– Bem, você não pode aprender?

– Eu poderia, mas precisaríamos ir para uma universidade grande, como Chicago ou Berkeley. Os textos que me ensinariam aramaico antigo não estão simplesmente disponíveis na Biblioteca Pública de Waubay. E depois eu precisaria estudar durante meses para ser capaz de entender até mesmo o símbolo mais elementar. Dê só uma olhada.

Sam certificou-se de que ninguém no bar prestava atenção. Depois estendeu cuidadosamente o pergaminho e alisou-o no tampo da mesa.

– Olhe só como é complicado isto. Não é como aprender um alfabeto. Existe um símbolo para cada palavra. E um som que acompanha cada símbolo.

Isso foi o fim da discussão.

No seu terceiro dia de espera em Waubay, Dean levantou-se da cama e olhou pela janela para a nevoenta manhã de verão. Eles tinham de fazer alguma coisa. Isto era ridículo.

– Sam.

Nenhuma resposta.

– Sam, *acorde*.

Sam esfregou o sono de seus olhos.

– Estou acordado. O que é?

– Temos que chamar Julia e Walter. Precisamos de Walter para traduzir o pergaminho. Não importa mais se ele souber o que o pergaminho diz. Alguém mais terá de saber o que dizem as últimas páginas além de nós, certo? Nós temos que chamá-los.

– Dean, não temos nenhum meio de entrar em contato com eles. Eles não têm celulares. Posso tentar o escritório de Walter na Sociedade Bíblica em Nova York, mas duvido que eles tenham voltado para lá. O que sugere? Além disso, tem certeza de que isto não é porque você quer ver Julia?

– Não, Sam, não é. Não temos ninguém mais a quem recorrer. Se tiver uma ideia melhor, sou todo ouvidos.

Dean de fato queria ver Julia. Cada fibra do seu corpo o queria, mas sua mente continuava repetindo: "Não".

Na verdade, porém, Julia e Walter eram as únicas pessoas que conheciam em 1954 capazes de ajudá-los. Se eles traduzissem a página, teriam uma ideia de como derrotar Lúcifer. Pelo menos com essa informação eles poderiam chamar os anjos para ajudá-los.

Sam e Dean tinham descartado – com muita relutância por parte de Dean – o Oldsmobile Fiesta e feito uma ligação direta num velho Chevy. Não era muito veloz, mas, de qualquer forma, eles não queriam atrair muita atenção.

Eles foram até uma loja local de eletrônica da rede Crazy Eddie. Estava repleta de televisores em preto e branco. No centro da loja, numa plataforma alta coberta com um desgrenhado tapete verde, estava uma TV colorida. Crianças hipnotizadas sentavam-se aglomeradas diante dela. Até mesmo os adultos não podiam deixar de olhar.

Um sujeito de terno marrom abordou Sam e Dean.

– Procurando por um novo aparelho de TV, cavalheiros? Olhem para esta belezinha, apenas cem dólares, topo de linha. Em tecnicolor, como chamam. Olhem só que imagem. É como se vocês realmente estivessem lá.

– Obrigado, Crazy Eddie. Vocês têm rádios da faixa do cidadão? – perguntou Dean.

– Claro, tudo novinho em folha. Uma loucura, hã? Por aqui, senhores.

Crazy Eddie conduziu-os ao fundo da loja, onde uma série de aparelhos da faixa do cidadão e radioamadores estava exposta. Nenhum deles ligado.

Dean olhou para Sam. Sam olhou para Dean. Crazy Eddie olhou para os clientes agrupados em volta da TV em cores. Sam e Dean pegaram algum equipamento e esconderam-no em suas jaquetas de couro.

Quando saíam, Dean deu uma tapinha nas costas do vendedor.

– Obrigado, fica para outro dia.

– A qualquer hora – disse o vendedor cordialmente.

De volta ao motel, Sam e Dean montaram o radioamador e o FC.

– Como você sabe se eles terão um FC ou um radioamador? – disse Sam, enquanto plugava uma das unidades na tomada de parede.

– Vamos apostar nessa chance. De que outra forma esses grupos de caçadores se comunicam?

Sam e Dean passaram as duas horas seguintes fazendo sondagens nas unidades de rádio.

– Disjuntor, disjuntor. Procurando por Papai Urso e Bebê Urso. Dez, trinta e cinco. Estamos na terra do Estrabismo. Alguém me escuta?

Sam e Dean não faziam a menor ideia de como Julia e Walter iriam lidar com isso. Mas imaginavam que estariam monitorando as ondas do ar.

Cerca de seis horas depois, a voz de Julia estalou no rádio FC.

– Aqui é Bebê Urso. – Dean podia dizer pelo tom de Julia que não estava feliz com o apelido que ele arranjara para ela. – É Aloprado? Aloprado entrando?

– É, Bebê Urso, aqui é Aloprado. Você e Papai Urso querem nos encontrar?

Houve silêncio na outra extremidade do rádio.

Finalmente:

– Qual é o seu vinte? – perguntou Julia.

– Two Pines Motel – disse Dean.

– Estarei aí em doze horas – respondeu Julia. – Entendido e desligo.

O rádio foi tomado pela estática. Dean olhou para Sam.

– Você não está pelo menos um pouco puto que nós não soubéssemos que eles eram caçadores? – perguntou Sam.

– O que mais podemos fazer? Além do mais, isso importa? Vamos apenas sair daqui assim que pudermos.

VINTE E SEIS

Exatamente doze horas depois, houve uma batida na porta do quarto do motel. Julia e Walter estavam parados à entrada, usando o que parecia roupa de pesca.

– Estavam pescando? – indagou Dean.

– Tentando não chamar muita atenção sobre nós – disse Julia concisamente, enquanto puxava uma enorme espingarda de uma bota de borracha de cano longo. – Além do mais, é uma boa maneira de carregar por aí um arsenal.

Dean assentiu.

Walter entrou no quarto e sentou-se na cama.

– Quer dizer que vocês nos descartam e agora precisam de nossa ajuda? – Ele olhou severamente para Dean.

Dean arquejou. Julia teria contado ao pai que eles dormiram juntos? Encontrou os olhos de Julia. Ela desviou a vista. O que era uma confirmação. *Merda*.

– Então vocês não conseguem traduzir o pergaminho por conta própria. Tal como não o obtiveram por conta própria. E agora precisam de nossa assistência. Mais uma vez – disse Walter.

– Sim – disse Sam. – Isso tomaria meses. Pode ajudar?

– Vocês já nos descartaram duas vezes. Existe um bando de demônios procurando por nós por causa de vocês. Não estou inteiramente certo do que eu e Julia temos a ver com isso.

– Não acho que seja por nossa causa... – interrompeu Dean.

Walter estendeu a mão para impedi-lo.

– Apesar disso, agora estão suplicando por nossa ajuda.

– Eu não diria exatamente suplicando – replicou Dean.

– Rapaz, deixe-me terminar.

Dean estava a ponto de dizer a Walter que ele lembrava muito o seu amigo Bobby, mas decidiu ficar de boca fechada.

– Vamos começar – disse Walter.

Walter depositou uma grande pasta sobre a cama. Estava repleta de textos empoeirados – em sua maioria pareciam mais antigos do que aqueles que tinha em seu escritório em Nova York.

– De minha própria coleção particular – disse.

– Onde você arranjou todos esses? – perguntou Sam. Ele estava espantado com a série de livros. Havia Bíblias do século XVI, dezenas de livros em grego antigo, até mesmo alguns velhos papiros.

– Eu os coleciono desde que era um garoto, já antecipando este exato momento. Temos uma casa segura ao sul daqui, e lá os tranquei num abrigo antibomba. Sempre soube que eles seriam importantes. – Walter tornou-se sombrio. – Soube da existência do pergaminho desde que aprendi a falar. Sabia que um dia iria tê-lo em mãos. Era o meu destino. Sou parte do elo na corrente que vai derrotar o mal definitivamente. E esse destino está se tornando verdade.

Sam e Dean trocaram um olhar, mas nada disseram.

Walter colocou a mesinha de cabeceira entre as camas gêmeas, de modo a ficar a meio caminho entre os leitos. Depois puxou a mesa redonda lateral e a pôs junto a um lado da cama, e pegou uma cadeira e a posicionou do outro lado da outra cama.

– Pode me dar o pergaminho?

Sam procurou no seu saco e extraiu a lata de farinha. Walter alcançou-a excitadamente. Tirou o pergaminho e gentilmente pousou-o sobre a mesa redonda. Estendeu o pergaminho de uma ponta a outra. As últimas duas páginas foram repousar sobre a cadeira.

– Walter, podemos começar daqui? – indicou Sam. Ele sabia exatamente onde havia parado a tradução feita nos tempos modernos.

– Por quê? É um pergaminho de três metros e meio.

Sam olhou para Dean. Desta vez, toda uma discussão sem fala ocorreu entre eles. Não podiam explicar que já sabiam o que diziam os primeiros três metros do pergaminho. Sam olhou de volta para Walter.

– Segundo a lenda, é um plano de batalha, certo? Portanto, vamos começar do fim. Eisheth já está em nossa pista. Vamos simplesmente cortar a caçada. Sempre podemos voltar atrás.

– Você tem razão. OK. Vamos começar.

Walter abriu cada um dos livros que havia trazido. Inclinando-se sobre o pergaminho, ele traçou um símbolo com seu dedo e depois começou a folhear um livro procurando por seu par.

– Agarre um, é assim que se faz.

Sam sentou-se no chão, pegou um livro e começou a percorrê-lo com o dedo.

– Vou tomar um pouco de ar – anunciou Dean.

– Eu também – disse Julia. – Papai, você fica bem?

Walter acenou para que ela fosse.

Dean e Julia foram para fora. Houve um silêncio constrangido.

Julia rompeu-o primeiro.

– Aposto que você não procura um monte de mulheres depois de passar a noite com elas.

– Não geralmente. Não.

– Então isto é bom, você pode usar meu pai tal como me usou.

Dean fitou-a nos olhos.

– Não usei você. E no que se refere a seu pai, ele é um homem adulto. Ele conhece o acordo. Vocês são caçadores, certo? Às vezes vocês usam as pessoas para obter informação... assim como você usou Sam e a mim lá em Nova York.

– Aquilo foi diferente, eu precisava saber quem eram vocês.

– Bem, agora você sabe.

– Não estou certa se gosto de você, agora que conheço seu verdadeiro caráter.

Dean afastou-se de Julia através do estacionamento. Ela o seguiu.

– Eu não fui mentirosa.

– Você tampouco foi aberta. – Ele se voltou. – Toda aquela baboseira sobre seu pai ser um acadêmico, e então você aparece aqui com um arsenal preso às suas costas. O que mais você está escondendo? Quero dizer, eu gosto de uma mulher um pouco perigosa, mas você é de longe a mais perigosa parceira sexual que já tive.

Julia esbofeteou-o com força.

– Meu pai era um acadêmico. Ele *é* um acadêmico. Mas nós temos outra vida.

Julia ergueu a vista para Dean, com lágrimas nos olhos.

– Eu não tenho escolha. Será que não entende isso? Olhe para qualquer outra garota da minha idade. Elas estão casadas, têm uma casa, marido, filhos. Sabe que desde meus nove anos de idade eu sabia que nunca teria isso? Jamais. Essa não é uma existência normal. Portanto, me desculpe se você não obteve toda informação. Eu tinha outras coisas a fazer.

– Tal como salvar o mundo?

– Não sabemos o que está no pergaminho. Talvez exista um papel para eu representar. Espero que sim. Não sei. Mas eu não tive escolha, tive?

– Não, você não teve. Ninguém teve. Estou descobrindo isso.

Parado junto a Julia, observando a relva oscilando à brisa quente da tarde, Dean sentiu um breve momento de felicidade. *Por mais estranho que seja isso*, pensou.

– Eu não pretendia esbofetear você.

Dean ergueu-lhe o queixo gentilmente em suas mãos. E deu-lhe um beijo lento e profundo.

– Está perdoada – disse ele.

– Isso não foi um pedido de desculpa – zangou-se Julia.

– Mas serve. Vamos tomar um café.

Sam e Walter trabalharam diligentemente durante a tarde na tradução do texto. Walter conhecia um bocado de símbolos que não constavam dos livros. Sam levaria muito mais tempo se tivesse empreendido a tarefa por conta própria. Mas, ainda assim, o processo era trabalhoso.

Dean e Julia sentaram-se no café do outro lado da rua, em frente ao motel.

– Portanto, nenhuma defesa para você? – disse Dean, mexendo seu café.

– Acho que não. – Absorta, Julia rabiscava num guardanapo. – E quanto a Eisheth, o que podemos fazer em relação a ela?

– Não sei. Ela está encarregada de guardar o pergaminho que essencialmente conta o segredo de como destruir seu marido. Ela está perseguindo isso com todos os recursos que possui. Eis por que é tão importante descobrirmos o que o pergaminho diz. Se ela aparecer de novo, tenho a sensação de que ela terá feito um monte de novos amigos.

Algumas horas depois, Dean e Julia voltaram ao quarto do motel.

Sam e Walter continuavam despertos e ainda trabalhando duro. O cabelo de Sam estava molhado, indicando que devia ter tomado uma chuveirada. Walter olhou para a filha e Dean, quando eles pararam à entrada do quarto.

– Fechem a porta. O pergaminho não pode ficar exposto aos elementos – disse ele.

Dean sentou-se.

– Descobriram alguma coisa? – perguntou Julia.

– Sim e não – replicou Walter, enquanto examinava o pergaminho através de uma lente de aumento.

– O que isto significa? – disse Dean, com uma ponta de sarcasmo.

– Bem, o texto acima diz que as linhas de batalha são desenhadas com a fé das pessoas. Os crentes *versus* não crentes. A fim de derrotar Lúcifer ele diz o seguinte: "A desagregação do Adversário consiste numa trilha de sangue através das eras. Todos que se tornam hospedeiros devem virar cinzas".

Sam olhou para Dean. Eles sabiam o significado de hospedeiro virar cinza.

Distraído, Walter continuou:

– Mas com frequência os escritores dos antigos pergaminhos tentam esconder alguma coisa debaixo do texto real. Eles criavam uma reação química que revelava o verdadeiro texto. Sam e eu terminamos e o texto parecia muito convencional. Mas aí Sam resolveu tomar uma chuveirada.

– Ele sempre faz uma cagada, não é? – disse Dean

– Sim, faz. Mas o vapor, misturado com os pingos de água que caíam do seu corpo enquanto ele procurava por outra toalha... Bem, produziu isto.

Walter gentilmente levantou as últimas páginas do pergaminho. Embora a escrita aramaica pudesse ser vista nitidamente na página, outra página parecia estar debaixo dela.

– Parece uma lista – disse Julia.
– É, parece. – Dean olhou o pergaminho mais de perto.
– Pode nos dizer o que diz? – perguntou Julia.
– São nomes – disse Walter.
– Nomes? – disse Dean, alarmado. Seu nome num pergaminho que Satã estava tentando proteger. Bem, isso poderia não ser bom.
– Mas essa não é a coisa mais peculiar – disse Walter. – Alguns dos nomes pertencem a anjos.
– Isso é esquisito. – Dean olhou para seu irmão. Havia alguma coisa mais? Sam estava olhando Dean, que conhecia aquele olhar. Era o olhar *Vamos conversar.*
– Acho que tenho alguma coisa no carro que pode ajudar – disse Sam. – Dê-me um segundo.
Sam e Dean saíram para o estacionamento.
– Então, o que você realmente descobriu? – perguntou Dean assim que não podiam mais ser ouvidos.
– Walter está certo, são nomes... lado a lado com os nomes de anjos.
– Portanto é isso que Don queria que nós descobríssemos? Uma lista com nomes de anjos?
– Não entende, Dean? Se os anjos não tiverem receptáculos, então não há guerra. Sim, nossos nomes estão no pergaminho. Porém, há mais. É basicamente um rol de todos os soldados numa batalha. Mas estamos aqui por um motivo diferente.
– Esse era o plano dele? Sem receptáculos não há luta? – Dean socou o capô do carro. – Isso é ridículo. Vou matá-lo quando o encontrar.
Sam assentiu.
– Os demônios não vão matar essas pessoas... Abaddon *nos* enviou para fazer isso.

VINTE E SETE

Os quatro sentavam-se no quarto do motel em completo silêncio, enquanto Walter transcrevia os nomes, lenta mas seguramente desvendando o segredo mais monumental dos anjos.

O pergaminho associava cada anjo com a linha sanguínea de seus potenciais receptáculos. Às vezes apenas um hospedeiro estava listado, às vezes, muitos. Quando Walter concluiu a linha que lia – "Castiel – nascido pela progênie de Ismael: Gregory Novak, que gerou James Novak, que gerou Claire Novak" –, a mandíbula de Dean contraiu-se. Sam olhou para o irmão. Eles haviam conhecido o receptáculo de Castiel, Jimmy Novak, e sua filha Claire, enquanto Cass estava sendo interrogado no Céu.

O processo arrastou-se, à medida que cada nome exigia a deliberação de Walter. Enquanto isso, disfarçadamente, Sam começara a traduzir do fundo da página, onde o próprio último nome parecia dizer: "Miguel, nascido pelos Filhos da Luz, John Winchester, que gerou Dean Winchester". Walter levaria outra hora para chegar nesse ponto. *E então*, pensou Sam, *eles saberão de tudo.*

– Pare – Dean falou sem pensar, subitamente.

Todos os olhos voltaram-se para ele.

– Pare de escrever.

Walter deixou escapar um bufido inesperado, mas continuou a manter a lente de aumento sobre os minúsculos sinetes.

– Cada minuto que o pergaminho fica exposto à umidade degrada o pigmento – ele resmungou com impaciência.

– Ótimo – disse Dean –, porque nós não estamos fazendo isso.

Tomando o surrado e frágil pergaminho de Walter, Dean seguiu para a porta.

– O que está fazendo? – perguntou Julia com voz magoada. – Nós finalmente obtemos uma chance de ler a coisa e você quer levá-lo embora?

– Não está prestando atenção? A maldita coisa quer nos fazer trucidar mil pessoas inocentes.

– Mais – corrigiu Walter simplesmente. – Pelo menos duas mil.

Dean segurou o pergaminho contra a luz.

– Estamos nisto para salvar vidas, não para acabar com elas. Esta lista... essas pessoas não fizeram nada de errado.

Walter nunca desviou seus olhos do pergaminho, como se, caso desviasse seu olhar, o documento fosse desintegrar-se.

– Elas são receptáculos de anjos – disse ele calmamente. – Ambos os lados na batalha final são anjos... e sem nenhum hospedeiro, eles não podem lutar. Sem Apocalipse. Uma das pessoas nesta lista será o hospedeiro de Lúcifer na Terra, e nós teremos a chance de matá-lo.

Dean olhou para Sam buscando apoio, mas o irmão desviou a vista, perdido em seus próprios pensamentos.

– Dean, lembre-se de por que fizemos isto. Todos nós. – Julia aproximou-se dele, sua mão começando a alcançar o pergaminho. – Nós queremos a mesma coisa, e é desta forma que a obteremos.

A mente de Dean disparava. Afinal, suas opiniões eram inteiramente válidas. De uma maneira ou outra, os anjos eram definitivamente responsáveis pelo Apocalipse, e matar seus receptáculos os privaria de sua base na Terra.

Isso também privaria toda a família Winchester de suas vidas.

– O preço é alto demais – disse Dean suavemente, apesar de suas ideias em contrário. *Se ao menos matar fosse o bastante.*

– O que acontece com a humanidade quando Lúcifer surgir? – perguntou Walter. – "Eles chegam voando do Céu e do Inferno para o lugar no meio deles. Os destinos dos homens pendem de suas espadas, num lugar chamado Armageddon".

Dean reconheceu a curiosa citação de uma das mais horripilantes edições do *Livro do Apocalipse* que John Winchester tinha carregado.

– Bilhões de mortos – disse Walter.

Perdido em seus pensamentos, sem tomar conhecimento dos outros, Sam levantou-se de sua cadeira e deixou o quarto. Dean acompanhou-o com o olhar, imaginando como ele devia estar se sentindo. *Um pergaminho de 2.000 anos de idade simplesmente disse-lhe que sua família tem de morrer de modo que ele não possa destruir o mundo. Provavelmente não se sente grande coisa.*

– Conheço os números – disse Dean para Walter. – Enema planetário, metade do mundo em fogo, tudo isso. O que não muda o que está certo e errado.

– Nada disso está certo. Mas há duas opções, e uma delas é um pouco menos errada. – O lábio inferior de Walter tremeu de emoção. – Três *bilhões* de estranhos contra dois mil estranhos.

– A diferença está em quem os mata – disparou Dean de volta.

– Eu não quero matar ninguém – disse Walter. – Mas não posso viver o resto de minha vida sabendo que o fim está chegando e... e não *fazer nada*.

– E se estiver errada? – disse Julia, hesitante.

Walter olhou para ela por um momento, sem entender.

– E se a lista estiver errada, e se nenhuma dessas pessoas for receptáculo? – insistiu ela.

Walter bufou para ela, incrédulo.

– Este documento foi escrito *milênios* atrás, e lista um "Craig Masterson" e um "Danny Fuller". Esses nomes soam antigos para você?

– Então eles receberam indícios no futuro – disse Dean. – O futuro pode mudar.

– Não, não pode – replicou Walter. – O *destino* não muda.

– Minha vida não foi decidida, meu chapa – falou Dean abruptamente.

Walter empalideceu, seu cenho franziu.

– Haverá outro meio de deter Lúcifer – insistiu Dean. – Tem de haver.

Com um balançar de cabeça, Walter sentou-se.

– Quando eu tinha oito anos, meu pai comprou um automóvel. Foi o primeiro em nossa cidade. Cada colega de minha escola desejava que seu pai pudesse fazer o mesmo, mas... para a maioria deles levaria anos até que pudessem comprar um. Duas semanas depois, meu pai foi a primeira pessoa na cidade a bater com um Modelo T. A primeira pessoa a morrer num acidente automobilístico.

Dean não sabia aonde o velho queria chegar com aquela história, mas decidiu que era melhor ouvir do que interromper. Sabia por experiência que histórias de "papai morto" eram um tema sensível.

Walter continuou:

– Minha mãe me disse que aquilo foi um chamado de Deus. Que havia um plano. Mas, bem no fundo, eu sabia que não era nada disso. Foi algo sem sentido, estúpido e injusto. Durante anos a odiei por ter dito aquilo. E então, após ter crescido um pouco, descobri a verdade. Não tinha sido um acidente. Meu pai havia sido morto por um demônio. Protegendo-me enquanto eu dormia. – Walter fez uma pausa, observando a reação muda de Dean. – Havia um propósito nisso. Um plano. Ele deu sua vida pela minha, de modo que pude estar aqui para *isto*.

Tudo que Dean pôde fazer foi não revirar os olhos.

– Este momento, esta escolha, foi sobre isso que minha mãe me avisou. É o destino...

– Bobagem – rosnou Dean. – É uma história lacrimejante, mas já passei por uma parecida. Só que meu pai não deu sua vida para que eu pudesse sair matando gente inocente, ele deu sua vida para... para que eu pudesse ter um choque moderado. É isso. – Pensar em John Winchester era sempre difícil para Dean, especialmente quando ele se via forçado a marginalizar seu sacrifício. – Se ele pudesse ter me afastado desta vida, o teria feito. O mesmo em relação à minha mãe. Lamento dizer isso, mas todo mundo nesta linha de trabalho acaba perdendo alguém assim.

Julia disparou em Dean um olhar frio, mas ele aguentou firme.

– Isso não lhe dá um destino especial. Só lhe traz questões de vinculação e um problema com bebida contornável.

Frustrado, Walter tentou outra abordagem.

– Isto é maior do que todos nós. Temos pelo menos que deixar os outros avaliarem.

– Outros?

– O resto dos caçadores, em nosso quartel-general.

O olhar confuso de Dean atraiu a suspeita de Walter.

– Você não estava brincando acerca de fazer as coisas a seu próprio modo. Nunca soube de um caçador que não prestasse contas pelo menos uma vez num grande período de tempo.

– Nós nunca estivemos num... "quartel-general". E não pretendemos ir agora.

– Não posso deixar você escapar com o pergaminho, Dean.

– E eu não posso deixar que você mate aquelas pessoas!

Walter fitou Dean nos olhos e disse com autoridade calma:

– Devolva o pergaminho ou a coisa vai ficar feia.

Debaixo da mesa, Dean ouviu o clique inconfundível de um revólver sendo engatilhado.

Não teve escolha senão obedecer.

Sam chutava o piso da terra do estacionamento, observando a poeira voar em nuvens carregadas que refletiam perfeitamente seu estado de ânimo. Ele podia ouvir Dean lá dentro, falando com Walter e Julia, mas não queria tomar parte naquela conversa. A ideia de que a morte de Sam podia impedir o Apocalipse no ato não era nova – de fato, ele próprio havia pensado nisso quase imediatamente após descobrir que era o receptáculo escolhido de Lúcifer. Que isso fosse a prometida solução de Abaddon, porém, era devastador. Sam tinha há muito tempo desistido de qualquer esperança de uma vida normal. Mas desistir inteiramente da vida, junto com todas aquelas almas desconhecidas? Ele recordava o que tinha lido acerca de Abaddon lá em Nova York. *Eu deveria ter sabido que isto iria acabar mal, eu deveria ter avisado Dean.* Ele havia desejado tanto encontrar outra maneira que permitira que eles caminhassem para esta armadilha.

Quando Dean saiu do quarto do motel e caminhou na direção dele, Sam fez um esforço combinado para dominar suas emoções.

– Sammy...

– Você não tem que explicar nada. Você vai imaginar alguma coisa, nós os impediremos de cometer assassinato em massa, sei disso.

– Não, apenas... desculpe. Eu sei o quanto estava obcecado em ser aquele a nos tirar desta merda. E agora a merda ficou maior.

Sam acenou com a cabeça na direção do motel.

– Em que pé ficaram as coisas?

– Em ponto de bala. Walter está convencido de que este é o seu destino, como se fosse o Luke Skywalker do Apocalipse, e que a lista vai derrubar o Imperador.

– Bem, iria – concedeu Sam. – Quero dizer, o plano funcionaria, certo? Se privar os anjos de seus receptáculos, eles não podem travar a batalha final... mesmo usando substitutos.

– Você não está realmente pensando nisso, está? – perguntou Dean, franzindo o cenho.

– Eu... eu não sei. O que sei é que, se chegar a esse ponto, nós dois...

– Faremos o que tivermos de fazer – disse Dean. – Diabo, nós dois já morremos antes. Mas ainda não estamos lá. E não é apenas de *nossa* vida que estamos falando, é da de duas mil pessoas, talvez na maioria crianças. Pessoas que nada têm a ver com isso além de perderem no cara e coroa, geneticamente falando.

Sam assentiu em concordância, mas seu coração não estava nisso. Parte dele sempre desejara uma saída fácil, e uma repentina falta de existência iria certamente realizar o truque. Ele tentou mudar de assunto.

– O que eles vão fazer quando chegarem ao fim da lista e estivermos lá?

– Nem mesmo vão chegar lá – replicou Dean. – O que não entendo é por que Abaddon nos enviou para cá, em primeiro lugar. Diz ele que quer derrotar o Demônio e ficar bebericando *piña colada* pelo resto da eternidade na Terra. Mas pense a respeito: se destruirmos todos os receptáculos, isto também inclui o dele.

– E assim ele vai ser fincado no Inferno.

– E ele disse que queria Lúcifer completamente destruído, mas isto só iria mantê-lo trancafiado – acrescentou Dean.

– Com Abaddon plantado para vigiá-lo – continuou Sam.

Eles pararam para refletir sobre abobrinhas. Então Sam voltou ao assunto:

– Ele não deve ter sabido exatamente o que havia no pergaminho...

– Ou então ele é apenas outro anjo escroto, nos fazendo de bobos – disse Dean amargamente.

– E onde isso nos deixa?

– Fodidos, como de hábito – disse Dean.

– E se... e se nós fôssemos aqueles que vão destruí-lo? – aventurou Sam.

– Explique melhor.

– Em 2010, a história registra que a última página está faltando ou foi destruída. E se fôssemos *nós* aqueles que a destroem? Para impedir Walter de realizar seu... destino, ou lá o que seja.

– Então vamos ter de lutar para passar por Walter e obtê-la – respondeu Dean. – Ele não vai perder de vista aquela coisa novamente, depois que lhe passamos a perna na última vez.

Sam olhou sério para Dean.

– Você poderia fazer isso?

– Matar Walter? – As palavras saíram da boca de Dean sem muito esforço.

Exteriormente, parecia como se a ideia não perturbasse Dean, mas Sam sabia que sim. Dean nunca admitiria ter um ponto fraco, mas, exatamente agora, ele tinha o tamanho e a forma de Julia. De fato, era uma novidade para Sam estar do outro lado da habitual dinâmica deles – em vez de ser o irmão mais novo caindo de amores pela mulher errada, ele era o protetor esperando pelo momento certo de intervir. Depois do que tinha acontecido com Ruby, Sam duvidava se algum dia ele seria novamente capaz de ter um relacionamento saudável com uma mulher. *Não que isso importe, já que provavelmente estarei morto em breve. Deus, isso não era mórbido, afinal.*

Dean olhou de volta para o quarto do motel.

– Não. Provavelmente não poderia – disse.

– Creio que precisamos de outro plano – disse Sam, aliviado pela cândida resposta do irmão.

– É. – Dean chutou a terra, formando uma nuvem de poeira igual à que Sam tinha feito antes. – Eu acho que já tenho um.

Mais tarde naquela noite, Dean foi procurar Julia. Encontrou-a percorrendo as faixas do rádio FC do seu carro, na escuta de qualquer indício de vozes na estática. Antes de alertá-la para sua presença, Dean aproveitou a oportunidade para observá-la com sua guarda baixa. Ele imaginava que ela se portasse de modo diferente quando achava que ninguém estava olhando – que ele poderia ver a Julia "real" debaixo das camadas defensivas.

– Sei que está me observando, Dean, e isso é arrepiante.

Acho que a teoria é furada.

– Vim para ver se podíamos aparar algumas arestas – disse Dean.

– Não há nada a aparar. Você deixou inteiramente claro quais são suas intenções em relação ao pergaminho.

– E agora partilhamos o maior segredo que alguém um dia guardou. A chave para deter o demônio. E isso significa que vamos ter de trabalhar em cima de nossas questões de confiança.

Ela olhou para Dean, cansada.

– Não tenho energia para entrar em todas as nossas questões.

– Do modo como vejo as coisas, não tenho nenhuma escolha senão confiar em você.

– Por que isso?

– Porque, sem a sua ajuda, não vou conseguir impedir seu pai de matar um monte de gente inocente. E a única maneira de convencê-la a me ajudar é contar-lhe a completa e honesta verdade de Deus, e isso significa confiar em que você não vai zombar quando a ouvir.

– Sou uma garota crescida.

Dean avaliou-a.

– Nem tanto.

– Meu pai trabalhou para isso a sua vida inteira. O que o faz pensar que posso convencê-lo de alguma coisa?

– Você é filha dele. É assim que as filhas fazem. Veja Paris Hilton. Ela percorre o mundo se exibindo em suas festas de arromba e seu pai continua abastecendo sua conta bancária.

– De quem está falando?

– Está vendo? Esse é que é o problema. Visões diferentes de referência.

– Vá direto ao ponto, Dean.

– Ótimo. Você e eu somos ambos caçadores. Ambos temos missões a completar, acontece apenas que... a minha me levou para muito longe de casa.

– Quão longe?

– Cinquenta e seis anos.

Dean pôde ver que Julia tentava processar a informação, mas ela não deu nenhuma indicação de acreditar se aquilo era verdade ou não.

– Deixe-me voltar ao começo – disse Dean.

– Seria útil.

– Tendo um pai como o seu, você deve conhecer a história de Lúcifer e Miguel. Lúcifer ama Deus mais do que qualquer coisa, mas não pode suportar suas criações. Nós. Ele acha que não merecemos viver no Paraíso. Ele se rebela, e o irmão mais velho, Miguel, é obrigado a expulsá-lo. Uma doce história familiar.

Com uma torção de seu punho, Julia desligou o rádio FC cheio de estática e focalizou sua atenção em Dean.

– Lúcifer passa todo o seu tempo na cova arquitetando sua revanche. Mas não é tão simples assim. Em primeiro lugar, ele precisa estar solto. Em segundo, a revanche tem que ocorrer na Terra, portanto ele precisa encontrar o disfarce de carne e osso perfeito para se apossar dele, e Miguel tem de encontrar o seu. E eis aqui a questão: seus receptáculos... têm que ser irmãos. "Assim na Terra como no Céu."

A percepção começou a aflorar no rosto de Julia. Dean apressou-se em terminar antes que começassem as inevitáveis perguntas.

– Uma batalha pelo destino da Terra, travada por dois dos nomes que estão naquela lista. E é verdade: se todas aquelas linhas de sangue fossem cortadas, os anjos ficariam todos bem vestidos e sem nenhum lugar para onde ir. Mas Walter está errado a respeito de uma coisa. Eles não são estranhos.

– Você...

– ...e Sam. Perseguidos por esta merda desde o nascimento. E daqui a 55 anos a partir de agora, Lúcifer estará livre. O Apocalipse irá começar. E nós encontraremos uma maneira de impedir isso. *Sem* a morte de centenas de pessoas.

Julia virou-se, deu um passo para mais longe.

– Deixe-me entender direito: você é um receptáculo de anjo que viajou no tempo desde o futuro.

– Eu sou *o* receptáculo de Miguel.

– E Sam... é Lúcifer.

– Seu receptáculo. Sim. Mas os anjos, mesmo os caídos, não são como os demônios... eles precisam de permissão para vir. E Sam não a deu.

– Se você realmente acredita nisso, não estaria tão desesperado para encontrar outro meio para detê-lo.

– Eu confio no meu irmãozinho.

– Você não confia em ninguém, Dean. Mesmo agora, você está pensando em maneiras de retirar tudo que acabou de dizer.

– O que a faz pensar assim?

– É porque isso é o que eu estaria fazendo. Esta linha de trabalho não se destina a deixar as pessoas fazerem amigos. Mesmo se são da família.

– Bem, Sam é tudo que consegui – disse Dean. – E se você pensa que vou deixar Walter matá-lo...

– Se sua história é verdadeira, você viu o começo do Apocalipse. E, como um caçador, você não está disposto a fazer seja lá o que for para impedir isso?

– Há outra maneira. Nós a encontraremos.

– Nós saímos a cada dia e colocamos nossa vida em risco por outras pessoas. Este é o único e maior filho da puta do mal que jamais existirá, e isso não é grande o bastante para você render-se?

– Caçadores não se rendem. Se eu tiver que me render, vou me render transando.

A boca de Julia curvou-se num meio sorriso.

– OK. – Ela deu as costas para ele. – Boa resposta. Mas... o que o faz pensar que não há outro jeito? Chances como essas não aparecem duas vezes...

Tão sincero como jamais tinha sido, Dean moveu-se para fitá-la direto nos olhos.

– Preciso acreditar que existe. Seu pai... ele *quer* cumprir seu destino. Eu e Sammy não queremos. Na maioria dos dias, eu acordo e me sinto como se fugindo. Mas este é o fardo que carregamos nas costas, de modo que vamos encontrar nossa maneira de sair debaixo dele. Mas em 56 anos a partir de agora. Não hoje. Não desse jeito.

– Você disse que depositaria sua confiança em mim, mas está me pedindo para depositar um montão de confiança em você. Supostamente vou confiar as vidas de meus netos para que você consiga achar seu caminho para sair dessa.

– Pensei que você não quisesse ficar atrás da cerca defensiva.

– Eu quero, Dean, apenas sou esperta o bastante para saber que nunca conseguirei – disse ela tristemente.

Dean estava inteiramente esgotado. Não havia nada mais que pudesse dizer a ela que já não tivesse sido dito, de modo que voltou ao princípio.

– Fale com Walter.

Ela assentiu, mas não disse uma palavra. Não se podia ler sua expressão facial.

– Nós salvamos pessoas. Não as matamos.

– Vou dormir pensando nisso – disse ela, enquanto se afastava.

Era tarde e Dean forçou-se a ir para cama. Não havia nada para ele fazer além de esperar, deixando-o numa desconfortável situação de passividade. Como caçador, sua tática tinha sido sempre se manter em movimento, continuar testando cada opção até que encontrasse uma solução, mas isso raramente envolvia deixar uma mulher "dormir pensando" na mais importante decisão da vida dela.

Sam já estava desperto em sua cama. Instintivamente cauteloso, Dean trancou a porta do quarto deles e verificou se as janelas estavam lacradas. Ele confiava em Julia; tinha que confiar. Mas ela agora sabia que, em teoria pelo menos, a morte de Sam poderia salvar o mundo do Apocalipse, e não custava nada tomar algumas precauções.

Apesar de todos os pensamentos rodopiando em sua mente, o confortável colchão e o acúmulo de privação de sono rapidamente cobraram seu tributo, e Dean pegou no sono com a espingarda a seu lado.

Quando Dean acordou o sol brilhava intensamente através da janela do motel. *Devem ser pelo menos dez da manhã*, ele percebeu.

Saindo debaixo das cobertas, Dean notou o leito vazio ao lado do seu. Teve um momento de pânico – onde estava Sam? Mas pôs a preocupação de lado. *Sam sempre acorda cedo. Está, provavelmente, fazendo o café*. Ao sair, ele sentiu a brisa fresca da manhã em sua pele. Teria sido refrescante, se ele não estivesse com pressa de ouvir o que Julia tinha a dizer.

Parando à porta do quarto dela, ele ergueu a mão para bater, depois pensou melhor. *Bafo pesado da manhã. Deveria ter escovado os dentes antes de vir*. Ele e Julia obviamente não tinham nenhum futuro juntos – uma vez que o futuro dela estava no passado distante –, mas isso não significava que Dean tivesse desistido inteiramente.

Enquanto ele voltava para seu quarto, a porta de Julia escancarou-se.

– Dean – disse Sam, emoldurado no vão da porta, um ar alquebrado no rosto. – Temos um problema. Eles se foram, e levaram o pergaminho.

VINTE E OITO

Ao longo da vida de Dean, ele tinha sido traído por todos que se aproximaram dele. Com Julia ele se permitira ter esperança, muito embora, Dean percebeu, fosse uma noção idiota se apaixonar por alguém nascido cinquenta anos antes dele.

Uma raiva abrasadora borbulhava dentro dele. Dean retornou ao quarto e foi direto ao armário.

– Eles disseram que não iam fazer quaisquer movimentos até que falássemos a respeito um pouco mais – disse Sam.

– Bem, eles mentiram. Parece que o plano de Walter para representar um papel na salvação da humanidade significa que ele vai fazer o que quer que isso exija.

– Nós também não fazemos?

Dean olhou para o irmão.

– Nós não matamos pessoas, Sam.

– Como vamos fazer para encontrá-los? Não temos a menor ideia de para onde foram.

Dean levantou o fio do rádio FC.

– Vamos rastreá-los enquanto partimos.

Vinte minutos depois, eles passaram na loja de produtos eletrônicos. Enquanto entravam Crazy Eddie apareceu, sorrindo amplamente.

– Bom dia, cavalheiros. Posso aju...

Dean pôs a mão no rosto dele.

– Vamos levar algum equipamento.

Dean puxou um conversor de FC da parede e Sam agarrou uma antena de grande extensão. Saíram sem dizer uma palavra ao vendedor.

– Vocês têm que pagar por isso! – gritou Crazy Eddie atrás deles.

Sam instalava o equipamento enquanto Dean dirigia. O plano era descobrir o sinal que Walter e Julia estavam usando, e rápido, antes que eles pudessem contar a alguém sobre a lista. Mas as chances eram mínimas. Não faziam nenhuma ideia da direção que eles tinham tomado. Além disso, não sabiam a que tipo de rede de caçadores eles pertenciam. John Winchester sempre havia ensinado a seus garotos uma espécie de código: eles podiam matar os corpos habitados por demônios, mas não matavam pessoas. Das conversas que tiveram na última noite, parecia que nem todos os caçadores pensavam dessa maneira. Para Julia e Walter o bem maior valia o sacrifício de alguma vida humana.

Dean apertou o volante; todas essas coisas voavam através de sua mente enquanto disparavam na rodovia.

Sam olhou para o irmão. Sam estava puto. Dean deveria ser mais esperto do que se envolver com alguém, especialmente outro caçador. Exatamente na época em que a consequência do Apocalipse seria determinada caso Sam e Dean pudessem manter Lúcifer e Miguel acuados, *Dean decide se envolver com uma garota.* Sam sabia que seu irmão nunca o deixaria sair dessa, se o quadro fosse o contrário. Por exemplo, Ruby.

Sam pelejava com o rádio FC, mas tudo que ouviam eram caminhoneiros por todo o Meio-Oeste; nenhum vestígio de evidência de que Walter e Julia estivessem na área.

Dean parou para abastecer. Tinham rodado pelo sul de maneira entrecruzada durante horas. O novo Oldsmobile que haviam ligado era um bebedor de gasolina.

Dean foi ao banheiro na parada para descanso. Olhando-se no espelho, imaginou se algum dia poderia deixar o mundo de 1954. Iriam deparar com seu pai em algum ponto? Isto significaria que nunca deveriam ter nascido? Quanto tempo mais poderia viver no passado? Iriam ajustar-se à época? Dean tirou a jaqueta e pendurou-a numa das pias. Jogou água no rosto. Enquanto recolhia a jaqueta, notou um pedaço de papel pendendo do bolso superior interno.

Era um guardanapo da cafeteria que ficava em frente ao motel. Nele havia um pequeno desenho feito por Julia enquanto tomavam café na noite da véspera. Era um arco, com pequenas figuras de pessoas debaixo dele. Dean havia provocado Julia dizendo que ela era péssima desenhista e que nunca a escolheria para seu time no jogo de Pictionary. Ela não entendeu a referência, mas deu-lhe o desenho. O arco parecia com o Gateway Arch, em St. Louis. Dean poderia estar totalmente enganado, mas era a única pista que eles tinham.

– Eles estão em St. Louis. – Dean pulou no assento do motorista.

– Como você sabe? – perguntou Sam.

Dean mostrou o guardanapo.

– Julia desenhou isto, que parece um pouco com o Gateway Arch de St. Louis, certo? Eu não estava prestando atenção no que ela fazia. Aposto que é onde eles estão baseados. Quando os chamamos pelo rádio FC, eles levaram doze horas para chegar até nós. É um estirão de doze horas até St. Louis, especialmente nesses carros velhos.

– Eles têm uma vantagem de doze horas sobre nós – disse Sam. – Vamos indo.

Dean deu partida no motor e seguiram rumo sul.

Cerca de oito horas depois, quando chegaram aos arredores de St. Louis, ligaram de novo o rádio FC.

Dean acenou na direção do rádio.

– Vá tentando. Veja se consegue obter uma frequência mais alta para chamadas de emergência.

Sam fez como ele mandou. Examinar as altas frequências do FC poderia levá-los a quaisquer chamadas de emergência dirigidas ao Departamento de Polícia de St. Louis. Se Walter e Julia falavam sério acerca de matar alguns da linha sanguínea dos anjos, provavelmente haveria algumas testemunhas para a violência. A menos que eles fossem realmente, mas realmente bons.

Numa tranquila rua residencial, Dean encostou no meio-fio. Eram cerca de oito da noite, o sol estava-se pondo e várias famílias saíam para um passeio noturno.

Sam sintonizava diligentemente as frequências, indo de cima a baixo. Então ele a captou. Era fraca, mas eles pegaram a frequência de rádio da polícia local. Ouviram por mais de uma hora. Todas as chamadas para a polícia eram por bebedeira ou ocasionais brigas domésticas. Dean recostou-se e fechou os olhos. Ia ser uma longa noite.

Dana Mey Smith estava apoiada nas mãos e joelhos procurando Bertrand debaixo da cama.

– Achei-o! – Ela reapareceu ao lado da cama de seu filho com o urso desaparecido há tempos. – Não o deixe cair de novo lá embaixo – disse com sincera voz maternal.

Dana alisou o topete de seu filho; desde que ele nasceu o absurdo tufo de cabelo tinha adornado a testa de seu filho. Se não o tivesse alisado em cinco anos, ela estava certa de que o cabelo nunca assentaria. Mas pelo menos a disposição do cabelo se adequava à moda que era popular à época.

– Não vou deixar – disse Cory enquanto fechava os olhos contente e virava-se.

Dana saiu do quarto na ponta dos pés e desceu as escadas. De início ela não notou nada fora do lugar. Ainda estava quente em sua pequena casa em estilo vitoriano de dois andares, embora ela mantivesse todas as janelas abertas o dia todo no auge de um verão como este. E não trancava a porta, porque Greg estaria retornando de seu plantão. E não era incomum que as cortinas longas se agitassem com a brisa. Mas, enquanto seguia para a cozinha, Dana viu uma figura delineada na cortina. A figura era alta e estava vestida de preto com uma máscara de esquiar no rosto. Ela gritou.

O vulto moveu-se na direção dela. Dana gritou de novo e tentou correr para a porta dos fundos. O homem derrubou-a no chão. Ela tentou dar-lhe uma joelhada na virilha, mas ele era muito rápido e muito forte.

Dana sentiu a cabeça bater no chão. Uma sensação de formigamento quente a percorreu dos ouvidos aos olhos.

– Eu não tenho nenhum dinheiro. Não tenho nenhum dinheiro – gritou ela entre as lágrimas.

O homem pôs as mãos em torno de sua garganta e começou a apertar. Ela lutou a princípio, puxando os punhos em volta do seu pescoço. Em questão de trinta segundos seu corpo ficou flácido.

***

O homem levantou-se do chão e puxou o corpo sem vida até uma despensa dentro da cozinha.

– Mãe! – chamou uma vozinha vindo da frente da casa.

O homem voltou-se, seus olhos movendo-se em torno da sala de estar. Ele tirou a máscara de esquiar. O cabelo cor de areia estava emaranhado de suor. Ele pôs um sorriso no rosto e aproximou-se das escadas. No alto do patamar estava um garoto de uns quatro ou cinco anos, vestido de pijama.

– Mãe, Bertrand caiu de novo. – Os olhos do garoto focalizaram o homem de preto, no pé da escada. – Quem é você?

– Sou um amigo de sua mãe – disse o homem sorrindo. – Posso ajudá-lo a encontrar Bertrand?

– Pode.

O homem mal começara a subir a escada quando a porta se escancarou. Um policial parou ali mesmo e examinou a situação. O homem abriu a boca como se fosse oferecer alguma desculpa. Foi então que o tira o atacou. Cory gritou e correu de volta para o quarto.

O homem sacou uma faca e a enfiou na barriga flácida do policial. O peso morto caiu sobre ele, mas o homem conseguiu rolar e sair de baixo.

Um outro policial, mais jovem, surgiu à porta, a arma empunhada. O intruso levantou-se. O tira disparou três tiros. Dois erraram o alvo, mas o terceiro atravessou o ombro do homem. Ele se virou e correu para os fundos da casa. O policial saltou sobre seu parceiro, em perseguição, mas o homem aparentemente desaparecera na noite de verão.

O policial voltou para o lado do parceiro e caiu de joelhos. O tira caído abriu a camisa para revelar os profundos ferimentos de faca. Tentou falar, mas uma torrente de sangue fluiu da sua boca. Seus olhos reviraram. Ele estava morto.

Sam e Dean tinham ouvido o chamado da polícia. Seguindo a radiopatrulha até o local, Dean deixou Sam esperando do lado de fora, enquanto ele contornava a casa.

– Dean, ele está vindo pelos fundos! – gritou Sam.

Ouvindo o irmão, Dean pulou uma cerca e seguiu para os fundos. Foi quando viu o homem de preto correr para fora da casa pelo pátio dos fundos. Dean correu atrás dele.

O homem saltou sobre uma cerca de madeira. Dean vinha logo atrás e agarrou o sujeito pelo suéter preto, que quase se rasgou enquanto ele forcejava, mas a pequena demora permitiu a Dean golpeá-lo na nuca com o cotovelo direito. O homem caiu no chão. Dean virou-o de frente e começou a dar-lhe socos no rosto.

– Você é um caçador? Ei, você é um caçador? – rosnou Dean.

– Vá para o inferno! – cuspiu o homem.

– Estive lá, fiz isso. – Dean golpeou o sujeito no ouvido, nocauteando-o.

– Dean? – sussurrou Sam.

– Estou aqui.

Sam apareceu com uma lanterna.

– Vamos cair fora daqui.

Sam pegou o sujeito pelas pernas e Dean enfiou seus braços debaixo dos ombros dele. Foram até o carro, abriram o porta-malas, rapidamente amarraram as mãos e pés do sujeito e rudemente o enfiaram lá dentro.

Depois entraram no carro e partiram.

Os irmãos pararam num motel, registraram-se e, na calada da noite, carregaram o homem para o quarto.

Dean jogou água fria no rosto do homem. Ele abriu os olhos e tentou mover-se.

– Ei, tirem isso de mim! – Ele lutou contra as amarras.

– Primeiro você vai responder a algumas perguntas – disse Dean.

– Vá se foder. Vocês não sabem com quem estão se metendo.

Sam inclinou-se sobre o homem ameaçadoramente.

– Você acabou de matar duas pessoas. Ficaremos felizes em deixá-lo ir. Estou certo de que a polícia fará o seu trabalho, enquanto rasgam você de um lado a outro. Existe pena de morte no Missouri, Dean?

– Faça-me o favor, estamos em 1954! Claro que existe.

– Está bem, o que querem saber? – sibilou o homem.

– O que estava fazendo na casa daquela mulher? – perguntou Dean.

– Pediram-me para fazer um serviço. Eu fiz.

– Quem lhe pediu?

– Não sei. Nunca vi o cara. Ele me ligou e disse que queria uma dona morta, e eu lhe dei meu preço.

– Qual é?

– Normalmente não gosto de matar mulheres. Mas ele me ofereceu mil paus.

– Mil paus para matar uma mulher? E o garoto?

– Eu não sabia que havia um garoto. Eu não ia machucá-lo, sério.

– Como você ia receber a grana?

– O cara disse para ligar para ele e a gente marcaria um encontro.

– Você realmente acha que ia ser pago? Sabe ao menos onde esse cara mora?

– Não sou idiota. Investiguei sobre ele. É algum velho camarada.

O rosto de Dean endureceu; bem no fundo ele ainda esperava que suas suspeitas estivessem erradas e que Julia e Walter não tivessem nada a ver com isso. Mas tinha a má sensação de que ele e Sam estavam certos.

– Ligue para ele. – Dean pegou o telefone na mesinha de cabeceira e forçou o receptor na cara do sujeito.

– Como? Com as mãos atadas?

– Qual é o número? – Dean pôs a mão sobre o disco do telefone. – Vamos.

O homem recitou o número. Dean discou e pôs o fone no ouvido. Houve um toque do outro lado da linha, e então uma voz de mulher atendeu.

– Alô? Alô?

Dean franziu o cenho – era Julia. Ela e Walter haviam contratado alguém para matar o primeiro receptáculo dos anjos.

– Alô? Tem alguém aí? – dizia Julia, impaciente.

Sam rapidamente tomou o receptor de Dean e o pôs no ouvido do homem. Mandou-o falar.

– Ei, aqui é Grant. Serviço feito. Quando podemos nos encontrar?

– Um instante. – O outro lado da linha ficou em silêncio por um momento. – Rick's Drive-In. Uma hora. Eu o verei lá.

Houve um clique. O homem olhou para Dean e Sam.

– Podem me soltar dessas cordas agora? Nem posso sentir minha pica.

Dean esmurrou-o forte na cara.

VINTE E NOVE

Era por volta de meia-noite e o *drive-in* ficava perto. Dean estacionou o carro no canto mais escuro do estacionamento. Eles tinham amarrado o sujeito no assento traseiro e mantiveram-no abaixado.

– Ei, não posso ver. Como vocês vão achá-la?

– Nós a acharemos – disse Sam.

Dean notou um casal agarrando-se no carro mais próximo a eles. As janelas estavam todas embaçadas.

– Muito *Loucuras de verão* – disse com desprezo.

Sam inclinou-se para trás e enfiou o cano da arma no estômago do homem.

– Lembre-se, se falar uma palavra a eles sobre o garoto, você está morto. Entendeu? – O rosto e a voz de Sam deixaram claro que ele falava sério.

– Tudo bem, cara. Entendi, fica frio – ele grunhiu.

Dois minutos depois, Julia e Walter chegaram numa caminhonete. Pegaram uma vaga no canto do estacionamento, perto da saída. Se Julia olhasse no retrovisor poderia vê-los, mas ela estava empenhada em inspecionar as pessoas agarrando-se sob as luzes brilhantes do *drive-in*.

Dean esticou o braço para o assento traseiro do carro com sua faca de caça e cortou as cordas nos pulsos do homem.

– Vá receber seu dinheiro, escroto. – Dean abriu a porta traseira.

O homem cambaleou para fora do carro e aproximou-se da caminhonete pelo lado do motorista. Julia girou à aproximação dele. Vinte metros atrás, Sam e Dean observaram do interior do carro. O cara tocou a face, onde Dean o golpeara repetidamente. De longe parecia que ele estava pedindo desculpas por sua aparência. Julia passou-lhe um envelope. O cara olhou de relance para Sam e Dean e depois começou a caminhar rapidamente para a saída do *drive-in*.

– Você vai simplesmente deixá-lo ir? – perguntou Sam ao irmão.

– Temos peixes maiores para fritar – disse friamente Dean.

Dean observou Julia manobrar para sair do estacionamento. Eles a seguiram lentamente.

Julia dobrou à direita numa rua principal e seguiu para o centro de St. Louis. Dean manteve-se atrás dela a dois carros de distância; ele não queria perder de vista a caminhonete.

– Dean, tente se acalmar. Nós resolveremos isso – disse Sam, com o maior tato e gentileza possíveis.

– Deixe-me em paz, Sam. – Dean agarrou o volante com mais força. – Ela acabou de matar uma mulher inocente. Ela é uma mentirosa. Quem sabe quantas pessoas mais morreram esta noite? Não vou deixar mais ninguém ser morto por causa dessa porra de Apocalipse.

Sam ficou em silêncio. Eles rodaram os vintes minutos seguintes sem falar.

Julia entrou num grande armazém de tijolos da era industrial na saída da cidade. Ela conduziu a caminhonete de modo a que ficasse escondida da rua. Dean estacionou no meio-fio. Ele ficou perfeitamente imóvel.

– Você quer que eu entre? – perguntou Sam.

– Não – disse Dean, sacudindo as teias de aranha. – Estou bem. Eu que arranjei isto.

Eles pegaram duas espingardas, uma carregada com sal e outra com balas convencionais. E, claro, a faca de Ruby.

– Vamos – disse Dean.

Eles saíram da escuridão rumo ao vulto gigantesco do prédio. Sam seguia logo atrás. Contornaram o fundo da estrutura e viram meia dúzia de carros. Não havia luzes. Mas não parecia que houvesse alguém à espreita. Uma grande porta de aço estava entalhada no fundo do prédio. Dean tentou empurrá-la, mas estava trancada por dentro. De qualquer modo, provavelmente causaria muito barulho para abri-la. Ele avistou uma janela de basculante com quase dois metros de comprimento, que estava a cerca de dois metros e meio do solo e se abria a partir do topo.

– Sam, me ajude a subir.

Nesse exato momento, um sujeito enorme, que mais parecia um urso, dobrou uma esquina e investiu de ponta-cabeça contra Sam, que desabou no chão.

Dean girou para o sujeito com a coronha de sua espingarda, que o acertou em cheio no queixo. Mas o golpe o fez retroceder somente dois passos. Dean pegou um punhado de cascalho e arremessou na cara do homem, cegando-o momentaneamente. Ele deu um giro cego e caiu sobre o traseiro. Dean pulou em cima dele e pousou primeiro com os cotovelos, atingindo os rins do grandalhão. Ele se enroscou como um bebê. Dean pôs as duas mãos em volta da garganta do homem, obstruindo-lhe as vias aéreas até seu rosto tornar-se roxo. Dean soltou-o pouco antes de ele desfalecer. *Isto deverá mantê-lo apagado por alguns minutos.*

Dean estendeu a mão para Sam.

– Levante, vamos. Chega de ficar deitado.

– Você acha que há mais desses caras? – perguntou Sam, esfregando a cabeça.

– Só esse grandalhão aí vale por três. Vamos lá. Levante-me.

Sam agarrou Dean pelo joelho. Impulsionando seu peso, Dean conseguiu agarrar a saliência acima. Num movimento impressionante de alpinista, Dean apoiou a perna na saliência de cimento debaixo da janela, impulsionando-se de modo a ficar meio dentro e meio fora do prédio, equilibrando-se sobre a barriga.

Ele desapareceu no interior às escuras do prédio.

Sam estava contente porque esse pouquinho de ação havia deixado Dean mais comunicativo de novo. Quando Dean ficava calado e emburrado, as coisas podiam engrossar.

Dois minutos depois, Dean abriu a enorme porta de aço.

– Este lugar é uma fortaleza. Nada bom – disse Dean, enquanto fechava a porta de aço atrás de Sam.

Dentro do prédio havia uma escadaria de aço que conduzia a um lado. No centro havia um espaço aberto muito amplo, e pela primeira vez Sam notou um par de trilhos de ferrovia que levavam para baixo da maciça porta de aço. Sobre os trilhos assentava-se uma antiga locomotiva a vapor, de frente para a porta como se pronta para uma rápida fuga. O prédio era uma ampla estação de manutenção para muitas ferrovias do Meio-Oeste. Pareceu desativada para Sam.

Dean fez sinal para que Sam o seguisse, enquanto deslizava contra a parede e espiava por sobre um parapeito. Abaixo havia um porão. Um lado estava aberto e o outro ficava debaixo do piso de cimento e aço. Isso permitiria quase três metros de espaço do teto ao chão. Partes da velha locomotiva tinham sido empurradas contra as paredes e uma comprida mesa de aço fora colocada no meio da estrutura do porão. Cerca de cinquenta pessoas moviam-se em círculos, amontoando-se em volta de alguma coisa sobre a mesa. Quando o grupo se dispersou, Sam teve um vislumbre do Pergaminho da Guerra pousado sobre a mesa.

Uma porta de madeira abriu e Julia e Walter apareceram. Os olhos de Dean ficaram duros como aço.

Quando Julia falou, todos se aquietaram.

– Obrigada a todos por terem vindo. Primeiramente, gostaria de dizer que aprecio o seu sacrifício. E será um sacrifício, porque enquanto vamos para esta batalha, apesar de nossas precauções, algumas pessoas perto de vocês podem morrer. Vocês podem morrer. E embora isso no que estamos embarcando seja sangrento, é não obstante necessário. Estamos diante da destruição da Terra. Para impedi-la existem ações que nós como pessoas, e como caçadores, temos que empreender. Como veem, temos o último pedaço do Pergaminho da Guerra, o pergaminho sagrado escrito pelos essênios delineando o plano de batalha para que os Filhos da Luz vençam os Filhos das Trevas.

Um murmúrio ergueu-se do grupo.

– Fomos reunidos décadas atrás para esse específico momento – continuou Julia. – Muitos de vocês conheceram meu avô, e meu avô conheceu os de vocês. Temos aguardado este momento por gerações. E agora ele chegou. Todos nós estamos destinados a representar um papel na derrota do mal pela última e definitiva vez. O Apocalipse que conhecemos virá. Os maias não estavam longe disso; só que a ameaça do fim do mundo virá três anos antes do que eles previram. Infelizmente eu tenho um conhecimento profundo disso. Mas com este pergaminho podemos impedir isso. O que vocês veem escrito atrás do texto principal do pergaminho é uma lista de nomes.

Todas as cabeças inclinaram-se mais uma vez para olhar o pergaminho.

Mais acima, oculto na escuridão, Sam olhou para o irmão. Dean não tirava os olhos de Julia, enquanto ela se movimentava pelo porão, quase em estilo militar. Se ela não estivesse convencendo pessoas a matar, isso poderia ter causado uma bela impressão.

– Isto é uma lista de nomes, cada qual pertence à linhagem sanguínea que irá produzir os receptáculos para os anjos combaterem Lúcifer. Sabemos que essas linhagens de sangue foram cultivadas ao longo de três mil anos pelos anjos, tudo para a iminente luta contra Lúcifer. Mas se os anjos não tiverem os receptáculos, não vai haver luta. Não pensem que esta tarefa irá extinguir a luz celestial neste mundo. Não é isso que estamos fazendo. Estamos evitando que isso aconteça. Estamos evitando a maior luta que o homem jamais conhecerá. Estaremos salvando um bilhão de vidas.

Dean observou Julia enquanto ela entregava uma lista de nomes para cada caçador.

– Nesses pedaços de papel há uma lista de cerca de cinquenta nomes, todos situados dentro de nossas regiões específicas. Passem a lista para cada um com quem estejam trabalhando. Meu pai e eu já começamos e temos o nome do receptáculo de Lúcifer e pretendemos empreender a ação cabível. Sejam cuidadosos, astutos. Recorram ao fundo financeiro, se precisarem contratar alguém em seu lugar. Façam isso rápido para evitar histeria prolongada. Gostaríamos de ter essas linhagens sanguíneas extintas por volta do fim do mês, o que lhes dá cerca de dez dias.

– Saiam e façam isso pelo amor ao homem. Boa sorte.

Um caçador bateu com a coronha de sua espingarda no tampo da mesa. Depois outro e mais outro. O som foi uma sombria batida de tambor da morte ecoando através do imenso edifício. Então silêncio. Mapas foram abertos sobre a mesa. As pessoas se dividiram em grupos e o planejamento começou.

Enquanto falava com um homem alto mais velho, Julia olhou acima na escuridão do edifício, quase diretamente para Dean, cuja respiração ficou presa na garganta. O rosto de Julia registrou um meio segundo de reconhecimento e depois ela olhou de volta para o homem a sua frente.

– Vamos cair fora daqui – sussurrou Dean.

– Nós vamos simplesmente deixá-los fazer isto? – perguntou Sam.

Foi então que Dean ouviu. Estava longe, distante, mas era o som inconfundível do resfolegar de um trem. Os trilhos abaixo deles começaram a chocalhar. Dean olhou em volta – não havia nenhuma Armadilha do Demônio à vista. Como Julia podia ser tão estúpida?

Lá embaixo, todo o grupo caiu em silêncio, depois, em massa, pegaram suas armas e subiram a escadaria como tripulantes abandonando um submarino.

– Acendam as luzes! – alguém gritou.

Houve um estalido de um grande interruptor sendo acionado e todas as luzes se acenderam. Foi quando Julia avistou Dean e Sam parados acima. Os olhos de Dean encontraram os dela. Julia imediatamente irrompeu em lágrimas.

Lá fora, a locomotiva tinha alcançado a ponta externa do pátio ferroviário. Voou através da cerca de corrente de elos, empurrando carros para fora do caminho num efeito dominó.

A locomotiva bateu na porta de aço com tal força que uma extensão de tijolos de quase dois metros de altura acima da porta se rompeu e caiu ao solo. A porta dobrou-se ao meio como um envelope. O silvo da locomotiva soprou vapor até os caibros doze metros acima.

Uma silhueta apareceu no topo da locomotiva.

– Eisheth – sussurrou Dean.

TRINTA

70 d. C., Khirbet Qumran, Margem Ocidental

O vento noturno soprando sobre o Mar Morto era, apropriadamente, tão frio como a morte. Eisheth detestava-o, ele penetrava as tendas e a areia levantava e cortava as faces como vidro, obrigando os humanos a correrem em busca de abrigo. Ela na verdade detestava tudo acerca da vida na Terra. Depois do que tinha visto, ninguém poderia culpá-la. Dentro do Reino do Senhor não havia nenhum mau tempo, nenhuma falta de comida – e certamente não havia cabras malcheirosas. O que não era o caso, quando se vivia entre os essênios.

Sua hospedeira era uma garota de apenas oito anos. Nessa idade as crianças demonstravam naturalmente um tal comportamento idiossincrático que ninguém notava um pingo sequer de possessão demoníaca. *Essa é uma coisa positiva acerca de minha vida*, pensou Eisheth, *nada mais de ficar pedindo e implorando a receptáculos.* "Por favor, é para o bem supremo", ela costumava dizer. "É a vontade de Deus. Diga que sim." A vida de um anjo exigia constantemente permissão, e frequente capitulação aos caprichos dos outros.

Demônios não tinham que pedir. Eles tomavam aquilo que queriam, quando queriam, usavam e deixavam o resto para apodrecer. Isso se adequava muito melhor a sua personalidade.

Ainda assim, o que Eisheth mais queria, simples que fosse, ela não podia tomar.

Farta de ser mordida pelo vento, pois afinal estava em um corpo humano e odiava quando isso era desconfortável, ela buscou abrigo dentro de uma das muitas tendas de lona que constituíam a maioria do assentamento. A colônia era substancial, mas estava minguando. Milhares de pessoas, principalmente homens, reuniam-se aqui para celebrar a fé partilhada... que infelizmente exigia deles que mantivessem o celibato. Como eles tencionavam manter viva sua fé para a geração seguinte, Eisheth não sabia ao certo. Seu "pai" tinha-se estabelecido ali após sua mulher ter morrido de parto, acreditando que a morte dela era a sua punição por egoisticamente priorizar seu próprio prazer acima de seu Deus. *Humanos.*

Dentro da tenda, Abaddon já estava esperando.

– Não tenho muito tempo – disse ele.

Isso exigiu toda a considerável força de vontade de Eisheth para manter a compostura.

– Ele mandou a palavra? – perguntou ela. Abaddon evitou seu olhar.

– Claro. A Estrela da Manhã envia sua profunda afeição...

Não o seu amor, pensou ela.

– ... e deseja saber o que você descobriu.

Eisheth assentiu, seus lábios rachados tremendo.

– O profeta termina sua obra enquanto falamos.

Metade do rosto de Abaddon esboçou um sorriso, enquanto a outra continuou sinistramente impassível.

– Onde está ele?

Profecia era algo trabalhoso e frustrante, vindo aos trancos e barrancos, sem nenhum esquema estabelecido e nenhuma garantia de que os resultados fariam sentido. Eisheth odiava estar entre os zelotes do dia. Apesar disso, ela havia obedientemente observado o grupo... por ele. Finalmente, um dos homens de quem ela estava particularmente íntima havia escrito alguma coisa de interesse. Ela tinha imediatamente chamado Abaddon.

Abaddon e Eisheth entraram lentamente na caverna, seus olhos humanos ajustando-se à semiescuridão ambiental. O profeta sentava-se com as costas apoiadas na parede de pedra, uma pequena fogueira virando brasas diante dele. A seu lado, um conjunto de jarros de argila esperava para ser lacrado.

O medo perpassou o rosto do profeta, enquanto Abaddon se aproximava.

– Quem... quem... – gaguejou ele.

Sem uma palavra, Abaddon estendeu o braço e tocou a testa do homem. Ele desabou ao solo com um baque surdo, sua mente varrida por completo do trabalho de um ano.

– Não suporto conversa fiada. – Abaddon pegou o pergaminho completado, admirando o intricado desenho das letras. – Deveríamos usá-lo com mais frequência... linda caligrafia.

– E agora? – perguntou Eisheth, esperando sua recompensa. – Ele está feliz com o que descobri, não está?

Abaddon moveu-se para pegar um dos jarros de argila, erguendo-o e sentindo seu peso, depois depositando-o de novo no chão.

– Oh, muito. Encantado – disse ele, enquanto batia palmas. Por um momento, nada aconteceu. Ele olhou em volta da caverna, surpreso, aparentemente esperando que alguma coisa aparecesse. Bateu palmas de novo, mais altas.

Vindo de fora, um estrondo baixo encheu o ar, reverberando pelas paredes da caverna e sacudindo poeira do teto. Uma nuvem de fumaça preta avolumou-se através da abertura da caverna, dançando pelo ar antes de achar seu caminho para um dos jarros de argila.

– Quem era esse? – perguntou Eisheth enquanto Abaddon colocava a tampa no jarro, lacrando o demônio no seu interior. – Alguém que eu conheço?

– Uma apólice de seguro – respondeu Abaddon. – Algo para ajudar você a encontrar seu caminho.

– Meu caminho? – perguntou ela.

– Você se lembra do passatempo de Lilith? – perguntou Abaddon com um sorriso sombrio, claramente ciente de que o nome de Lilith provocaria uma forte reação em Eisheth.

– Como eu poderia esquecer? – replicou ela, as lembranças do animal de estimação de Lilith ainda frescas em sua mente. Era uma das muitas linhas que Lilith havia cruzado e que Eisheth estava relutante em cruzar. Torturar um animal, transformando-o em alguma coisa antinatural, por nenhuma razão que não o seu próprio divertimento. – O cachorro. – Ela odiava o cachorro.

– Eu adoro aquele cão – disse Abaddon.

– Assim como Lilith. Por que ela desistiu dele?

– Porque ele pediu a ela.

Eisheth engoliu reflexivamente.

– Ele sabia que você precisava dele.

As peças não se estavam encaixando para Eisheth. Ela havia lido a profecia, embora não entendesse plenamente o texto. Sabia que a batalha nele descrita ocorreria milhares de anos no futuro. O que não sabia era o papel que estava destinada a representar.

– Eu quero vê-lo – disse ela, o desespero filtrando-se em sua voz. Tinha sido há anos. Quantos, ela não sabia. Pareciam ser milhares. – Eu *preciso* vê-lo.

– Receio que você tenha um destino diferente.

Palavras nunca tinham tido uma agudeza mais sinistra. Eisheth afastou-se de Abaddon enquanto ele erguia a tampa de outro jarro. Circulou a borda com um dedo, cauterizando um sinete enoquiano na argila. Eisheth reconheceu a inscrição angélica instantaneamente. Fazia com que se lembrasse de casa – sua primeira casa. O Céu. Olhando para Abaddon, isso começou a parecer um terrível erro.

Talvez confiar plenamente em Abaddon não fosse um movimento sensato; afinal, ele era um anjo caído. Eles eram astutos, não sinceros como ela própria, um demônio. Talvez ela não devesse ter tido o desejo de mover seus pés para a cega submissão à orientação de Abaddon.

Nesse momento ela avaliou a extensão do perdão de Deus. Se Ele podia perdoar os humanos por sua vaidade, sua crueldade e sua luxúria, certamente podia perdoá-la. Certamente o amor não era um pecado tão abominável...

O pensamento terminou ali com um piparote do punho de Abaddon. A alma de Eisheth, enegrecida por sua união com Lúcifer, esguichou para fora da boca da garotinha em espasmos terríveis e sufocantes.

Marido, por que você me abandonou?

Ela só foi obter sua resposta quase 2.000 anos depois.

1954 d.C., St. Louis, Missouri

Não vi isso chegando, pensou Dean.

De pé no topo da locomotiva, os olhos do demônio flamejaram, vermelhos – era como se o sangue bombeado nas veias do hospedeiro ficasse visível através de suas pupilas.

Sam e Dean trocaram um olhar preocupado, ambos compreendendo que qualquer chance de resolver pacificamente a situação havia perecido com a chegada de Eisheth e sua horda.

Do interior do trem, seus demoníacos seguidores começaram a aparecer. Primeiro dois da janelinha do maquinista, escalando o aço retorcido do que uma vez fora a porta do edifício. A seguir, um homem careca pulou com agilidade inumana de um dos compartimentos de carga. Uma verdadeira torrente seguiu-os – Dean contou uma centena de demônios, cada qual se posicionando em volta dos caçadores reunidos. A luz refletida do fogo brilhante bruxuleava em seus olhos de ébano.

– Recuem todos – gritou Dean, tentando o melhor que podia assumir o comando antes que alguém pusesse a perder o delicado equilíbrio. Seus pensamentos oscilaram rapidamente entre pesar – por ter criado a dificuldade, em primeiro lugar – e raiva, dirigida expressamente a Walter e Julia por terem atiçado as chamas.

Para mortificação de Dean, Walter abriu caminho entre a multidão de caçadores e parou diante de Eisheth.

– Você não sabe no que entrou, demônio – gritou para ela.

Com um risinho de mofa, Eisheth olhou para Walter.

– Você não passa de uma triste criaturinha – cacarejou ela. – Inflando o peito como se fosse um homem.

Se ficou ofendido com isso, Walter não demonstrou.

– Parece-me que este é o pior lugar em que você poderia se encontrar. Ficar frente a frente com as únicas pessoas na Terra que sabem como matar você.

Atrás dele, mais de uma dúzia de seus compatriotas formaram uma grosseira falange, preparando-se para a luta inevitável.

Com um olhar para seus seguidores, Eisheth indicou-lhes que se adiantassem.

– Estou disposta a fazer um arranjo imparcial – disse ela. – Dê-me o pergaminho e mataremos somente... – Ela se interrompeu, examinando a multidão e por fim apontando um dedo ameaçador para Julia. – Ela.

Dean eriçou-se e abriu caminho na multidão até parar junto a Walter.

– Escute, sua puta, já ouvimos o bastante de você – grunhiu ele.

Sam acompanhou-o para fora da aglomeração, assumindo uma posição defensiva junto ao irmão. Walter notou e imediatamente afastou-se dele. *Julia deve ter lhe contado tudo*, percebeu Dean. *Claro que a essa altura ele teve tempo para traduzir toda a lista, de modo que poderia ter descoberto sobre nós por sua própria conta.*

– Samuel Winchester – rosnou Eisheth. – Eu achava que você, de todas as pessoas, iria compreender o erro que é tudo isto. Honestamente, você acredita que lhe será permitido ser bem-sucedido?

– Não temos medo de você – disse Walter. Seus olhos alternavam-se nervosamente entre ela e Sam, traindo a bravata nas suas palavras.

Eisheth ignorou-o, e continuou a dirigir-se a Sam.

– Como se o *seu* nome não estivesse naquela lista. Você realmente acha que os *anjos* vão deixá-lo destruir todo o seu estoque de receptáculos?

Sam permaneceu em silêncio. Agora foi Julia quem se adiantou.

– Não ligamos a mínima para o que você ou os anjos pensam – disse ela. – Este é o nosso planeta, e não vamos permitir que vocês o destruam.

– Samuel, estou falando com *você*. – Eisheth olhou para ele. – Não com essa deslumbrada.

Atrás de Sam, Walter acenou para vários dos caçadores. Eles apontaram seus rifles para Sam. Outro grupo ergueu os seus na direção de Eisheth e sua horda.

– Ah, entendo. Temos uma pequena disputa interna entre espécies. – Eisheth sorriu para Sam. – E vocês ficaram amigos tão depressa na última vez que nos vimos. O que aconteceu? Alguém descobriu o seu pequeno segredo?

Ela então dirigiu-se ao grupo.

– Vocês realmente deveriam se curvar diante dele, não apontar armas para suas costas. Não percebem quão perfeito espécime ele é? Sabem que espécie de força ele extrai por hospedar um *arcanjo*?

– Ele é um aleijão – declarou Walter. – Tal como você. Então por que não recolhem seu pequeno circo e deixam a cidade? Não posso prometer que não alcançarei vocês, mas lhes daria uma cabeça de vantagem.

– As coisas certamente mudaram desde que fui engarrafada – disse Eisheth. – Dois mil anos atrás, as pessoas tinham tanta fé que se recusavam a casar. Pensavam que isto tomaria tempo demais dos seus momentos de prece. Agora olhe para você.

– Você quer falar sobre fé? – gritou Walter em fúria. – Você é um monstro! Uma praga na criação de Deus!

– Se você se preocupasse com a criação de Deus, o teria deixado fazer o que Ele desejava. Se Ele quer se divertir e ir para casa, deixe-o. Só que neste caso Ele quer fazer Sua diversão em pedaços.

– Ele quer a mim para salvá-la – disse Walter com fervor.

– Por favor – disse Eisheth, exasperada. – Você? Olhe para você! Acha que é importante o bastante para tomar parte no plano de Deus?

O sangue fluiu para o rosto de Walter. Dean pôde ver a fúria em seus olhos, cada insulto levando-o para mais perto do ponto de ruptura.

– Basta! – gritou Sam, pondo-se entre Walter e Eisheth. – Walter, você pensa que imaginou o papel que tem de representar, mas, acredite-me, *você não quer representar um papel.* Isso é o inferno. E não é justo. Eu não quero ter nada a ver com Lúcifer, e vou dar o melhor de mim para evitar isso, mas essas são as cartas que tenho. Talvez as cartas que você obteve o levem a não participar disso. Talvez você tenha algo mais a fazer com sua vida, além de jogá-la fora tentando parar o inevitável.

Dean disparou um olhar a Sam. *Inevitável? O que ele está dizendo? Que sabia que finalmente teria de dizer sim a Satã?*

– Fico contente que tenha aceitado isso, Sam – declarou Eisheth. Ela saiu do teto da locomotiva e deixou-se cair, pousando com um baque surdo no pavimento rachado.

– Se assim desejar... eu os pouparei.

Sam e Dean retraíram-se em choque. *O que essa mulher louca acabou de dizer?*

– Em troca de uma coisa.

Claro, pensou Dean. *Claro que tem um ardil.*

Após um momento de hesitação, Sam falou, baixinho:

– Qual?

– Quando a hora chegar, e Lúcifer estiver finalmente livre... quero que você mate Lilith. *Antes* que você diga sim a Lúcifer, considerando que você não vai ter muito a dizer depois.

O rosto de Sam perdeu a energia. *Estava ela falando sério? Ela realmente não sabia?*

Sacudindo a cabeça, Sam afastou-se dela.

– Não. Eu... eu não posso.

Eisheth ficou furiosa.

– Ótimo. Não vá dizer que não lhe dei uma escolha.

Ela levantou a mão, obtendo a atenção dos demônios a sua volta. Depois baixou a mão, na direção do exército de Walter e Julia.

– Espere! – gritou Dean. – Sam. Sammy, você pode reconsiderar, certo? Parece que matar Lilith poderia ser algo como uma adesão sua.

– Ele lançou a Sam um olhar cobiçoso, esperando que seu irmão mais novo percebesse como estava sendo estúpido. *Minta pra ela, porra! Dê a Walter e Julia uma chance de fugirem com o rabo entre as pernas. Depois podemos resolver a parada na nossa velha e boa maneira.*

Eisheth fez sinal para seus demônios, parando-os, e esperou a resposta de Sam.

– Por que você se importa? – falou Dean, tentando mantê-lo de fora enquanto bolava um plano.

– Aposto que minha história não constava em seu exemplar da Bíblia – latiu ela, furiosa. – Eu era um anjo. Supostamente eu devia estar lá, entre a Hoste Celestial, decidindo tudo de seus pequenos destinos patéticos. Mas cometi um erro. Amei um anjo que não deveria ter amado, e olhe aonde isso me levou. – Ela indicou o bando de demônios atrás de si. – Lilith, uma maldita humana, chega e me põe para fora, de modo que rasguei minha graça e tornei-me humana para ele, também. Mas mesmo isso não foi suficiente. Foi como se Lúcifer só tivesse espaço no Inferno para uma de nós.

– Parece então que Lúcifer não foi o seu maior fã, se deixou isso acontecer – comentou Dean.

Suas palavras deixaram Eisheth ainda mais enfurecida.

– Você não sabe do que está falando. Ela fez o que os humanos fazem. Ela manipulou, tramou, apunhalou pelas costas até que ganhou o apoio do seu zelador. – Ela fez uma pausa e depois acrescentou, sem muita convicção: – Lúcifer nunca deixou de me amar.

– Sei.

– Quando isto foi descoberto, eu é que levei o caso à atenção de Abaddon – disse ela, apontando para a lista que ainda permanecia sobre a mesa –, porque eu era a melhor esposa. Mais leal do que Lilith. *Eu* dei tudo por ele. Eu disse isso a Abaddon.

– Espere aí. Abaddon? – disse Dean, sua cabeça rodopiando. Como isso poderia ser verdade? A quem Abaddon era leal... ao Céu ou ao Inferno?

Eisheth sorriu cruelmente.

– Você o conhece?

Dean olhou para o chão, considerando as opções. Um: ela estava mentindo. Era um demônio, afinal. Dois: Abaddon foi um espião infiltrado no campo inimigo 2.000 anos atrás, e foi assim que conheceu Eisheth. Três: Abaddon era mau, e sempre tinha sido, ou seus verdadeiros motivos eram complicados demais para Dean sequer imaginar, sendo portanto melhor deixá-lo seguir avante com sua energia, que nesta conjuntura dizia-lhe para matar Eisheth e fugir.

– Você lembraria dele se o tivesse conhecido. Ele não era exatamente um sedutor.

– Não duvido – interveio Sam. – Mas o que é que ele tem a ver com o pergaminho?

– Olhe quem está tagarela agora – disse Eisheth. – Abaddon foi quem me disse que eu cairia nas boas graças de Lúcifer por mostrar-lhe os pergaminhos. Ele era o único elo que eu tinha com um marido muito ausente. E foi ele o patife que me lacrou no jarro.

Sam e Dean partilharam um olhar cauteloso. No momento, eles estavam encarando um esquadrão bélico de um lado, um velho demônio ressentido e seus lacaios do outro. E se algum dia eles achassem seu caminho de volta para casa, um anjo tornado mau estaria esperando por eles. Portanto, estava sendo igualzinho a qualquer outro dia.

– Passei dois mil anos dentro daquele maldito jarro, imaginando o que tudo aquilo significava, por que meu marido deixou acontecer. E acho que consegui descobrir.

– É? O que foi? – disse Dean. Enquanto Eisheth relatava sua história, ele se ocupava em examinar o local, buscando alguma coisa que pudesse dar-lhes uma vantagem. Mas, no momento, o que ele via é que havia mais de cem demônios e apenas uns cinquenta caçadores. Os caçadores tinham armas, os demônios eram quase impossíveis de matar. Se Eisheth fosse minimamente tão poderosa quanto Lilith, a vantagem certamente estava do lado dela.

– A tarefa que me foi dada é apenas um teste. Eu paro você e já provei meu valor. Lúcifer nada mais quer do que uma luta. Estou aqui para dar-lhe o que ele deseja. Os receptáculos devem ser preservados.

– Depois de tudo que ele jogou nas suas costas, você ainda cuida dos afazeres domésticos? – perguntou Dean.

– Eu o amo. – Para Eisheth parecia tão simples assim. Não importa o que tinha acontecido com ela, ao que havia sido forçada, sua cabeça estava feita.

– Isto é insano – disse Dean, mordaz. – Estamos falando de milhares de vidas. Isso não é um teste; não é um destino especial. É sobre certo e errado, e que se dane se o demônio estiver certo desta vez. Não pretendo deixar que Miguel e Lúcifer entrem em luta, não com o mundo inteiro pendendo na balança. Mas não vou desistir de fazer a coisa certa apenas para tornar a saída mais fácil. Existe um dilema fácil para todos nós. Ir para o inferno...

Antes que Eisheth pudesse responder, Walter deu um passo à frente e colocou uma espingarda carregada com sal firmemente na sua têmpora.

– Papai! Não! – gritou Julia correndo na direção do pai, porém era tarde demais. Num repentino movimento, Eisheth enfiou seu punho na caixa torácica de Walter, estilhaçando-a instantaneamente. O golpe o fez rodopiar, sua espingarda disparando inutilmente para o ar enquanto o demônio saltava sobre ele, agarrando-o firmemente pelo pescoço.

Com um estalido chocante, ela acabou com sua vida. Seu corpo ficou flácido e ela o deixou cair no chão. Com toda a sua conversa acerca de destino, Walter terminou decidindo o seu próprio destino.

– Matem todos eles – ordenou Eisheth. – Exceto Samuel.

TRINTA E UM

Dean disparou uma rajada de balas nos demônios circundantes, criando uma névoa de fumaça e sal. Corpos emborcaram. Sam cortou dois com a faca de Ruby. Os ferimentos dos demônios reluziram um fogo do inferno alaranjado enquanto eles eram despachados para o nada.

Enquanto Eisheth estava distraída, Dean correu até o corpo de Walter. Imaginando que o velho não tivesse jogado fora aquelas preciosas últimas páginas do pergaminho, ele o revistou e encontrou-as no seu bolso da lapela.

– Sinto muito, velho. Espero que tenha valido a pena – disse ele, pegando cuidadosamente os papéis e pondo-os no bolso.

A luta era encarniçada ao seu redor, o ar repleto de disparos de espingarda e dos gritos dos caçadores enquanto os demônios os sobrepujavam. Os caçadores bem que lutavam, mas havia demônios demais. *É um massacre*, pensou Dean, *e não há nada que possamos fazer para salvá-los.*

Através do caos, ele viu Julia. Numa raiva de pesar, ela estava chutando, esfaqueando e atirando em demônios de todos os lados, mas eles apertavam o cerco. Abrindo caminho através do turbilhão, Dean agarrou-a. Ela lutou contra ele, enquanto Dean a arrastava para a escadaria de aço que levava ao porão debaixo do leito da ferrovia.

Sam parou no fundo da escadaria e disparou rajadas de sal por cima de suas cabeças.

Eisheth voltou-se e viu Dean desaparecer escadaria abaixo.

– Venham, Winchesters – gritou ela, parada alta e ensanguentada em meio aos caçadores mortos e agonizantes, rodeada por sua horda. – Eu só quero conversar.

Eles se entrincheiraram numa antessala que levava ao porão.

– E agora o quê? – perguntou Sam.

– Existe outra maneira de sairmos daqui? – perguntou Dean a Julia, que permanecia imóvel, olhando para o chão.

Ele a agarrou pelos ombros.

– Julia! Há outra maneira de sairmos daqui?

Ela ergueu o olhar.

– Eu o matei.

– Não, não foi você. Walter morreu por aquilo no que acreditava. Ninguém iria convencê-lo do contrário, nem mesmo você. Agora temos de encontrar um jeito de sair daqui.

Dean olhou em torno da antessala.

– O que é este lugar?

Caixotes e sacos estavam empilhados contra cada parede da sala. Um odor estranho e pungente pairava no ar. A única ventilação vinha através de uma grade no teto.

Dean abriu um caixote e olhou dentro. Dinamite.

– Isso explica as portas de aço reforçadas – disse Sam, olhando por sobre o ombro. – Aposto que o local foi usado como algum tipo de ponto central quando construíram a Atlantic Pacific Railroad. Eles precisavam de explosivos para aplainar a terra e criar terreno adequado para as linhas férreas.

– Agora me sinto mal por ter tomado o seu trenzinho de brinquedo. – Dean olhou envergonhado para seu irmão. – Esta coisa deve ter uns setenta anos. Você acha que ainda funciona?

Houve um estrondo alto na porta, depois outro. Eram os demônios tentando entrar. Cada impacto rompia o aço um pouco mais. Era só questão de tempo.

– Não teremos tempo para saber – disse Sam, guardando a porta. – Vamos deixar essas coisas desencaixotadas.

Minutos depois o trio trabalhava duro. Julia estava estendendo fios de detonação entre os caixotes de dinamite, e Sam e Dean estavam abrindo todos os sacos de produtos químicos e pólvora. Na hora em que terminaram, estavam atolados até os joelhos em explosivos.

Os demônios continuavam a forçar a porta de aço, que começava a se rasgar como folha de zinco.

– Vamos cair fora daqui – disse Dean desaparafusando a grade de ventilação.

Um débil som de arranhadura podia ser ouvido, proveniente de cima.

– Eles conseguiram entrar lá? É o nosso único meio de sair – disse Julia nervosamente, olhando acima para a escuridão entre chapas de metal.

– Não temos nenhuma escolha agora. Irei primeiro, Julia em seguida. Sam, você cobre a retaguarda e estende o fio enquanto saímos.

Dean subiu numa cadeira e entrou no duto de ventilação. Puxou Julia atrás dele. Sam conseguiu enterrar o fio de detonação nos explosivos abaixo. Os demônios estavam quase todos no caminho através da porta quando Sam ergueu-se até a abertura e apressadamente repôs a grade no lugar.

Eles rastejaram através do duto de ventilação, apoiados nas mãos e joelhos. Ele corria por baixo do leito da ferrovia e a cada seis metros, mais ou menos, mudava de direção.

– Tem certeza de que sabe para onde isto está levando? – perguntou Julia.

– Tem que levar a algum lugar – disse Dean. A forma de caixa fechada do duto de ar deixava Dean inquieto, recordava-lhe estar enfiado num caixão após sua morte. – Isto não é bom para minha claustrofobia.

Sam estava cobrindo a retaguarda, deslizando sua espingarda a frente dele e depois rastejando até encontrá-la. A ação fazia um som tranquilizante de ruge-ruge. Mas então ele ouviu o nítido guincho de metal arranhando metal.

– Dean, acho que você precisa acelerar mais um pouco – Sam gritou para a frente.

– Estou indo o mais rápido que posso.

– Acho que eles acabaram de entrar no duto.

– Maldição!

– Depressa! – gritou Sam, que podia ouvir os demônios ficando mais próximos.

Sam tomou a curva à direita atrás de Julia, mas sua perna não podia se mover. Ele olhou para trás. Um demônio, um homem de macacão, lançou-lhe um sorriso desdentado.

– Para onde está indo, bonitão?

Sam girou apoiado nas costas e atirou entre os olhos do homem em um só movimento. A bala de sal ardeu na cabeça do demônio. Fumaça escapou de sua boca, correu através do duto de ventilação e desapareceu fora da grade.

– Dean, precisamos sair daqui!

Dean deslizou por baixo do gradil que levava para o exterior. Agachou-se e depois empurrou-o com as costas. O gradil não cedia.

– Está pregado!

– Tenho um bando inteiro de demônios no meu rabo. Imagine uma saída!

Dean empurrou de novo. O gradil cedeu um pouco, depois mais. Ele forcejou para cima e desapareceu lá fora.

Outro demônio rastejava rapidamente na direção de Sam. Ele girou e disparou no seu coração.

Julia escalava a grade na frente de Sam.

Sam conseguiu segui-la, espremendo-se através da abertura justo quando mais olhos negros demoníacos surgiam da escuridão.

Ele se viu de pé num capinzal a uns cinquenta metros da garagem da locomotiva.

Dean começou a disparar balas de sal no buraco que Sam acabara de desocupar. Ele gritou para Julia por sobre o ombro.

– Traga aquele carro para cá. – Ele apontou para um carro estacionado na rua a uns sete metros de distância.

– Vamos pôr a grade de volta no lugar – disse Sam, indicando o buraco.

Eles empurraram a grade de aço para o buraco no exato momento em que mais faces de demônios apareciam embaixo deles.

– Fodam-se, seus putos – falou Dean e sorriu.

– Não acho que a grade vai aguentar – disse Sam.

Um motor rugiu. Ao volante do carro, Julia gesticulou para que saíssem do caminho. Ela parou diretamente sobre a grade. Eles podiam ver os demônios tentando abrir a grade, mas ela só iria se mover até chocar-se contra o chassi do automóvel.

Sam puxou o fio de detonação até cerca de três metros do carro.

– Descubra alguma cobertura – Dean gritou para Julia.

Julia saltou do carro e buscou cobertura atrás de outro carro estacionado na rua escura.

Sam olhou para Dean.

– Vamos esperar que funcione.

Sam acendeu o fio de detonação. Ele faiscou, depois apagou.

– Uau, vamos logo! Deixe-me tentar. – Dean tomou o isqueiro Zippo de seu irmão mais novo e tentou acender o pavio, mas ele se recusou a queimar.

– Está velho demais – disse Dean. – Eisheth ainda está lá. Vamos acender essa porra.

– Alguém tem que voltar lá e acender o fio de outra maneira. Eu irei – disse Sam.

– Não, Sam. Sem dizer o que Eisheth fará com você se o capturar.

– Deixe-me ir. Fui eu que comecei isto.

– É uma missão suicida.

– Não é nada disso. Precisamos matar Eisheth, ela está liderando o ataque lá. Aquelas pobres pessoas possuídas já estão mortas. Precisamos livrá-las de seu infortúnio.

Dean acenou com a cabeça. Seu irmão estava certo.

Sam tomou o Zippo de Dean.

– Deseje-me sorte.

Ele correu na direção do armazém.

Sam espiou através de uma janela empoeirada – o armazém fervilhava de demônios. De alguma forma, Eisheth tinha recrutado muitos mais. Os corpos dos caçadores estavam espalhados pelo chão, nenhum deles permanecia ainda de pé. *Pobre gente*, pensou Sam, *todos eles pensavam estar a caminho de cumprir alguma espécie de destino, e estão todos mortos hoje. Por minha causa.*

Sam chutou a janela até abrir e pulou para dentro. Furtivamente, caminhou até a escadaria de aço. O porão estava cheio de demônios que ainda pelejavam para entrar na antessala onde eles se haviam isolado. Sam olhou em volta procurando alguma coisa para acender. Ele viu um velho pedaço de corda e uma garrafa de cerveja vazia. Sam pegou um pouco de óleo de uma lata e despejou na garrafa de cerveja, depois mergulhou a corda no óleo e a enfiou no topo da garrafa.

– Eu estava esperando que nós tivéssemos um tempo só nosso – disse uma voz.

Sam virou-se para ver Eisheth apoiando-se sugestivamente contra o corpo morto de um caçador esparramado sobre uma peça de maquinaria. Ela sorriu e andou até ele.

– Preciso dizer, Lúcifer trabalhou bem. Ele sempre teve bom gosto. Você em breve descobrirá isso. – Eisheth esticou sua mão para tocar no rosto de Sam. – Nós vamos nos divertir muito juntos.

Sam afastou-se.

– Você me repugna. Deveria ter continuado na sua garrafa de gênio.

– Oh, qual é, Sam. Você não está nem um pouquinho contente em me ver? Eu estou feliz em vê-lo. Fiquei muito tempo confinada naquele jarro. Tive tempo de sobra para fantasiar sobre que receptáculo Lúcifer escolheria para si mesmo quando ele ascendesse. E, ai de mim, estou contente que seja alguém tão alto. Você sabe... quando Lilith não estava por perto – Eisheth aconchegou-se mais a Sam –, Lúcifer e eu fizemos coisas maravilhosas juntos. Gostaria que eu lhe mostrasse?

Ela passou os dedos sobre o peito de Sam e desceu até a fivela do cinto.

– Talvez em minha próxima existência.

Eisheth riu.

– Você é um comediante, não é? Você não entende? Sou sua futura esposa. Talvez não neste corpo, mas garantirei de que seja um corpo realmente belo e jovem. Você gostaria disso, não? Em cinquenta anos, quando Lúcifer estiver fora e dentro de você... Bem, vamos apenas dizer que mal posso esperar para voltar a praticar nossas velhas brincadeiras.

Eisheth inclinou-se para beijar Sam, mas este deu um passo, girou e simultaneamente acendeu e arremessou a garrafa no porão e direto na porta da antessala. Dois demônios foram despedaçados na rápida combustão. Seria apenas questão de tempo antes que toda a antessala se inflamasse.

Eisheth agarrou Sam pelo pescoço e lançou-o contra uma parede.

– Você pensa que me importo com uma centena de demônios inferiores? Que eles todos queimem. Só me importo com você, Samuel. Quero que você esteja a salvo.

Sam impeliu-se para cima e investiu sobre Eisheth. Com a faca para demônios, ele a golpeou na barriga. Ela deu um rápido passo para trás.

– Garoto tolo, você não pode me matar. Tenho mais de dois mil anos de idade.

Eisheth arremessou sua mão e Sam voou quinze metros através do ar, pousando na base da locomotiva a vapor. Sua cabeça bateu contra o ferro.

– Veja só o que você me obrigou a fazer! Eu não queria ferir este espécime perfeito.

Eisheth seguiu na direção dele.

TRINTA E DOIS

– Por que ele está demorando tanto? – perguntou Dean.

Dean e Julia estavam escondidos atrás de um carro, esperando que o edifício de tijolos de quatro andares explodisse.

Sem aviso, as janelas voaram pelos ares, e vidro quente da cor de mercúrio disparou em todas as direções.

Houve um estrondo e depois outra explosão, enquanto mais fogo irrompia das janelas e telhado do prédio. Suas nuvens de fumaça da altura de sete andares começaram a flutuar. Houve uma série de pequenas percussões que chocalharam janelas nos prédios das redondezas. Depois tudo silenciou por um momento.

Um ruído crepitante veio do interior da estrutura danificada, como se fosse o de mil toneladas de bacon fritando. Uma explosão como a de uma minibomba atômica cresceu no ar, derrubando as paredes de quinze metros e enviando destroços fumegantes a cem metros em todas as direções.

Dean olhou para a destruída carcaça do prédio.

– Sam? – falou em voz baixa.

Então, contra a luz do inferno fumegante, uma silhueta apareceu. Sam? A figura gradualmente revelou-se como sendo Eisheth. Ela caminhou até eles, arrastando o corpo de Sam atrás de si.

Dean apontou sua espingarda para ela.

– Ele não está morto, não se preocupe. Estou tão transtornada quanto você. O corpo dele é tão magnífico. Eu disse a ele que mal posso esperar até poder explorá-lo *todinho.*

– Ponha-o no chão – ordenou Dean.

Eisheth depositou primeiro o rosto de Sam no cascalho.

– O que você gostaria de fazer agora? Fiz minha tarefa. Impedi que todos aqueles caçadores fanáticos matassem os receptáculos.

– Você matou meu pai! – gritou Julia.

Eisheth olhou Dean com um sorriso afetado.

– Francamente, você acha atraente este camundongo guinchante? OK, ouça, queridinha, eu tinha um trabalho a fazer. Impedir que todos os seus sanguessugas cheios de vento achassem que vocês estavam fazendo a obra de Deus. Se vocês ao menos soubessem. De minha perspectiva, Deus criou para vocês um mundo quente, seco, poeirento e cheio de famintos. Por que vocês algum dia iriam querer ajudar sua causa?

– Ei, Sigourney, pode parar de representar a Guardiã do Portão por um momento, para que possamos acabar logo com isso? – gritou Dean por sobre o rugido do fogo.

– Só mais uma coisa e já largarei do seu pé. Eu preciso das últimas páginas do pergaminho. Minha tarefa é proteger aqueles nomes, e não vou deixar que ninguém mais tenha ideias loucas sobre matar os receptáculos, especialmente agora que encontrei o de meu marido. Estou falando com você, ratinho.

Julia saiu de detrás do carro e apontou sua arma para Eisheth. Uma força oculta rápida como um relâmpago impeliu Julia na direção de Eisheth. Ela voou através do ar e pousou inconsciente aos pés de Eisheth. A mulher-demônio ajoelhou-se e pegou Julia pelos cabelos, examinando sua face.

– Bela face, mas um pouco *petite*, você não acha? Oh, e aliás, obrigada por isto. É como um símbolo da minha terra natal. Deixa-me nostálgica por todos aqueles sacrifícios que as pessoas costumavam fazer.

Eisheth segurou a faca do demônio na garganta de Julia.

– Eu sei. Ela definitivamente não é igual a mim, mas irá sangrar de qualquer maneira. Vou me divertir muito com esta faca. Sabe o que vou ser capaz de fazer com ela? – Eisheth largou Julia e começou a arengar e a gesticular com a faca, como se fosse um pedaço de giz seguro por um professor. – Posso matar todos os preciosos demoniozinhos de Lúcifer. Serei capaz de exterminar um por um. Então ele terá que me ouvir.

Dean teve que pensar rápido.

– Qual é o seu plano? – disse ele. – Você supõe que matar demônios vai fazer com que seu marido ausente a leve mais a sério? Você pode ferver coelhinhos ao estilo Glenn Close quantas vezes quiser, Lúcifer tem um peixe maior para fritar. Você é apenas uma distração para ele. O segundo violino. Ele é Tiger Woods e você não passa de outra garçonete para passar mensagem de texto.

– São essas as últimas palavras que seu verdadeiro amor vai ouvi-lo dizer? – cuspiu Eisheth. – Para mim está ótimo.

Agarrando Julia pelos cabelos, Eisheth levantou-a do chão. Empurrou-lhe o pescoço para trás e segurou de novo a faca em sua garganta.

– E se pudéssemos fazer um acordo com você? – perguntou Dean, olhando para a cintilante lâmina enquanto ela pressionava a pele de Julia.

– O que você possivelmente poderia oferecer que desperte o mais leve interesse para mim?

– Podemos levar você a Lúcifer. Agora. Você não vai ter que esperar.

Isso fez Eisheth pensar.

– Parece que você não tem um encontro cara a cara com seu maridão há muito tempo. Talvez agora seja a hora de tentar uma terapia para casais?

– Não gosto do jeito com que você fala.

– Você é um brotinho esperto. Apesar das duas mil velas no seu bolo de aniversário, sei que você entende. – Dean deu um sorriso afetado.

– Alguém rompeu os selos? – perguntou Eisheth.

Dean olhou para Sam. Parecia que todo mundo achava ser impossível.

– Alguém rompeu os selos. Lilith, para ser exato, e ela se foi.

Os olhos de Eisheth brilharam. A ideia de seu marido desacorrentado, livre de sua esposa favorita, era o consolo e redenção por que ela estivera esperando.

Dean precisava amarrá-la rapidamente.

– Lúcifer está andando por aí, tal como eu e você. Mas há um ardil... está a cinquenta e seis anos no futuro. Mas temos um meio de levar você até lá.

– Como?

– Todas as coisas chegam para aqueles que esperam. Você precisa fazer alguma coisa por nós primeiro.

– Não faço favores.

Dean olhou-a firmemente.

– Terá que fazer um. Apenas deixe Julia ir.

Eisheth olhou para o corpo flácido de Julia.

– Está bem – disse ela, deixando-a cair para o chão. – O que tenho de fazer?

– As primeiras coisas primeiro. Vamos fazer duas paradas.

– Onde você diz que me encontrou? – perguntou Leanne Keeny.

– Vagando por St. Louis. Você não se lembra de nada? – Dean lançou-lhe um olhar de esguelha, enquanto seguia pela estrada rural de terra.

– Pensei que ia para Nova York. Consegui um emprego, acho. Era meu primeiro dia. É a única coisa que recordo.

– Você é uma garota de sorte. É aqui? – Dean entrou numa comprida alameda para carros, levando a uma casa de fazenda revestida de ripas brancas. – Belo lugar. Estou certo de que seus pais ficarão felizes em vê-la.

– Eles só me esperavam no Natal.

– Leanne, me faça um favor. Fique aqui na fazenda. Constitua uma família. Você não precisa ir a Nova York para ter uma boa vida.

Ela deu de ombros.

– Acho que você está certo. Além disso, Nova York é cara demais.

– Então vá, garota esperta.

Leanne deu-lhe um grande sorriso enquanto saltava do carro. Ela bateu a porta e inclinou-se através da janela aberta.

– Quem sabe – ela hesitou –, talvez a gente possa sair para dançar um dia desses.

– Lamento, querida, mas não sou tipo de namorar para casar. – Dean piscou, deu uma ré e acelerou pela alameda de carros.

Leanne Keeny deu uma longa olhada na casa de fazenda de seus pais e correu para dentro.

Horas mais tarde, Dean parou no Twin Pines Motel, em Waubay. Estacionou o carro. Julia apareceu à porta de um bangalô. Dean não pôde tirar os olhos dela.

– Onde está Sam? – perguntou ele, enquanto fechava a porta do carro.

– Está num bangalô. Dormindo, como sempre. Você está certo acerca de tudo isto?

Dean deu de ombros.

– Nunca estou certo acerca de coisa alguma. Mas tivemos que assumir o risco. Além disso, ela tinha uma faca em sua garganta.

– Obrigada por ter salvo a minha vida. – Julia fitou Dean nos olhos.

Ele a enlaçou pela cintura e gentilmente empurrou-a para o bangalô, fechando a porta atrás de si com o pé.

Dean gentilmente deslizou para a cama, puxando Julia.

– Lamento muito por tudo – disse Julia enquanto alisava com suas mãos o peito de Dean. – Tudo em que acreditei, todo mundo que conheci... tudo se foi.

Dean fitou-a nos olhos por um momento. Era certo que a vida de Julia estava mudada para sempre. Ela havia perdido o pai, todos os caçadores que eram seus amigos; havia perdido o seu modo de vida. Dean pensou como seria duro para ela voltar a ter uma existência normal. Haveria sempre uma comichão para cair na estrada? Dean não conhecia qualquer outra vida. Mas Julia era diferente.

– Você está livre, Julia. Você agora está livre para fazer o que quiser.

Julia recuou para olhar para ele.

– O que eu quero é ficar com você.

– Isso não pode acontecer. Você sabe disso.

Julia assentiu tristemente e pousou a cabeça no ombro dele.

Dean acordou tão logo o dia raiou. Tão silenciosamente quanto possível, ele deslizou para fora da cama, recolheu as roupas do chão, demorou um momento à porta e depois saiu.

Caminhou até o outro bangalô, onde Sam aparentemente ainda dormia.

– Está acordado? Precisamos fazer isto.

Sam sentou-se na cama. Já estava vestido. Ele assentiu e seguiu Dean para o estacionamento. Seguiram para um campo junto ao motel. Dean pegou as duas últimas páginas do Pergaminho da Guerra dentro da sua jaqueta de couro. Segurando-as pela ponta, ele acendeu seu Zippo e a chama pegou o pergaminho. Em questão de segundos, as páginas tinham se curvado como línguas pretas lambendo o fogo.

Enquanto o último pedaço do Pergaminho da Guerra desaparecia em cinza, houve um brilhante lampejo de luz.

TRINTA E TRÊS

Castiel tinha contado a Dean muitas vezes acerca da dificuldade de mover objetos através do tempo. Como isso o esgotava e deixava-o quase incapaz de pensar, quanto mais lutar. Dean estava começando a aprender, por experiência própria, que isso também era verdade para o viajante. Enquanto o mundo de 1954 reluzia de existência em volta dele, alguma coisa gorgolejante borbulhava em seu estômago. Mentalmente preparou-se para a possibilidade de vomitar quando eles voltassem a 2010. *Deus, espero que isto chegue como um vômito, não do outro lado.*

Quando o mundo se reformou, Dean não estava mais de pé. Estava sentado na cabine de fundo do bar de Waubay, um *cheeseburger* e uma cerveja esperando na mesa diante dele. Sam estava sentado a seu lado, desconfortavelmente próximo.

– Pode me dar algum espaço para respirar? – reclamou Dean levemente de lado.

Sam não respondeu. Apenas bateu no copo a sua frente, como se não fosse real.

– Ei, se você quer sentar-se no colo de um cara, espere até o Natal – disse Dean.

Finalmente, Sam saiu da mesa e levantou-se, examinando o resto do salão.

– Está vendo ele?

Dean olhou em torno do bar. Don, ou Abaddon, ou lá quem diabo fosse, aparentemente não tinha vindo recepcioná-los.

– O cara nos trouxe de volta. Deve estar batendo pernas por aí. – Lembrando do encontro anterior deles, Dean olhou na direção do fundo do bar. – Verifique o banheiro. O cara tem uma bexiga de mulher. Depois checaremos lá fora.

Infelizmente, o único ocupante do banheiro era uma enorme mulher peruana, que a propósito não gostava de ter sua privacidade invadida. Sam aprendeu a lição muito rapidamente, para grande divertimento de Dean.

Enquanto deixavam o bar, Dean viu alguma coisa que quase lhe trouxe lágrimas aos olhos. O Impala, em toda a sua glória, descansava sob um carvalho próximo.

– Não é um espetáculo para os olhos? – disse ele, correndo seus dedos sobre o frio metal do capô.

– Por que está acariciando um carro? – perguntou Sam.

– Me dê um tempo, não vejo ela há semanas.

– Ela?

Dean estava distraído quando notou uma mancha branca no parabrisa. Foi então que lhe veio à mente – alguma coisa estava seriamente errada aqui.

– Eu não estacionei aqui – disse, mais para si mesmo.

– O que você quer dizer? – perguntou Sam.

– Deixei o carro no motel. Nós... nós fomos teletransportados do motel, não do bar. O Impala não deveria estar aqui.

Ele apontou para a mancha branca.

– E desde quando eu a estaciono debaixo de uma árvore, onde os passarinhos podem... *fazer coisas nela*?

– Desculpe por isso, Dean. Eu limpo para você – disse a voz de Abaddon atrás deles. – Pensei que vocês apreciariam uma refeição de boas vindas caseira, em vez da porcaria servida em um motel.

– É extremamente gentil de sua parte, Donny, mas por que não deixa essa merda de lado?

Abaddon baixou a cabeça, como que envergonhado.

– Ah, então posso presumir que a viagem de vocês não correu bem?

– Você sabe exatamente como foi. Você sabia o tempo todo o que íamos encontrar, e o que tínhamos de fazer quando encontrássemos.

– Sabe, Dean, você realmente deveria deixar às vezes o seu irmão bebê dar uma palavrinha ou outra. Creio que ele realmente apreciaria isso. – Don parecia divertido.

Sam, aparentemente, estava sem fala de tanta raiva. Seu rosto tinha se contorcido só à simples visão de Abaddon.

– Veja, ele parece um pouco... puto.

– Não se preocupe com ele – disse Dean. – Preocupe-se comigo, e com o que vou fazer com você. O que os anjos vão fazer quando descobrirem que você esteve saindo em defesa do outro lado.

– Ooooh, como isso me assusta. – Abaddon escondeu seu rosto em alarme zombeteiro. – Não conte a papai sobre mim. Oh, espere, meu pai está morto. Foi para onde vão as divindades onipotentes, porém preguiçosas, quando finalmente se entediam com suas criações e abandonam o barco.

– Então agora vai nos matar? Coloca-nos na casa dos espelhos e depois nos corta a garganta quando descobrimos a porta de saída?

– Parceiro, você não está entendendo a lição, afinal.

– O que posso dizer. Estou fora.

– Tudo bem, porque não é mesmo para você entender de qualquer maneira. Isso é com o nosso bom amigo aqui. – Ele acenou na direção de Sam.

– Diga-me se você já ouviu isto antes. Você vai dizer sim. E não é porque você será trapaceado, ou porque será forçado. É porque as outras opções não funcionam. Não para você.

– Você não conhece todas as nossas opções – replicou Dean.

– Eu simplesmente lhes dei uma grande. E o que foi que vocês fizeram? Desviaram-se do caminho para manter as coisas do jeito que elas são. Mataram seu amigo para salvar Lúcifer.

– Nós não matamos ninguém.

– Honestamente, é uma vitória para nós, de qualquer modo – continuou Abaddon. – Se vocês tentassem matar todos aqueles receptáculos, teriam fracassado. Vocês teriam lastimado e se sentiriam péssimos por tentar, e teríamos acabado exatamente no mesmo lugar, só que vocês estariam um passo mais próximos da danação. Gostem vocês ou não, nós três sabemos que a luta é inevitável. E é por isso que vocês fizeram o que fizeram.

Sam não pôde mais ficar calado.

– Você finge que pensou em tudo, que o resultado estava determinado antes que pusesse as coisas em movimento.

Abaddon voltou-se para Sam, um pouco desconcertado pelo seu tom calmo. E havia algo mais em sua voz também. Abaddon franziu o cenho levemente.

– Mas você deixou um fio solto – disse Sam. – Você esqueceu do meu destino.

– Seu destino... é com Lúcifer. – Abaddon pareceu subitamente incerto.

Sam deu um largo sorriso. Era tão inadequado naquele momento que até mesmo afetou Dean.

– Isso é mais verdade do que você sabe – disse Sam. – E quando eu finalmente retornar a ele, certamente contarei quão facilmente você foi enganado. – Os olhos de Sam reluziram vermelhos.

– Eisheth. – A verdade golpeou Abaddon pesadamente. Foi como se o ar houvesse sido expelido de seus pulmões.

O coração de Dean estava disparado. Eles haviam assumido um risco terrível, e até agora havia valido a pena. Com alguma sorte, Abaddon estivera enfraquecido o bastante para transportá-los para se tornarem um alvo fácil para Eisheth. Se Eisheth se comportava bem no corpo de Sam, era outra questão.

– Vou fazer você sofrer, Abaddon – disse Eisheth. – Por pelo menos dois mil anos.

Ela voou até Abaddon, sobrenaturalmente impelida a uma velocidade impossível. Ossos se esmigalharam enquanto batiam contra um carvalho. Abaddon pôs-se de pé num átimo, golpeando ferozmente o corpo de Sam com seus punhos.

– Cuidado com meu irmão – gritou Dean do lado de fora.

Sem olhar, Eisheth ergueu Abaddon e arremessou-o através do estacionamento. Ele foi bater contra uma caçamba de lixo metálica, amassando seus lados como se fosse uma lata de cerveja vazia.

A possibilidade de que a luta pudesse durar horas era muito real. Dean não fazia ideia de quão poderosa era uma ou outra criatura, mas sabia que os corpos humanos que usavam seriam destruídos muito antes das almas retorcidas dentro deles. *Muito bem, é hora de imaginar um desfecho.*

Enquanto Abaddon se erguia da caçamba amassada, Dean fez seu movimento. Correu velozmente até a porta do bar, esquivando-se para não levar as sobras da briga. Abaddon acertou um golpe firme na face de Sam no momento em que Dean entrava no bar.

– Telefone... preciso usar seu telefone. – O rosto pálido de Dean e seu tom desesperado foram o suficiente para convencer o *barman*, que imediatamente pegou o aparelho debaixo do balcão.

– Não é longa distância, é?

– Bem, estou ligando para o Céu...

Trinta segundos depois, Castiel pegou seu telefone celular.

– Alô?

– Cass, aqui é Dean. Preciso da sua ajuda. Nesse instante.

– Dean, sua ausência... me deixou preocupado.

– Isso é ótimo, cara, sinto-me envaidecido. Mas preciso que ponha seu rabo em movimento. Waubay. Dakota do Sul. É o único bar na...

Castiel apareceu junto a ele. O barman e os fregueses olharam em espanto.

– ... cidade.

– Onde está Sam? – perguntou Castiel.

– Olhe lá fora – disse Dean. – Acho que precisaremos de algum apoio.

Dentro de um minuto, Cass havia reunido uma mistura de bugigangas que encontrara na minúscula cozinha do bar. Ervas, uma pilha de palitos de dente, e um sortimento de ingredientes aparentemente aleatórios que formavam um poderoso coquetel mágico.

– Você é o MacGyver da magia, Cass.

– Preciso de sangue – disse Castiel, como se estivesse pedindo a Dean para passar-lhe o sal.

– De quem?

– Do seu. É isso que atrairá os anjos. Eles estarão procurando por qualquer sinal seu.

Naquele exato momento alguma coisa – ou alguém – foi arremessada contra a lateral do prédio, derrubando penduricalhos das paredes. Dean considerou aquilo um sinal. Pegou uma faca atrás do balcão e abriu um talho profundo na palma da mão.

– Um sinete – disse Castiel. – Rápido.

Lá fora, o rosto de Sam estava ensanguentado, seu corpo lacerado e espancado, e a luta estava longe de terminar. Eisheth usou o braço esquerdo bom de Sam para golpear Abaddon na cara, derrubando-o ao chão.

– Eu confiei em você – disse friamente Eisheth. O punho de Sam golpeou a face de Abaddon, fazendo o sangue esguichar de sua boca.

– Você nunca foi a favorita dele – sibilou Abaddon, mal capaz de mover os lábios. – Você não era mais que uma mascote. Por que você achou que a pusemos...

Eisheth golpeou-o de novo na face.

– ... com o cachorro? – Abaddon gargalhou, sangue escorrendo da sua face para o chão. Um segundo depois, seu riso maníaco congelou. Tinha visto alguma coisa atrás de Sam que o aterrorizou.

Eisheth virou-se e viu também. Cinco manchas negras pontilhavam o céu de outra forma claro. Numa fração de segundo, elas encheram os céus – cinco homens, mantidos no ar por asas invisíveis, fúria em seus olhos.

Os anjos desceram sobre eles num átimo, derrubando Sam para o lado, e enfiaram suas adagas celestiais bem fundo na carne de Abaddon. Enquanto ele se contorcia em dor, Dean e Castiel se precipitaram à frente.

– Cass, tire-nos daqui! – gritou Dean enquanto os anjos voltavam-se de Abaddon para Sam.

Castiel e o anjo mais próximo corriam ambos na direção de Sam. Para Dean, o tempo parecia ralentar. Se Cass não chegasse primeiro, os anjos não dariam nenhuma misericórdia a Eisheth. E Sam morreria como dano colateral.

A próxima coisa que Dean soube foi que estava de pé do lado de fora de uma lanchonete *fast-food*.

– O que aconteceu? – perguntou, olhando em volta.

Sam estava parado a seu lado, muito castigado, mas vivo. Castiel parou de seu outro lado, tendo-os teletransportado para longe da briga.

– Abaddon foi destruído. Eles... Desculpe-me, mas por que há um demônio dentro de Sam?

– É uma longa história, Cass.

Castiel estreitou os olhos para Sam, estudando-o detidamente.

– Não. Não comece nada. Apenas... deixe-a ir.

Eisheth virou-se para Dean, surpresa.

– Deixar-me ir?

– Foi esse o acordo. Você salva nosso rabo, nós salvamos o seu.

– Dean, este aí não é simplesmente um demônio qualquer – disse gravemente Castiel.

– Eu sei. E poderia muito bem morder nossa bunda. Mas é isso que está acontecendo. É um trato.

Cinco minutos depois, eles estavam partilhando uma estranha despedida com Missy Fuller, ex-empregada da Burger Junction, atual noiva de Satã.

Tinham sido umas poucas semanas estranhas.

***

Sam e Dean recontaram suas jornadas a Castiel comendo *hamburgers*. Sam notou que Dean omitiu um monte de detalhes, na maioria relativos a Julia.

Que tivesse havido uma lista de receptáculos de anjos não era novidade para Castiel. Ao longo dos milênios ele ouvira rumores de que a lista existia, mas ninguém no Céu jamais soubera de sua exata localização.

– Exceto Abaddon – assinalou Sam. Ele ainda sentia muita dor, apesar de Dean ter-lhe feito curativos e enfiado um coquetel de analgésicos por sua garganta abaixo.

– Sua fraude terá apanhado o Céu desprevenido. Os anjos já não confiam tão cegamente uns nos outros, como faziam antes.

– Assim pelo menos realizamos alguma coisa – disse Dean com um toque de amargura.

Após se fartar de comer, Castiel gentilmente teletransportou o Impala para a Burger Junction, depois desapareceu. Ele estava fora, mais uma vez, para tentar encontrar seu pai ausente. Sam e Dean deram-lhe força.

Enquanto entravam no Impala, Dean franziu o cenho.

– O que você acha disso? Ter uma base como Walter e Julia fizeram? Um quartel-general de caçadores?

– Nós temos Bobby. Além disso, não funcionou muito bem para eles.

– Não posso afastar essa sensação... que nossas vidas poderiam ter sido diferentes, se eles ainda estivessem por aí. Eles eram organizados. Estavam em toda parte.

– O papai não se reportava a ninguém, e o fazia simplesmente bem – disse Sam. – Foi isso que fez dele o Pai.

– E se eles pudessem ter parado os Olhos Amarelos, salvado mamãe?

Sam não respondeu. Já havia sentido o peso do mundo em seus ombros. Particularmente não queria sentir nunca mais.

EPÍLOGO

Os passos de Dean crepitavam no antigo piso de madeira da *Rustic Pines Retirement Community*. Cheirava como um hospital – cada superfície regularmente limpa com desinfetantes químicos, ar processado vencido. Gente velha.

Uma mulher aguardava-o no final do corredor. Apresentou-se como Betty, coordenadora residente. Enquanto seguiam para a Ala Leste do edifício, ela matraqueou uma lista de fatos que saiu da mente de Dean tão logo entrou na Ala. Ele realmente não dava a mínima para o programa de bingo. Estava aqui inteiramente por alguma outra coisa.

Passaram por uma dezena de quartos, todos eles ocupados. Os rostos no seu interior pareciam amigáveis, contentes, o que confortou Dean. Não era um lugar terrível para envelhecer.

– O setor de arquivo fica embaixo – disse Betty com um sorriso untuoso. – Desculpe as condições. Em geral não trazemos visitantes aqui.

Ela não estava brincando. O porão era úmido e repelente, para dizer o mínimo. Dean imaginou que podia sentir o frio do concreto nu através das solas dos sapatos.

– Chegamos – disse ela.

Uma porta grande bloqueava a passagem. Suas dobradiças estavam enferrujadas e rangeram alto enquanto ela puxava a maçaneta de metal. Lá dentro foram recebidos por um mar de caixas antigas e mofadas. *Os resquícios de vidas inteiras*, pensou Dean. *Como nas pirâmides.*

Com rapidez, Betty percorreu o labirinto de caixas e puxou uma em particular. O papelão vergava-se no fundo ao peso de seu conteúdo.

– Diga-me de novo, qual era o seu parentesco?

Dean lutou com sua resposta. No momento, com aquela caixa bem diante de si, ele não podia lembrar o que dissera a ela ao telefone. Deu um tiro no escuro.

– Ela era minha tia-avó.

– Ela nunca falou sobre família. E nenhum parente jamais a visitou. – Aquela última frase continha um soco direcionado especificamente a Dean. Um acusatório "Onde você esteve?" estava definitivamente implicado.

– É, as coisas estavam difíceis.

– Antes tarde do que nunca, acho. Embora para Julia, eu creio que não. – Com isso, Betty deixou Dean sozinho com a caixa.

Ele a abriu delicadamente, quase receoso de tocar o material lá dentro.

Uma vez que Betty não podia ouvir, Dean suspirou baixinho:

– Lamento não ter aparado nossas arestas, Julia.

Sam esperava lá fora, apoiado cansadamente no Impala. *As coisas finalmente voltaram ao normal*, pensou.

Mais ou menos. Não que o normal fosse bom. De fato, Sam viu-se sentindo falta de 1954. Com toda a tragédia, tinha sido legal vivenciar uma época em que as coisas haviam sido menos complicadas por algum tempo. Nada de Apocalipse. Nada de cavaleiros. Nenhuma batalha iminente para acabar com todas as batalhas.

Dean desceu lentamente os degraus da frente do asilo, carregando um úmido pedaço de papel.

– Achou as coisas dela? – perguntou Sam.

– Sim. Vamos embora. – A voz de Dean foi ríspida. Sam reconheceu sua cara de não-quero-falar-nisso. Não que Sam algum dia o tivesse deixado se safar com essa...

– Dean, vamos lá. O que você achou?

Dean parou junto à porta do motorista.

– Nada que valha a pena.

Num rápido movimento, Sam estendeu o braço sobre o capô e arrebatou o pedaço de papel das mãos de Dean.

– Ei!

– Vamos falar sobre isso de uma vez por todas. Suportei uma viagem de carro de seis horas com você remoendo por todo o caminho. – Sam desdobrou o papel, encontrando uma lista escrita em caligrafia pesada. *Um cara escreveu isto,* percebeu Sam. *Especificamente, Walter.*

Sam segurava em suas mãos a lista transcrita de Walter das linhagens de sangue. Bem no final, as palavras "Miguel" e "Lúcifer" estavam escritas em duas linhas consecutivas. Junto a cada uma – nada. O papel havia sido cortado, os nomes de Dean e Sam removidos da lista.

– Ela guardou isso – disse Dean. – Não sei o que isso quer dizer.

– Mas ela retirou nossos nomes – disse Sam. – Acho que isso diz muita coisa.

Dean abriu sua porta e sentou-se pesadamente ao volante. Suspirou alto o bastante para que Sam ouvisse.

– Você... você acha que poderia dirigir?

Aquelas palavras eram tão raramente faladas que Sam levou um segundo para registrá-las.

– Você tem certeza?

– Sim. Já segurei o volante por tempo demais recentemente.

Com relutância, Sam contornou a frente do carro e trocou de assento com Dean.

– Para onde vamos?

Dean já tinha fechado os olhos.

– Me faça uma surpresa.

Conforme a noite se aproximava, o Impala disparou pela estrada aberta. Rumo – para o melhor ou pior – ao destino deles.

FIM

NOTA DA AUTORA

Fiquei muito feliz quando Christopher Cerasi solicitou que eu escrevesse uma novela para *Supernatural*. Uma vez que o prazo final conflitava com meu iminente casamento, perguntei a David Reed se ele queria colaborar. Devo-lhe mil agradecimentos por ele ter pegado a bola e corrido com ela enquanto eu me lamentava sobre o custo dos aluguéis de cadeiras. Também agradeço muito a Christopher pelo apoio e alegres telefonemas; ele se tornou um grande amigo e incentivador da empreitada. Meu muito obrigada a Cath Trechman, que demonstrou paciência e profissionalismo ao longo deste processo, e cujo amor pela palavra escrita brilha através de seu trabalho impecável. – Rebecca Dessertine.

AGRADECIMENTOS

Os autores gostariam de agradecer ao criador do programa, Eric Kripke, e aos produtores executivos pela continuação da mais trepidante e embaladora série da TV.

Rebecca gostaria de agradecer a seu marido Jason, por seu apoio e amor, e a sua irmã Carrie, sem a qual ela não entenderia quão profundo é o amor entre parentes.

David gostaria de agradecer a sua esposa Mairin por nunca se queixar da insanidade de varar as noites escrevendo um romance ao mesmo tempo em que exercia um emprego de expediente integral. Ele também agradece a ela por assar maravilhosos biscoitos, fingindo estar empolgada com os novos games *Halo*, por ser uma ótima mãe, e um milhão de coisas mais que fazem dela uma grande pessoa para se ter perto. Além disso, David também gostaria de agradecer a seu filho por ser tremendamente esperto.

SOBRE OS AUTORES

DAVID REED cresceu sem TV a cabo, mas ainda assim saiu-se muito bem. Após completar quase a metade do curso superior em ciência de computação, percebeu que programar computadores é menos interessante do que observá-lo praticar o mal e matar pessoas na televisão. Com isso em mente, partiu para Los Angeles com sua namorada à época, onde conseguiu sua chance de trabalhar em *Battlestar Galactica*, posteriormente escrevendo a minissérie em quadrinhos *Battlestar Galactica: Final Five*, juntamente com Seamus Kevin Fahei. Desde então, ele se ramificou da violência robótica para a violência geral, escrevendo o filme original Syfy *Lake Placid 3* e a história para o episódio de *Supernatural* "Hammer of the Gods". Ele vive em Los Angeles com sua esposa e filho.

REBECCA DESSERTINE escreveu seu primeiro roteiro na quinta série. Ela estava muito desapontada por sua sequência para *Stand By Me* nunca ter sido aproveitada. Após cursar a Universidade de Nova York aos 16 anos, ela se transferiu para a Universidade da Virgínia, onde concluiu uma graduação em arte dramática, que se revelou uma perda de dinheiro depois que se mudou para Los Angeles e descobriu que não era boa atriz. Ela trabalhou para *Supernatural* por três anos. Como escritora, foi coautora da segunda série em quadrinhos *Supernatural: Rising Son*. Também foi coautora da história para o episódio "Swap Meat". Fora do domínio *Supernatural* ela produziu um filme independente, *Loveless in Los Angeles*, que pode ocasionalmente ser visto no canal Comedy Central. Atualmente vive em Los Angeles, nas vizinhanças de Echo Park, com marido, cachorro e dois gatos.

Este livro foi composto nas tipologias Minion Pro e Eraser Dust
em corpo 11/12,8, e impresso pela Gráfica Edelbra,
em papel offset 75g/m^2 e a capa em papel cartão supremo 250g/m^2.